NE

ANNE DA ILHA

LUCY M. MONTGOMERY

São Paulo, 2020

Anne da Ilha
Copyright © 2020 by Novo Século Editora Ltda.

DIRETOR EDITORIAL: Luiz Vasconcelos
ASSISTÊNCIA EDITORIAL: Tamiris Sene
TRADUÇÃO: Carolina Caires Coelho
PREPARAÇÃO: Tamiris Sene
REVISÃO: Simone Habel e Tássia Carvalho
ILUSTRAÇÃO DE CAPA: Paula Cruz
MONTAGEM DE CAPA: Luis Antonio Contin Junior
P. GRÁFICO E DIAGRAMAÇÃO: Bruna Casaroti
Impressão: Maistype

Texto de acordo com as normas do Novo Acordo Ortográfico da Língua Portuguesa (1990), em vigor desde 1º de janeiro de 2009.

Dados Internacionais de Catalogação na Publicação (CIP)
Angélica Ilacqua CRB-8/7057

Montgomery, Lucy Maud
 Anne da ilha / Lucy Maud Montgomery;
Tradução de Carolina Caires Coelho.
Barueri, SP: Novo Século Editora, 2020.
 Título original: Anne of the island

1. Literatura infantojuvenil I. Título II. Coelho, Carolina Caires

20-2955   CDD 028.5

Índice para catálogo sistemático:
1. Literatura infantojuvenil 028.5

ns
uma marca do
Grupo Novo Século

GRUPO NOVO SÉCULO
Alameda Araguaia, 2190 – Bloco A – 11º andar – Conjunto 1111
CEP 06455-000 – Alphaville Industrial, Barueri – SP – Brasil
Tel.: (11) 3699-7107 | E-mail: atendimento@gruponovoseculo.com.br
www.gruponovoseculo.com.br

CAPÍTULO 1

A SOMBRA DA MUDANÇA

— A colheita acabou, e o verão se foi – disse Anne Shirley, olhando de modo sonhador pelos campos podados. Ela e Diana Barry estavam colhendo maçãs no pomar de Green Gables, mas agora descansavam de seus trabalhos em um canto ensolarado, onde a lanugem flutuava nas asas de um vento que ainda era doce como o verão com a cor de samambaias na Floresta Assombrada.

Mas tudo na paisagem ao redor delas remetia ao outono. O mar estava rugindo baixo ao longe; os campos estavam limpos e serrados, cobertos por pequenas flores amarelas; o vale atravessado pelo pequeno rio, abaixo de Green Gables, transbordava de flores lilás celestial; e o Lago das Águas Brilhantes era azul... azul... azul; não o azul mutável da primavera nem o azul pálido do verão, mas um azul-claro, firme e sereno, como se a água passasse por todos os humores e as emoções, deixando-se levar por uma tranquilidade ininterrupta por sonhos inconstantes.

— Foi um ótimo verão – disse Diana, torcendo o novo anel na mão esquerda com um sorriso. – E o casamento da Srta. Lavendar parecia ser uma espécie de coroação para ele. Suponho que o Sr. e a Sra. Irving estejam na Costa do Pacífico agora.

— Parece-me que eles se foram há tempo suficiente para dar a volta ao mundo – suspirou Anne. – Não acredito que faz apenas uma semana que eles se casaram. Tudo mudou, afinal. Além da Srta. Lavendar, o Sr. e a Sra. Allan foram embora... que solitária a mansão fica com as persianas fechadas! Passei por ela ontem à noite, e isso me deu a impressão de que todos tinham morrido.

– Nunca conseguiremos outro ministro tão gentil quanto o Sr. Allan – disse Diana, com sombria convicção. – Suponho que teremos todos os tipos de suprimentos neste inverno, e em metade dos domingos não haverá pregação. E você e Gilbert irão embora... será muito chato.

– Fred estará aqui – insinuou Anne maliciosamente.

– Quando a Sra. Lynde vai subir? – perguntou Diana, como se não tivesse ouvido o comentário de Anne.

– Amanhã. Fico feliz que ela esteja vindo, mas será outra mudança. Marilla e eu limpamos tudo do quarto de hóspedes ontem. Você sabia que eu odiei fazer isso? Claro, foi tolice, mas parecia que estávamos cometendo sacrilégio. Aquele antigo quarto de hóspedes sempre me pareceu um santuário. Quando eu era criança, pensava que era o lugar mais maravilhoso do mundo. Você se lembra do desejo que me consumia de dormir em uma cama num quarto de hóspedes, mas não o quarto de hóspedes de Green Gables. Oh, não, nunca lá! Teria sido terrível demais, eu não conseguiria pregar o olho. Eu nunca andei por aquele quarto quando Marilla me mandava ir até lá, por algum motivo, não mesmo; eu andava na ponta dos pés e prendia a respiração, como se estivesse em uma igreja, e me sentia aliviada quando saía. Os retratos de George Whitefield e do Duque de Wellington que estavam lá, na parede, um de cada lado do espelho, fechavam a cara severamente para mim o tempo todo em que permanecia ali, principalmente quando eu espiava me olhar no espelho, que era o único da casa que não deformava meu rosto ligeiramente. Eu sempre me perguntava como Marilla ousava limpar aquele quarto. E agora ele não está apenas limpo, mas também vazio. George Whitefield e o Duque foram relegados ao corredor do andar de cima. "Transitória é a glória deste mundo"

— concluiu Anne, com uma risada em que havia um pouco de pesar. — Nunca é agradável ter nossos antigos santuários profanados, mesmo quando os superamos.

— Eu vou ficar tão solitária quando você for para a faculdade... — lamentou Diana pela centésima vez. — E pensar que você vai semana que vem!

— Mas ainda estamos juntas — disse Anne alegremente. — Não devemos deixar a próxima semana nos roubar a alegria desta. Eu odeio pensar em ir para casa; minha casa e eu somos tão boas amigas. E você falando em solidão, Diana? Sou eu quem deveria se lastimar. Você estará aqui com seus velhos amigos... E Fred! Enquanto isso, estarei sozinha entre estranhos, sem conhecer ninguém!

— Exceto Gilbert... e Charlie Sloane — disse Diana, imitando a ênfase e a malícia de Anne.

— Charlie Sloane será um grande conforto, é claro — concordou Anne sarcasticamente; então as duas jovens riram.

Diana sabia exatamente o que Anne pensava de Charlie Sloane; mas, apesar de várias conversas confidenciais, ela não sabia exatamente o que Anne pensava de Gilbert Blythe. Na verdade, nem a própria Anne sabia.

— Até onde sei, os garotos vão ficar alojados no outro extremo de Kingsport — prosseguiu Anne. — Estou feliz por estar indo para Redmond e tenho certeza de que gostarei de lá depois de um tempo. Mas as primeiras semanas serão difíceis, eu sei. Não terei nem o conforto de esperar ansiosamente pelos fins de semana para visitar Green Gables, como eu tinha quando estava na Queen's. O Natal vai parecer estar a mil anos de acontecer.

— Tudo está mudando... ou vai mudar — disse Diana tristemente. — Sinto que as coisas nunca mais serão as mesmas, Anne.

— Chegamos a uma separação dos caminhos, suponho — disse Anne, pensativa. — Tinha que acontecer um dia. Diana, você acha que ser adulto é realmente tão bom quanto costumávamos imaginar que seria quando éramos crianças?

— Eu não sei... há alguns pontos positivos nisso — respondeu Diana, novamente acariciando seu anel com aquele pequeno sorriso que sempre fazia com que Anne se sentisse repentinamente excluída e inexperiente. — Mas há muitas coisas intrigantes também. Às vezes, sinto que ser adulta me dá medo e, nesses momentos, eu daria tudo para ser uma garotinha novamente.

— Acho que vamos nos acostumar a ser adultas — disse Anne alegremente. — Não haverá tantas coisas inesperadas com o passar do tempo. Apesar de eu achar que são as coisas inesperadas que dão tempero à vida. Temos 18 anos, Diana. Em mais dois anos, teremos 20. Quando eu tinha 10 anos, pensava que, aos 20, as pessoas já eram idosas. Em pouco tempo, você será uma matrona séria e de meia-idade, e eu serei a querida tia Anne, uma solteirona velha que vem em visita nas férias. Você sempre manterá um canto para mim em sua casa, não é, Di querida? Não é o quarto de hóspedes que quero, é claro... as velhas solteironas não podem aspirar a quartos de hóspedes, e eu serei tão humilde quanto Uriah Heep, e bem contente ficarei com um pequeno quarto na varanda ou no fundo da sala.

— Que bobagem você fala, Anne — riu Diana. — Você se casará com alguém esplêndido, bonito e rico... e nenhum quarto de reposição em Avonlea será meio lindo o suficiente para você; e você torcerá o nariz para todos os amigos de sua juventude.

— Isso seria uma pena; meu nariz é muito bom, mas tenho medo de que torcê-lo estrague tudo — disse Anne, dando um tapinha naquele órgão bem torneado. — Não tenho tantas características boas que possam me dar o luxo de estragar as que tenho; então, mesmo que eu me case com o rei da Ilha Canibal, prometo que não vou torcer o nariz para você, Diana.

Com outra risada alegre, as meninas se separaram, Diana, para retornar a Orchard Slope, Anne, para caminhar até o Correio. Ela encontrou uma carta esperando por ela lá e, quando Gilbert Blythe a alcançou na ponte sobre o Lago das Águas Brilhantes, ela estava brilhando com a emoção.

– Priscilla Grant também vai para Redmond – ela exclamou. – Isso não é esplêndido? Eu esperava que sim, mas ela não achava que seu pai consentisse. Ele consentiu, no entanto, e devemos embarcar juntos. Sinto que posso enfrentar um exército com estandartes, ou todos os professores de Redmond de uma só vez, com uma amiga como Priscilla ao meu lado.

– Acho que gostaremos de Kingsport – disse Gilbert. – É uma cidade antiga e linda, dizem, e tem o melhor parque natural do mundo. Ouvi dizer que o cenário é magnífico.

– Eu me pergunto se será – pode ser – mais bonita do que esta – murmurou Anne, olhando ao seu redor com os olhos amorosos e arrebatados daqueles a quem "lar" deve ser sempre o lugar mais bonito do mundo, não importa o que aconteça, não importa quais belas terras possam existir neste mundo ou até em outras galáxias.

Estavam encostados na ponte do velho lago, bebendo profundamente o encanto do crepúsculo, exatamente no ponto em que Anne subira de seu Dory naufragado no dia em que Elaine flutuou até Camelot. O leve e envolvente tom arroxeado do pôr do sol ainda manchava o céu ocidental, mas a lua estava subindo, e a água jazia como um grande sonho prateado à luz dela. A lembrança teceu um feitiço doce e sutil sobre as duas jovens criaturas.

– Você está muito quieta, Anne – disse Gilbert finalmente.

– Tenho medo de falar ou me mexer por medo de que toda essa beleza maravilhosa desapareça como um silêncio quebrado – suspirou Anne.

De repente, Gilbert pôs a mão sobre o esbelto e branco ferro da ponte. Seus olhos castanhos se aprofundaram na escuridão, seus lábios ainda juvenis se abriram para dizer algo do sonho e da esperança que emocionavam sua alma. Mas Anne afastou a mão e se virou rapidamente. O feitiço do crepúsculo estava desfeito para ela.

– Eu preciso ir para casa – ela exclamou, com um descuido exagerado. – Marilla teve uma dor de cabeça hoje à tarde e tenho certeza de que os gêmeos estarão muito travessos a essa altura. Eu realmente não deveria ter ficado longe por tanto tempo.

Ela tagarelou incessantemente e sem pensar até chegarem à alameda de Green Gables. O pobre Gilbert mal teve a chance de dizer uma palavra. Anne sentiu-se bastante aliviada quando se separaram. Havia uma nova e secreta autoconsciência em seu coração com relação a Gilbert, desde aquele momento fugaz de revelação no jardim de Echo Lodge. Algo estranho havia se intrometido na antiga e perfeita camaradagem escolar – algo que ameaçava estragar tudo.

"Nunca me senti feliz por ver Gilbert antes", pensou ela, meio ressentida, meio triste, enquanto caminhava sozinha pelo caminho. "Nossa amizade será estragada se ele continuar com essa bobagem. Não deve ser estragada – eu não deixarei que seja. Oh, por que os rapazes não podem ser sensatos?"

Anne tinha uma dúvida incômoda de que não era estritamente "sensato" que ela ainda sentisse na mão a pressão calorosa de Gilbert, tão distintamente quanto havia sentido durante o rápido segundo em que a mão dele descansara ali; e ainda menos sensato que a sensação estivesse longe de ser desagradável – muito diferente daquela que havia participado de uma demonstração semelhante da parte de Charlie Sloane, quando ela estava sentada com ele em uma festa de White Sands três noites antes. Anne estremeceu com a lembrança desagradável. Mas todos os problemas relacionados aos aflitos apaixonados desapareceram de sua mente quando ela entrou na atmosfera caseira e não sentimental da cozinha Green Gables, onde um menino de oito anos chorava de modo sofrido no sofá.

– Qual é o problema, Davy? – perguntou Anne, pegando-o nos braços. – Onde estão Marilla e Dora?

– Marilla está colocando Dora na cama – soluçou Davy – e eu estou chorando, porque Dora caiu nos degraus de fora do porão, de cabeça, e arrancou toda a pele do nariz e...

– Oh, bem, não chore por isso, querido. Claro, você sente muito por ela, mas chorar não vai ajudá-la. Ela ficará bem amanhã. Chorar nunca ajuda ninguém, Davyzinho, e...

– Eu não estou chorando porque Dora caiu da escada – disse Davy, interrompendo o falatório de Anne Wellmeant com cada vez mais amargura. – Estou chorando, porque não estava lá para vê-la cair. Estou sempre perdendo uma diversão ou outra, pelo visto.

– Oh, Davy! – disse Anne, sufocando uma risada inapropriada. – Você diria ser divertido ver a pobre Dora cair da escada e se machucar?

– Ela não se machucou muito – disse Davy, desafiadoramente. – É claro que, se ela tivesse morrido, eu teria sentido muito, Anne. Mas os Keith não morrem fácil. Eles são como os Blewett, eu acho. Herb Blewett caiu do telhado do palheiro quarta-feira passada e rolou direto pela calha até cair no estábulo, onde eles tinham um cavalo selvagem e violento, e ele rolou bem para debaixo dos cascos do animal. E ainda assim ele saiu vivo, com apenas três ossos quebrados. A Sra. Lynde diz que há algumas pessoas que você não pode matar nem com uma foice. A Sra. Lynde vem aqui amanhã, Anne?

– Sim, Davy, e espero que você seja sempre muito gentil e bom com ela.

– Eu vou ser gentil e bom. Mas ela vai me colocar na cama à noite, Anne?

– Talvez. Por quê?

– Porque – disse Davy de modo decidido – se ela me colocar para dormir, não farei minhas orações na frente dela, como faço na sua frente, Anne.

– Por que não?

– Porque eu não acho que seria bom falar com Deus diante de estranhos, Anne. Dora pode fazer as dela para a Sra. Lynde, se ela quiser, mas *eu* não vou. Vou esperar até que ela se vá e depois rezarei. Pode ser assim, Anne?

– Sim, se você tem certeza de que não vai se esquecer de rezar, Davyzinho.

– Ah, eu não vou esquecer, pode ter certeza. Acho que fazer minhas orações é muito divertido. Mas não será tão divertido rezar sozinho como é rezar com você. Gostaria que você ficasse em casa, Anne. Não sei por que você quer ir embora e nos deixar.

– Eu não quero exatamente, Davy, mas acho que devo ir.

– Se você não quer ir, não precisa. Você é adulta. Quando *eu* crescer, não vou fazer nada que não queira, Anne.

– Durante toda a sua vida, Davy, você terá que fazer coisas que não quer.

– Não vou – disse Davy categoricamente. – Não mesmo! Eu tenho que fazer coisas que não quero agora, porque você e Marilla me mandam para a cama se não o fizer. Mas quando eu crescer, você não poderá fazer isso, e não haverá ninguém para me dizer para não fazer as coisas. Não terei tempo! Olha, Anne, Milty Boulter diz que sua mãe diz que você está indo para a faculdade para ver se consegue arranjar um homem. É isso, Anne? Quero saber.

Por um segundo, Anne ardeu de ressentimento. Então ela riu, lembrando a si mesma que a vulgaridade grosseira de pensamento e da fala da Sra. Boulter não poderia atingi-la.

– Não, Davy, não é. Vou estudar, crescer e aprender sobre muitas coisas.

– Que coisas?

– "Sapatos e navios e lacre

E repolhos e reis" – disse Anne.

– Mas se você quisesse arranjar um homem, como faria isso? Quero saber – persistiu Davy, sobre quem o assunto evidentemente exercia um certo fascínio.

– É melhor você perguntar à Sra. Boulter – disse Anne, sem pensar. – Acho que é provável que ela saiba mais sobre o processo do que eu.

– Vou fazer isso na próxima vez que a vir – disse Davy com seriedade.

– Davy! Se você fizer! – Anne gritou, percebendo seu erro.

– Mas você acabou de me dizer... – protestou Davy, ofendido.

– Está na hora de você ir para a cama – decretou Anne, como forma de escapar do problema.

Depois que Davy foi para a cama, Anne caminhou até a Ilha Victoria e ficou sentada sozinha, envolta por uma melancolia, pelo luar, enquanto a água ria ao seu redor em um dueto de riacho e vento. Anne sempre amou aquele riacho. Muitos sonhos ela sonhou sobre sua água brilhante em dias passados. Esqueceu os jovens apaixonados, os discursos de vizinhos maliciosos e todos os problemas de sua existência feminina. Na imaginação, navegou por mares históricos que lavam as longínquas praias de "terras das fadas abandonadas", onde Atlantis e Elysium perdidos jazem, com a estrela da noite como guia, na terra do Desejo do Coração. E ela era mais rica nesses sonhos do que nas realidades, pois as coisas vistas passam, mas as que não são vistas são eternas.

CAPÍTULO 2

GUIRLANDAS DE OUTONO

A semana seguinte passou depressa, cheia de inúmeras "últimas coisas", como Anne as chamava. Chamadas de despedida tinham que ser feitas e recebidas, agradáveis ou não, dependendo da cordialidade de quem ligava e de quem atendia com as esperanças de Anne ou se achavam que ela estava muito cheia de si por ir para a faculdade, acreditando que precisavam "chamá-la um pouco para a realidade".

A Sociedade para Melhorias preparou uma festa de despedida em homenagem a Anne e Gilbert, certa noite, na casa de Josie Pye, escolhendo aquele lugar, em parte, porque a casa do Sr. Pye era grande e conveniente, e também porque havia a grande suspeita de que as meninas Pye não participariam nem dos preparativos, nem do evento em si se a oferta da casa para a festa não fosse aceita. Foi um momento muito agradável, pois as Pye foram gentis e não disseram nada para estragar a harmonia da ocasião, o que não era comum para elas. Josie estava surpreendentemente simpática, tanto que até comentou de modo condescendente com Anne:

– Seu novo vestido combinou muito bem com você, Anne. Realmente, você está *quase* bonita nele.

– Que gentileza sua em dizer isso – respondeu Anne, com uma expressão ligeiramente sarcástica. Seu senso de humor estava se desenvolvendo, e palavras que a machucariam aos 14 anos estavam se tornando apenas motivos para ela rir. Josie suspeitava que Anne estivesse rindo dela por trás daqueles olhos perversos, mas ela se contentou em sussurrar para Gertie, enquanto desciam a escada, que Anne Shirley se tornaria mais arrogante do que nunca agora que estava indo para a faculdade. Era questão de tempo!

Todos os "velhos companheiros" estavam lá, cheios de alegria, entusiasmo e leveza juvenil. Diana Barry, rosada e com covinhas, acompanhada pelo fiel Fred; Jane Andrews, sensata, elegante e simples; Ruby Gillis, mais bonita e mais brilhante do que nunca com uma blusa de seda creme, com gerânios vermelhos nos cabelos dourados; Gilbert Blythe e Charlie Sloane, ambos tentando se manter o mais próximo possível da indomável Anne; Carrie Sloane, pálida e melancólica, porque, como foi relatado, seu pai não permitiu que Oliver Kimball se aproximasse do local; Moody Spurgeon MacPherson, cujo rosto redondo e orelhas censuráveis estavam tão redondos e censuráveis como sempre; e Billy Andrews, que ficou sentado em um canto a noite toda, riu quando alguém falou com ele e observou Anne Shirley com um sorriso admirado em seu rosto largo e sardento.

Anne soube de antemão sobre a festa, mas não sabia que ela e Gilbert deveriam, como fundadores da Sociedade para Melhorias, receber um "discurso" e "símbolos de respeito" muito elogiosos deles – no seu caso, um livro das peças de Shakespeare, e Gilbert, uma caneta-tinteiro. Ela ficou tão surpresa e satisfeita com as coisas boas ditas no discurso, lidas nos tons mais solenes e ministeriais de Moody Spurgeon, que as lágrimas quase apagaram o brilho de seus grandes olhos cinzentos. Ela havia trabalhado árdua e lealmente para a Sociedade para Melhorias, e sentia o coração aquecido por saber que os membros apreciavam seus esforços com tanta sinceridade. E eles eram todos tão agradáveis, amigáveis e alegres – até as meninas Pye tinham seus méritos – que, naquele momento, Anne amava o mundo todo.

Ela gostou muito da festa, mas o fim quase estragou tudo. Gilbert novamente cometeu o erro de dizer algo sentimental para ela enquanto jantavam na varanda iluminada pela lua; e Anne, para puni-lo, foi gentil com Charlie Sloane e permitiu que este a acompanhasse até sua casa. Ela descobriu, no entanto, que a vingança não fere ninguém tanto quanto aquele que tenta causá-la. Gilbert saiu com Ruby Gillis, e Anne podia ouvi-los rindo e conversando alegremente enquanto passeavam no ar fresco do outono. Evidentemente, eles estavam se divertindo, enquanto ela se sentia terrivelmente entediada com Charlie Sloane, que falava sem parar e nunca, nem por acaso, dizia algo que valia a pena ouvir. Anne dava ocasionalmente um "sim" ou "não" distraído e pensava como Ruby estava linda naquela noite, como os olhos de Charlie estavam grandes à luz da lua – ainda mais do que à luz do dia – e que o mundo, de alguma maneira, não era bem assim um lugar tão agradável como ela pensara ser no começo da noite.

– Estou cansada; é esse o meu problema – disse ela quando felizmente se viu sozinha em seu próprio quarto. E sinceramente acreditava nisso. Mas uma certa alegria, como se brotando de uma fonte secreta e desconhecida, borbulhou em seu coração na noite seguinte, quando viu Gilbert atravessando a Assombrada Floresta e a velha ponte de madeira com aquele passo firme e rápido dele. Então Gilbert não passaria aquela última noite com Ruby Gillis, afinal!

– Você parece cansada, Anne – disse ele.

– Estou cansada e, pior ainda, estou descontente. Estou cansada, porque passei o dia todo arrumando minha mala e costurando. Mas estou descontente, porque seis mulheres estiveram aqui para dizer adeus a mim e todas as seis conseguiram dizer algo que pareceu tirar a cor da vida e deixá-la tão cinza, sombria e triste como uma manhã de novembro.

– Mulheres velhas e amarguradas! – foi o comentário elegante de Gilbert.

– Oh, não, elas não são isso – disse Anne seriamente. – Esse é o problema. Se elas fossem amarguradas, eu não teria me importado com elas. Mas todas são almas boas, gentis e maternais, que gostam de mim e de quem eu gosto, e é por isso que o que elas disseram ou sugeriram pesou tanto para mim. Elas me fizeram pensar que eu estava louca por estar indo a Redmond para fazer faculdade e, desde então, eu me pergunto se estou mesmo louca. A Sra. Peter Sloane suspirou e disse que esperava que eu tivesse forças para terminar o curso; e imediatamente me vi uma vítima desesperada da prostração nervosa no fim do meu terceiro ano; a Sra. Eben Wright disse que deve custar muito passar quatro anos em Redmond; e eu senti como se fosse imperdoável da minha parte desperdiçar o dinheiro de Marilla e o meu com tanta tolice. A Sra. Jasper Bell disse que esperava que eu não deixasse a faculdade me estragar, como acontece com algumas pessoas; e eu sentia em meus ossos que, no fim dos meus quatro anos em Redmond, eu me transformaria em uma criatura insuportável, pensando que sabia tudo, olhando com soberba para tudo e todos em Avonlea. A Sra. Elisha Wright disse que entendia que as meninas de Redmond, especialmente aquelas de Kingsport, eram "terrivelmente elegantes e arrogantes", e ela imaginou que eu não me sentiria muito à vontade entre elas; e eu me vi, uma moça do campo, desajeitada, desleixada e humilhada, andando pelos corredores clássicos de Redmond em botas sujas de terra.

Anne terminou com uma risada e um suspiro misturados. Com sua natureza sensível, toda desaprovação tinha peso, até a desaprovação daqueles cujas opiniões ela pouco respeitava. Por enquanto, a vida estava insípida, e a ambição se apagara como uma vela soprada.

– Você certamente não liga para o que elas disseram – protestou Gilbert. – Você sabe exatamente como é estreita a visão delas sobre a vida, apesar de serem ótimas pessoas. Fazer qualquer coisa que elas nunca fizeram é cometer um pecado. Você é a primeira garota de Avonlea que vai fazer faculdade, e sabe que todos os pioneiros são considerados malucos.

– Ah, eu sei. Mas *sentir* é tão diferente de *saber*. Meu bom senso me diz tudo o que você pode dizer, mas há momentos em que o bom senso não tem poder sobre mim. Um absurdo comum toma posse da minha alma. Olha, depois que a Sra. Eliseu foi embora, mal tive coragem de terminar de fazer as malas.

– Você está apenas cansada, Anne. Venha, esqueça tudo e dê um passeio comigo, uma volta pela floresta além do pântano. Deve haver algo lá que eu quero lhe mostrar.

– Deve haver! Você não sabe se há?

– Não. Eu só sei que deve haver, algo que vi lá na primavera. Vamos lá. Vamos fingir que somos duas crianças de novo e vamos ao sabor do vento.

Eles começaram alegremente. Anne, lembrando-se do desagrado da noite anterior, foi muito gentil com Gilbert; e Gilbert, que estava aprendendo a sabedoria, teve o cuidado de não ser nada, exceto o colega de escola novamente. A Sra. Lynde e Marilla os observavam da janela da cozinha.

– Um dia, eles serão um casal – disse a Sra. Lynde, aprovando.

Marilla estremeceu um pouco. Em seu coração, ela esperava que sim, mas ia contra seus princípios ouvir o assunto mencionado do modo bisbilhoteiro da Sra. Lynde.

– Eles ainda são jovens – disse ela de modo breve.

A Sra. Lynde riu com descontração.

– Anne tem 18 anos; eu estava casada quando tinha essa idade. Nós, os mais velhos, Marilla, costumamos pensar que as crianças nunca crescem, é isso. Anne é uma jovem mulher, e Gilbert é um rapaz, e ele lambe o chão por onde ela anda, como qualquer um pode ver. Ele é um bom sujeito, e Anne não vai conseguir homem melhor. Espero que ela não se meta em nenhuma bobagem romântica em Redmond. Não aprovo esses lugares com rapazes e moças, nunca aprovei, é isso. Não acredito – concluiu a Sra. Lynde solenemente – que os estudantes dessas faculdades façam muito mais do que paquerar.

– Eles precisam estudar um pouco – disse Marilla, sorrindo.

– Bem pouco – disse a Sra. Rachel. – No entanto, acho que Anne vai estudar. Ela nunca foi namoradeira. Mas ela não valoriza Gilbert por tudo o que ele é, isso é certo. Ah, eu conheço as moças! Charlie Sloane também é louco por ela, mas eu nunca a aconselharia a casar-se com um Sloane. Os Sloanes são pessoas boas, honestas e respeitáveis, é claro. Mas mesmo assim, são *Sloanes*.

Marilla assentiu. Para alguém de fora, a afirmação de que os Sloanes eram Sloanes podia não ser muito esclarecedora, mas ela entendeu. Toda vila tem uma família assim: por mais que possam ser pessoas boas, honestas e respeitáveis, *Sloanes* são e devem permanecer sempre, embora falem com as línguas dos homens e dos anjos.

Gilbert e Anne, felizes e alheios ao fato de que o futuro deles estava sendo estabelecido pela Sra. Rachel, passeavam pelas sombras da Floresta Assombrada. Além dali, as colinas da colheita se aqueciam em um brilho âmbar do pôr do sol, sob um céu aéreo pálido de rosa e azul. Os distantes bosques de abetos tinham um tom de bronze polido, e suas longas sombras marcavam os prados das terras altas. Mas, ao redor deles, um pouco de vento cantava entre as borlas de abeto, e nele havia um toque de outono.

– Esta mata está de fato assombrada agora... por memórias antigas – disse Anne, curvando-se para pegar folhas de samambaias, branqueadas pelo gelo fino e brilhante. – Parece que as crianças que Diana e eu fomos ainda gostam de brincar aqui e se sentam ao lado da Bolha da Dríade nas penumbras, rodeadas por fantasmas. Você sabia que nem mesmo hoje consigo atravessar esse caminho à noite sem sentir um pouco de medo e arrepio, como sentia antes? Criamos um fantasma especialmente horrível – o fantasma da criança assassinada que se arrastava atrás de você e tocava com dedos frios os seus dedos. Eu confesso que, até hoje, não consigo deixar de ouvir pequenos passos furtivos atrás de mim quando chego aqui depois do anoitecer. Eu não tenho medo da mulher de branco, nem do homem sem cabeça nem dos esqueletos, mas gostaria de nunca ter imaginado o fantasma daquele bebê. Que raiva Marilla e a Sra. Barry sentiram dessa história de assombração! – concluiu Anne, com risos de nostalgia.

Os bosques ao redor do pântano eram um cenário esplêndido, tomado por teias de aranha flutuando no ar. Passando por um bosque sombrio de abetos retorcidos e um vale ensolarado margeado por bordos, eles encontraram "aquilo" que Gilbert estava procurando.

– Ah, aqui está – disse ele com satisfação.

– Uma macieira... e bem aqui! – exclamou Anne, encantada.

– Sim, uma verdadeira macieira cheia de frutas aqui no meio dos pinheiros e das faias, a menos de dois quilômetros de qualquer pomar. Eu estive aqui um dia na primavera passada e a encontrei, toda branca, cheia de flor. Então resolvi: voltaria no outono para ver se havia maçãs. Veja, está carregada. Elas também parecem boas – amareladas nas pontas e vermelhas no meio. A maioria das mudas selvagens é verde e pouco convidativa.

– Suponho que esta árvore tenha brotado anos atrás de alguma semente plantada ao acaso – disse Anne com ar sonhador. – E como ela cresceu, determinada, floresceu e se manteve aqui sozinha entre árvores de tipos totalmente diversos!

– Ali há uma árvore caída como uma almofada de musgo. Sente-se, Anne, servirá como trono da floresta. Vou escalar uma macieira para pegar algumas frutas. Todas crescem bem no alto... a árvore teve que crescer muito para alcançar a luz do sol.

As maçãs estavam mesmo deliciosas. Sob a casca amarronzada havia uma polpa branca, branca, com suaves traços vermelhos e, além do sabor próprio da maçã, tinham um certo sabor silvestre e delicioso que nenhuma maçã cultivada em pomar tinha.

– A maçã fatal do Éden provavelmente não era tão deliciosa – comentou Anne. – Mas chegou a hora de voltarmos para casa. Veja, já estava escurecendo há três minutos, e agora a lua está no céu. Que pena que não pudemos ver o momento de transformação. Mas esses momentos nunca são vistos, suponho.

– Vamos voltar ao pântano e seguir para casa pelo Caminho dos Apaixonados. Você ainda está tão descontente agora como estava antes do passeio, Anne?

– Não eu. Essas maçãs foram como maná para uma alma faminta. Sinto que amarei Redmond e passarei quatro anos esplêndidos lá.

– E depois desses quatro anos... o que vai acontecer?

– Ah, há outra curva no fim da estrada – respondeu Anne delicadamente. – Eu não tenho ideia do que pode estar me esperando nem quero ter. É melhor não saber.

O Caminho dos Apaixonados era um lugar querido naquela noite, silencioso e misteriosamente sombrio ao brilho fraco da luz da lua. Eles passearam por ele em um agradável silêncio, sem se importar em conversar.

"Se Gilbert estivesse sempre como estava esta noite, tudo seria agradável e simples", refletiu Anne.

Gilbert estava olhando para Anne, enquanto ela caminhava. Com seu vestido leve, com sua esbelta delicadeza, ela fez com que ele pensasse em uma íris branca.

"Será que um dia terei o amor dela?", ele pensou com uma pontada de desconfiança.

CAPÍTULO 3

SAUDAÇÃO E DESPEDIDA

Charlie Sloane, Gilbert Blythe e Anne Shirley deixaram Avonlea na manhã da segunda-feira seguinte. Anne esperava que fosse um belo dia. Diana deveria levá-la para a delegacia, e elas queriam que o último passeio que fariam juntas por um bom tempo fosse agradável. Mas quando Anne foi dormir no domingo à noite, o vento leste soprava em Green Gables com uma profecia sinistra que foi cumprida pela manhã. Anne acordou com pingos de chuva batendo na janela e sombreando a superfície cinza do lago com círculos cada vez maiores; as colinas e o mar estavam escondidos na névoa, e o mundo inteiro parecia sombrio e triste.

Anne, vestida de manhã cinzenta e triste, pois era preciso sair cedo para pegar o trem do barco, lutou contra as lágrimas que surgiam em seus olhos, apesar de seus esforços. Ela estava deixando a casa que lhe era tão querida, e algo lhe dizia que a deixaria para sempre, exceto como refúgio de férias. As coisas nunca mais seriam as mesmas; voltar para férias não seria como morar lá. E oh, como tudo era querido e amado – aquela pequena varanda branquinha sagrada para os sonhos da menina, a velha rainha da neve na janela, o riacho lá embaixo, a Bolha da Dríade, a Floresta Assombrada e o Caminho dos Apaixonados – todos os mil e um lugares queridos que as lembranças do passado guardavam. Ela poderia ser feliz de verdade em outro lugar?

O café da manhã em Green Gables naquela manhã foi uma refeição bastante triste. Davy, provavelmente pela primeira vez em sua vida, não conseguiu comer, mas choramingava sobre o mingau sem pudor. Ninguém mais parecia ter muito apetite, exceto Dora, que comeu suas porções confortavelmente. Dora, como a imortal e mais prudente Charlotte, que "continuava cortando pão com manteiga" quando o corpo de seu amante frenético foi levado, era uma daquelas criaturas afortunadas que raramente são perturbadas por alguma coisa. Apesar de ter apenas 8 anos, dificilmente algo abalava sua calma. Lamentava que Anne estivesse indo embora, é claro, mas havia alguma razão para ela deixar de apreciar um ovo *poché* com torradas? De modo nenhum. E, vendo que Davy não conseguia comer o dele, Dora comeu por ele.

Na hora certa, Diana apareceu com a charrete, o rosto corado e brilhando sob o capuz da capa de chuva. As despedidas tinham que acontecer de alguma maneira. A Sra. Lynde saiu de seus aposentos para dar um abraço caloroso em Anne e avisar para que ela tivesse cuidado com sua saúde, independentemente do que ela fizesse. Marilla, brusca e sem chorar, deu um beijinho na bochecha de Anne e disse que deveria ter notícias dela assim que ela se acomodasse. Quem olhasse e não as conhecesse, poderia ter concluído que Anne não tinha muita importância para a Srta. Cuthbert, a menos que essa pessoa observasse seus olhos com atenção. Dora beijou Anne e secou duas pequenas lágrimas decorativas; mas Davy, que chorava nos degraus da varanda dos fundos desde que se levantaram da mesa, recusou-se a dizer adeus. Quando viu Anne vindo em sua direção, levantou-se rapidamente, subiu as escadas correndo e se escondeu em um armário de roupas, do qual não sairia. Seus uivos abafados foram os últimos sons que Anne ouviu ao deixar Green Gables.

Choveu muito até Bright River, para a estação à qual tinha que ir, já que o trem da linha de ramificação de Carmody não se conectava ao trem de linha. Charlie e Gilbert estavam na plataforma da estação quando elas chegaram, e o trem estava assobiando. Anne teve tempo de pegar a passagem e a mala, despedir-se apressadamente de Diana e apressar-se a embarcar. Ela desejou voltar com Diana para Avonlea; ela sabia que morreria de saudade de casa. E ah, se ao menos aquela chuva sombria parasse de cair como se o mundo inteiro estivesse chorando o fim do verão e das alegrias que se foram! Nem a presença de Gilbert lhe trouxe conforto, pois Charlie Sloane também estava lá, e a "condição de Sloane" só podia ser tolerada quando o clima estava bom. Era absolutamente insuportável quando chovia.

Mas quando o barco saiu do porto de Charlottetown, as coisas mudaram para melhor. A chuva cessou, e o sol começou a brilhar de vez em quando entre as nuvens, criando nos mares cinzentos um brilho cor de cobre e iluminando as névoas que cortavam as costas vermelhas da ilha com tons dourados, prevendo um bom dia, afinal.

Além disso, Charlie Sloane ficou tão enjoado que teve que ir para dentro do barco, e Anne e Gilbert foram deixados sozinhos no convés.

"Estou muito feliz que todos os Sloanes fiquem enjoados assim que entram na água", pensou Anne sem piedade. "Tenho certeza de que eu não poderia lançar meu olhar de despedida para minha amada ilha com Charlie parado ali fingindo também estar emocionado."

– Bem, vamos embora – observou Gilbert sem grande emoção.

– Sim, eu me sinto como a Childe Harold, de Byron, só que esta terra não é realmente aquela em que nasci – disse Anne, piscando vigorosamente os olhos cinzentos. – Nova Escócia é isso, suponho. Mas a terra de uma pessoa é a terra que mais amamos e, para mim, é a boa e velha Ilha Prince Edward. Não acredito que nem sempre morei aqui. Aqueles onze anos antes de minha chegada aqui parecem um pesadelo. Faz sete anos desde que entrei neste barco, a noite em que a Sra. Spencer me trouxe de Hopetown. Até hoje consigo me ver naquele terrível vestido velho e feio, com um chapéu de marinheiro desbotado, explorando deques e cabines com grande curiosidade. Era um belo entardecer, e como aquelas margens vermelhas da ilha brilhavam ao sol! Agora estou atravessando o estreito novamente. Ah, Gilbert, espero que goste de Redmond e Kingsport, mas tenho certeza de que isso não vai acontecer!

– Para onde foi toda a sua filosofia, Anne?

– Está tudo submerso sob uma grande onda de solidão e saudades de casa. Ansiei ir para Redmond por três anos, e agora estou indo, mas gostaria de não estar! Deixa pra lá! Voltarei a ser alegre e filosófica assim que conseguir chorar bastante. *Tenho* que chorar, como um tipo de desabafo, mas terei que esperar a noite vir, em minha cama, na pensão onde estiver morando, onde quer que esteja. Anne será ela mesma novamente. Gostaria de saber se Davy já saiu daquele armário.

Eram nove horas da noite quando o trem em que estavam chegou a Kingsport, e eles se viram sob o brilho branco azulado da estação lotada. Anne sentiu-se terrivelmente desconcertada, mas um momento depois foi tomada por Priscilla Grant, que havia chegado a Kingsport no sábado.

– Encontrei você, querida! E suponho que esteja tão cansada quanto eu quando cheguei aqui no sábado à noite.

– Cansada! Priscilla, nem me diga. Estou cansada, abatida e desacostumada com o lugar, como se tivesse 10 anos. Por piedade, leve sua pobre e cansada amiga para algum lugar onde ela possa ficar com seus pensamentos.

– Eu vou levar você até a nossa pensão. Tem uma charrete à nossa espera.

– É uma bênção que você esteja aqui, Prissy. Se não estivesse, acho que eu me sentaria sobre minha mala, aqui e agora, e choraria

lágrimas amargas. Que conforto é ver um rosto familiar em local enorme e desconhecido, tomado por estranhos!
— Aquele é Gilbert Blythe, Anne? Como ele mudou nesse último ano! Ele era apenas um estudante quando lecionei em Carmody. E é claro que é Charlie Sloane com ele. Ele não mudou, nem poderia! Era exatamente assim quando nasceu e assim continuará sendo quando tiver 80 anos. Por este caminho, querida. Estaremos em casa em vinte minutos.
— Casa!? — Anne gemeu. — Acho que você quer dizer que estaremos em uma pensão horrível, em um quarto de corredor pequeno e, pior ainda, com janela dando vista para um quintal sujo e escuro.
— Não é uma pensão horrível, Anne, querida. Ali está nossa charrete. Entre nela e o condutor vai carregar sua bagagem. Ah, sim, a pensão... é realmente um lugar muito agradável, como você verá amanhã de manhã, quando uma boa noite de descanso fizer com que seu sono dê lugar ao entusiasmo. É uma casa grande, de pedra cinza à moda antiga, na St. John Street, e precisaremos fazer uma caminhada rápida e agradável para chegar a Redmond. Era, antes, a casa de pessoas ricas e importantes, mas, com o tempo, a rua saiu de moda, e suas casas agora apenas têm resquícios do glorioso passado. Elas são tão grandes que as pessoas que vivem nelas têm que receber pensionistas para enchê-las. Pelo menos, é essa a impressão que as proprietárias da casa estão muito ansiosas para nos causar. Elas são ótimas, Anne... as senhoras da pensão, digo.
— Quantas são?
— Duas. A Srta. Hannah Harvey e Srta. Ada Harvey. São gêmeas nascidas há cerca de 50 anos.
— Parece que não consigo me livrar de gêmeos — disse Anne, sorrindo. — Aonde quer que eu vá, eles me confrontam.
— Ah, mas elas não são mais gêmeas, querida. Depois de completar 30 anos, nunca mais foram gêmeas. A Srta. Hannah está envelhecendo com pouca graça, e a Srta. Ada continua com 30,

menos graciosa ainda. Eu não sei se a Srta. Hannah sabe sorrir; eu nunca a vi sorrindo. Mas a Srta. Ada sorri o tempo todo, o que é pior. No entanto, elas são almas gentis e boas, e recebem duas pessoas por ano, porque a Srta. Hannah tem um espírito econômico que não tolera "desperdiçar espaço"; não porque elas precisem ou devam, como a Srta. Adam já me disse sete vezes desde a noite de sábado. Com relação aos nossos quartos, ficam no fim do corredor, e o meu tem vista para o quintal. O seu é um quarto de frente e tem vista para o cemitério de Old Saint John, que fica do outro lado da rua.

– Isso parece macabro – estremeceu Anne. – Acho que prefiro ter a vista do quintal.

– Oh, não, não preferiria. Espere e veja. Old Saint John é um lugar adorável. Tem sido um cemitério há tanto tempo que deixou de ser e se tornou um dos pontos turísticos de Kingsport. Ontem, para fazer um exercício físico agradável, eu o percorri todo. Há um grande muro de pedra e uma fileira de árvores enormes ao redor dele, fileiras de árvores por todo o lado, e as lápides antigas mais estranhas que já vi com as inscrições mais esquisitas e pitorescas. Anne, você vai até lá para estudar, com certeza. É claro que ninguém mais é enterrado lá agora, mas há alguns anos eles colocaram um belo monumento em memória dos soldados da Nova Escócia que caíram na Guerra da Crimeia ali. Fica do outro lado da entrada dos portões e oferece "espaço para a imaginação", como você costumava dizer. Aqui está seu baú, finalmente. E os meninos estão chegando para dizer boa noite. Devo realmente apertar a mão de Charlie Sloane, Anne? Suas mãos são sempre tão frias e não firmes! Precisamos convidá-los para nos visitar às vezes. A Srta. Hannah me disse, com seriedade, que poderíamos receber "jovens rapazes" como visitantes duas noites por semana, caso eles se fossem em um horário razoável; e a Srta. Adam me pediu, sorrindo, para cuidar a fim de que eles não se sentassem em suas lindas almofadas. Eu prometi cuidar disso;

mas só Deus sabe onde mais eles podem se sentar, a menos que seja no chão, pois há almofadas em *tudo*. A Srta. Ada tem até uma toalha de renda importada em cima do piano.

Anne estava rindo a essa altura. A conversa animada de Priscilla teve o efeito pretendido de animá-la; a saudade de casa havia desaparecido por enquanto e nem voltou com força total quando ela finalmente se viu sozinha em seu quartinho. Anne, então, foi até a janela e olhou para a rua, que estava escura e silenciosa. A lua brilhava acima das árvores do Old Saint John, logo atrás da grande e escura cabeça do leão no monumento. Anne se perguntou se teria sido naquela manhã que ela deixara Green Gables, pois tinha a sensação de uma longa passagem de tempo que um dia de mudança e viagem proporciona.

"Suponho que a própria lua esteja olhando para Green Gables agora", ela pensou. "Mas eu não vou pensar sobre isso, para não sentir mais saudade de casa. Eu nem vou chorar. Vou deixar para chorar em um momento mais conveniente e agora vou para a cama dormir, sensata e com calma."

CAPÍTULO 4

A DAMA DE ABRIL

Kingsport é uma pitoresca cidade antiga, que remonta aos primeiros tempos coloniais, e envolvida em sua atmosfera antiga, como uma bela e velha dama em roupas feitas como as de sua juventude. Aqui e ali brota algo de modernidade, mas no fundo ainda é intocada; é repleta de relíquias curiosas e tomada pelo romance de muitas lendas do passado. Antigamente era uma mera estação de fronteira à margem do deserto na época em que os índios impediam a vida de ser monótona para os colonos. Depois, tornou-se um ponto de discórdia entre britânicos e franceses, sendo ocupada por um e pelo outro, emergindo de cada ocupação com uma nova cicatriz de luta entre nações.

Tem em seu parque uma torre com parapeitos altos e vários canhões antigos visitados por turistas que escrevem seus nomes neles, e as ruínas de um forte francês antigo se incorporam à paisagem em suas praças públicas. Também tem outros pontos históricos, que podem ser caçados pelos curiosos, e nenhum é mais singular e agradável do que o cemitério Old Saint John, no centro da cidade, com ruas de casas antigas e tranquilas dos dois lados, e ruas movimentadas e modernas em outros pontos.

Todo cidadão de Kingsport sente um grande orgulho de Old Saint John's, pois, com alguma pretensão, todos têm um ancestral enterrado ali, com uma pedra estranha e torta como túmulo ou se espalhando protetoramente sobre a sepultura, na qual são registrados todos os principais fatos de sua história. Na maioria das vezes, nenhuma grande arte ou habilidade foi esbanjada nessas velhas lápides. O número maior é de pedra nativa marrom ou cinza, cinzelada de qualquer modo, e apenas em alguns casos há alguma tentativa de ornamentação. Alguns são adornados com caveira e ossos cruzados, e a essa decoração parda frequentemente se adiciona uma cabeça de querubim. Muitos estão prostrados e em ruínas. Quase todos os dentes do tempo roeram; algumas inscrições foram completamente apagadas, e outras só podem ser decifradas com dificuldade. O cemitério é muito cheio e muito arborizado, pois é cercado e cruzado por fileiras de olmos e salgueiros, sob cujas sombras descansam os que permanecem sem sonhos, para sempre envolvidos pelos ventos e folhas sobre eles, e imperturbados pelo clamor de tráfego além dali.

Anne fez a primeira de muitas caminhadas em Old Saint John's na tarde seguinte. Ela e Priscilla haviam ido a Redmond no início da tarde e se matricularam como alunas e, depois disso, não havia mais nada a fazer naquele dia. As meninas escaparam contentes, pois não era divertido estar cercado por multidões de estranhos, a maioria dos quais com uma aparência bastante estranha, como se não tivesse muita certeza de onde eram.

Os "novatos" estavam em grupos separados de dois ou três, olhando uns para os outros; os "superiores" mais sábios por serem mais experientes e mais velhos se uniram na grande escadaria do hall de entrada, onde davam gritos de alegria com todo o vigor dos pulmões jovens, como uma espécie de desafio a seus inimigos tradicionais, os alunos do segundo ano, alguns dos quais circulavam alegremente, parecendo não se importar com os "filhotes não paparicados" nas escadas. Gilbert e Charlie não estavam em lugar algum.

– Nunca pensei que chegaria o dia em que ficaria feliz em ver um Sloane – disse Priscilla, enquanto atravessavam o campus –, e que eu veria os olhos grandes de Charlie quase em êxtase. Pelo menos, eles são olhos familiares.

– Oh – suspirou Anne. – Não consigo descrever como me senti quando estava lá, esperando a minha vez de ser matriculada – tão insignificante quanto a menor gota em um balde enorme. Já é ruim o suficiente se sentir insignificante, mas é insuportável ter enraizado em sua alma que você nunca, nunca poderá ser nada além de insignificante, e é assim que eu me senti: como se eu fosse invisível a olho nu, e alguns daqueles alunos do segundo ano pudessem pisar em mim. Eu sabia que iria descer ao meu túmulo sem que ninguém desse conta.

– Espere até o próximo ano – confortou Priscilla. – Então poderemos parecer tão entediadas e sofisticadas quanto qualquer um dos alunos do segundo ano. Sem dúvida, é horrível parecer insignificante, mas acho que é melhor do que se sentir tão grande e desajeitada quanto eu me senti: como se eu estivesse esparramada por Redmond. Foi assim que me senti – suponho que eu era uns bons cinco centímetros mais alta que qualquer outro na multidão. Não tinha medo de que um aluno do segundo ano pudesse passar por cima de mim. Eu tinha medo de que eles me vissem como uma elefanta ou uma espécie pouco desenvolvida de um morador de uma ilha criada à base de batata.

– Suponho que o problema é que não podemos perdoar a grande Redmond por ela não ser a pequena Queen's – disse Anne, reunindo ao redor dela os fragmentos de sua antiga filosofia alegre para cobrir sua nudez de espírito. – Quando deixamos Queen's, conhecíamos todo mundo e tínhamos casa própria. Suponho que temos desejado inconscientemente retomar a vida em Redmond exatamente onde paramos em Queen's, e agora sentimos como se o chão tivesse escorregado sob nossos pés. Fico feliz por nem a Sra. Lynde, nem a Sra. Elisha Wright conhecerem, e porque nunca conhecerão, meu estado de espírito no momento.

Elas adorariam dizer "Eu avisei" e se convenceriam de ser o começo do fim, sendo que é apenas o fim do começo.

– Exatamente. Isso tem mais a ver com a Anne. Daqui a pouco, nós nos acostumaremos e nos conheceremos, e tudo ficará bem. Anne, você notou a garota que ficou sozinha do lado de fora da porta do vestiário misto a manhã toda... a bonita com olhos castanhos e boca torta?

– Sim, eu percebi. Eu a notei especialmente, porque ela parecia a única criatura ali que *parecia* tão solitária e sem amigos quanto eu me *sentia*. Eu tinha *você*, mas ela não tinha ninguém.

– Acho que ela também se sentiu completamente sozinha. Várias vezes eu a vi fazer um movimento como se fosse andar até nós, mas ela não fez isso – muito tímida, suponho. Gostaria que ela tivesse vindo. Se eu não estivesse me sentindo tão elefanta como disse antes, eu teria ido até ela. Mas não pude atravessar aquele grande corredor com todos aqueles garotos uivando nas escadas. Ela foi a novata mais bonita que vi hoje, mas provavelmente estou me deixando levar e até a beleza é vã em seu primeiro dia em Redmond – concluiu Priscilla com uma risada.

– Vou para o Old Saint John's depois do almoço – disse Anne. Não sei se um cemitério é um lugar muito bom para se animar, mas parece o único lugar possível de encontrar árvores e preciso de árvores. Vou me sentar em uma daquelas velhas lajes, fechar os olhos e imaginar que estou na floresta de Avonlea.

Anne não fez isso, pois encontrou bastante interesse em Old Saint John para manter os olhos bem abertos. Elas entraram pelos portões de entrada, passaram pelo simples e enorme arco de pedra encimado pelo grande leão da Inglaterra.

– *"E em Inkerman ainda a sarça selvagem é sangrenta,*

E essas alturas sombrias daqui em diante serão famosas na história" – Anne citou, olhando-as com emoção. Elas se viram em um lugar escuro, frio e verde, onde os ventos gostavam de ronronar. De um lado para o outro, pelos longos corredores cobertos de grama, vagavam, lendo os epitáfios pitorescos e volumosos, esculpidos em uma época que tinha mais lazer do que a nossa.

– "Aqui jaz o corpo do nobre cavaleiro Albert Crawford" – leu Anne de uma laje cinza desgastada – "por muitos anos, Guardião da Ordenança de Sua Majestade em Kingsport. Ele serviu no exército até a paz de 1763, quando se aposentou por problemas de saúde. Era um oficial corajoso, o melhor dos maridos, o melhor dos pais, o melhor dos amigos. Ele morreu em 29 de outubro de 1792, aos 84 anos". Há um epitáfio para você, Prissy. Certamente, existe algum "espaço para a imaginação" nele. Essa vida deve ter sido cheia de aventura! E, quanto às qualidades pessoais dele, tenho certeza de que não haveria elogio maior do que esse. Eu me pergunto se eles disseram que ele era todas as melhores coisas enquanto ele estava vivo.

– Aqui tem outro – disse Priscilla. – Ouça: "À memória de Alexander Ross, que morreu em 22 de setembro de 1840, aos 43 anos. Isso é *feito* como um tributo de afeto por alguém a quem ele serviu tão fielmente por 27 anos que foi considerado um amigo, merecendo a mais completa confiança e apego".

– Um epitáfio muito bom – comentou Anne, pensativa. – Eu não desejaria um melhor. Somos todos servos de algum tipo e, se o fato de sermos fiéis puder ser verdadeiramente inscrito em nossas lápides, nada mais precisa ser acrescentado. Aqui está uma pedrinha cinza triste, Prissy: "à memória de um filho favorito". E aqui está outra: "erguido em memória de quem está enterrado em outro lugar". Eu me pergunto onde está essa cova desconhecida. Realmente, Pris, os cemitérios de hoje nunca serão tão interessantes quanto isso. Você estava certa: eu frequentemente virei aqui. Eu já o amo. Já vejo que não estamos sozinhas aqui – há uma garota no fim desta avenida.

– Sim, e acredito que é a mesma garota que vimos em Redmond hoje de manhã. Eu a observo há cinco minutos. Ela começou a subir a avenida exatamente meia dúzia de vezes e, meia dúzia de vezes, ela se virou e voltou. Ou ela é terrivelmente tímida, ou tem algo em sua consciência. Vamos encontrá-la. É mais fácil se conhecer em um cemitério do que em Redmond, acredito.

Elas desceram a longa arcada gramada em direção à estranha, que estava sentada em uma laje cinza sob um enorme salgueiro. Ela era mesmo muito bonita, com um tipo de beleza vívida, irregular e fascinante. Havia um brilho de nozes marrons em seus cabelos lisos e um brilho suave e maduro nas bochechas redondas. Seus olhos eram grandes, castanhos e aveludados, sob sobrancelhas negras estranhamente pontudas, e seu sorriso torto era vermelho. Ela usava um elegante terno marrom, com dois sapatinhos muito modernos aparecendo por baixo; e seu chapéu de palha rosa opaco, enfeitado com papoulas marrom-douradas, tinha o ar indefinível e inconfundível que pertence à "criação" de um artista em chapelaria.

Priscilla teve uma repentina e dolorosa consciência de que seu próprio chapéu havia sido aparado pelo moleiro de sua loja da vila, e Anne ficou pensando, incomodada, que a blusa que ela havia feito com as próprias mãos e que a Sra. Lynde usava parecia muito do interior e feita em casa perto da bela roupa da desconhecida. Por um momento, as duas garotas tiveram vontade de voltar.

Mas elas já tinham parado e virado para a laje cinza. Era tarde demais para recuar, pois a garota de olhos castanhos evidentemente concluíra que ambas iam falar com ela. Instantaneamente, ela se levantou e avançou com a mão estendida e um sorriso alegre e amigável, no qual não parecia haver sombra de timidez ou de consciência pesada.

– Oh, eu quero saber quem vocês duas são – ela exclamou ansiosamente. – Estou *morrendo* de vontade de saber. Eu vi vocês em Redmond hoje de manhã. Digam: não estava *horrível* lá? Todo o tempo, desejei ter ficado em casa e me casado.

Anne e Priscilla começaram a rir sem restrições com essa conclusão inesperada. A garota de olhos castanhos riu também.

– Eu realmente fiz isso. *Poderia* ter feito, vocês sabem. Venham, vamos todas nos sentar nesta lápide e nos familiarizar. Não vai ser difícil. Eu sei que vamos nos adorar – soube disso assim que eu vi vocês em Redmond hoje de manhã. Quis muito me aproximar e abraçar vocês.

– Por que você não fez isso? – perguntou Priscilla.

– Porque eu simplesmente não conseguia me decidir a fazer isso. Eu nunca consigo me decidir sobre nada, eu sempre sofro com indecisão. Assim que eu decido fazer algo, sinto em meus ossos que outro caminho seria o correto. É um infortúnio terrível, mas nasci assim e não adianta culpar-me por isso como algumas pessoas fazem. Portanto, não me decidi a ir falar com você, por mais que quisesse.

– Nós pensamos que você era muito tímida – disse Anne.

– Não, não, querida. A timidez não está entre as muitas falhas – ou virtudes – de Philippa Gordon, Phil, para abreviar. Pode me chamar de Phi, de uma vez. E como vocês se chamam?

– Ela é Priscilla Grant – disse Anne, apontando.

– E *ela* é Anne Shirley – disse Priscilla, apontando, por sua vez.

– E nós somos da ilha – disseram as duas juntas.

– Sou de Bolingbroke, Nova Escócia – disse Philippa.

– Bolingbroke! – exclamou Anne. – Ora, foi onde eu nasci.

– Você nasceu lá mesmo? Por que isso faz de você uma Bluenose, afinal.

– Não, não – replicou Anne. – Não foi Dan O'Connell quem disse que, se um homem nasce em um estábulo, isso não faz dele um cavalo? Eu sou a ilha, essencialmente.

– Bem, fico feliz que você tenha nascido em Bolingbroke, de qualquer maneira. Isso nos torna um pouco vizinhas, não é? E eu gosto disso, porque quando eu lhe contar segredos não será como se eu estivesse os contando para uma desconhecida. Preciso contá-los. Não consigo guardar segredos, não adianta tentar. Essa é minha pior falha, isso e a indecisão, como já disse. Você acredita que levei meia hora para decidir qual chapéu usar quando estava vindo para cá – *aqui*, para um cemitério! No começo, inclinei-me para o meu marrom com pena; mas, assim que o coloquei, pensei que esse rosa com a aba larga seria melhor. Quando o ajeitei na cabeça, gostei mais do marrom e, por fim, eu os coloquei juntos na cama, fechei os olhos e usei um alfinete. O alfinete espetou o rosa, então eu o coloquei. É bonito, não é? Diga-me, o que você acha da minha aparência?

Diante daquele pedido ingênuo feito em um tom completamente sério, Priscilla riu novamente. Mas Anne disse, apertando impulsivamente a mão de Philippa:

– Pensamos hoje de manhã que você é a garota mais bonita que vimos em Redmond.

Os lábios tortos de Philippa se transformaram em um sorriso torto e fascinante sobre os dentinhos muito brancos.

– Eu pensei exatamente isso – foi sua próxima declaração surpreendente –, mas eu queria que a opinião de outra pessoa reforçasse a minha. Não consigo me decidir nem sobre minha própria aparência. Assim que decido que sou bonita começo a me sentir péssima, pensando que não sou. Além disso, tenho uma tia-avó horrível que está sempre me dizendo, com um suspiro triste: "Você era um bebê tão bonito. É estranho como as crianças mudam quando crescem.". Eu adoro tias, mas detesto tias-avós. Por favor, digam-me com frequência que sou bonita, se vocês não se importarem. Eu me sinto muito mais à vontade quando acredito que sou bonita. E serei igualmente agradável com vocês, se quiserem… *sei* ser, conscientemente.

– Obrigada – riu Anne –, mas Priscilla e eu estamos tão firmemente convencidas de nossa boa aparência que não precisamos de nenhum reforço sobre ela, então você não precisa se preocupar.

— Oh, você está rindo de mim. Eu sei que você pensa que sou abominavelmente vaidosa, mas não sou. Realmente não há uma centelha de vaidade em mim. E nunca reluto em prestar elogios a outras garotas quando elas merecem. Estou feliz por ter conhecido vocês. Cheguei no sábado e quase morri de saudades desde então. É uma sensação horrível, não é? Em Bolingbroke, sou uma importante personagem e, em Kingsport, eu não sou ninguém! Houve momentos em que senti minha alma se entristecer. Onde vocês moram?

— Rua Saint John, número 38.

— Só melhora. Estou bem perto, na Wallace Street. Mas não gosto da minha pensão. É sombria e solitária, e meu quarto dá vista para um quintal tão sem graça. É o lugar mais feio do mundo. Quanto aos gatos, bem, certamente *todos* os gatos de Kingsport não podem se reunir lá à noite, mas metade deles, sim. Eu adoro gatos em tapetes diante da lareira, cochilando diante do fogo, mas gatos nos quintais à meia-noite são animais totalmente diferentes. Na primeira noite em que estive aqui, chorei a noite toda, e os gatos também. Vocês deveriam ter visto meu nariz pela manhã. Eu queria nunca ter saído de casa!

— Eu não sei como você decidiu se mudar para Redmond se você é realmente uma pessoa indecisa — disse Priscilla, divertindo-se.

— Olha, querida, eu não fiz isso. Foi meu pai que quis que eu viesse. Ele estava mais do que decidido — o porquê eu não sei. Parece perfeitamente ridículo pensar que eu deveria fazer um bacharelado, não é? Parece, mas posso fazer. Sou muito inteligente.

— Oh! — disse Priscilla vagamente.

— Sim. Mas é trabalhoso usar a inteligência. E os bacharéis são criaturas tão instruídas, dignas, sábias e solenes — devem ser. Não, eu *não* queria vir para Redmond. Eu fiz isso apenas para agradar ao meu pai. Ele *é* decidido. Além disso, eu sabia que se ficasse em casa teria que me casar. Mamãe queria isso, queria mesmo. Minha mãe é decidida. Mas eu de fato não queria nem pensar por mais alguns anos. Quero me divertir muito antes de me comprometer. E, por mais ridícula que seja a ideia de ser bacharel, a ideia de ser uma senhora casada ainda é mais absurda, não é? Eu tenho apenas 18 anos. Não... Concluí que preferiria vir a Redmond a me casar. Além disso, como eu poderia me decidir com qual homem casar?

– Havia tantos assim? – riu Anne.

– Montes. Os rapazes gostam muito de mim – de verdade. Mas havia apenas dois que importavam. O resto era muito jovem e muito pobre. Preciso me casar com um homem rico, vocês sabem.

– Por que você precisa?

– Querida, você não consegue me imaginar como a esposa de um homem pobre, não é? Não posso fazer uma única coisa útil e sou muito extravagante. Oh, não, meu marido deve ter montes de dinheiro. Com isso, só sobraram dois. Mas decidir entre os dois foi tão difícil quanto decidir entre duzentos. Eu sabia perfeitamente que escolher um me deixaria eternamente arrependida por não ter escolhido o outro.

– Você não *amava* nenhum deles? – perguntou Anne, um pouco hesitante. Não foi fácil para ela falar com uma desconhecida sobre o grande mistério e a transformação da vida.

– Deus, não. Eu não *consigo* amar ninguém. Não está em mim. Além disso, eu não quero. Estar apaixonada faz de você uma escrava perfeita, *eu* acho. E daria a um homem muito poder para machucá-la. Eu ficaria com medo. Não, não, Alec e Alonzo são dois meninos queridos, e eu gosto tanto dos dois que realmente não sei de qual gosto mais. Esse é o problema. Alec é o mais bonito, é claro, e eu simplesmente não poderia me casar com um homem que não fosse bonito. Ele também tem bom humor e tem cabelos pretos e encaracolados. Ele é perfeito demais, não acredito que gostaria de ter um marido perfeito, alguém em quem nunca conseguisse encontrar defeitos.

– Então por que não se casar com Alonzo? – perguntou Priscilla com seriedade.

– Pense em se casar com alguém chamado Alonzo! – disse Phil tristemente. – Eu acho que não suportaria isso. Mas ele tem um nariz clássico, e seria um conforto ter um nariz bonito na família. Eu não posso depender do meu. Até agora, tem o padrão dos Gordon, mas eu tenho muito medo de que ele desenvolva as tendências dos Byrne à medida que eu envelhecer. Examino-o todos os dias ansiosamente para ter certeza de que ainda é como os do Gordon. Minha mãe era uma Byrne e tem o nariz de Byrne no maior nível Byrne, dá para ver. Eu adoro narizes bonitos. Seu nariz é muito bom, Anne Shirley. O nariz de Alonzo quase virou a balança a seu favor. Mas *Alonzo*! Não, eu não conseguia decidir. Se eu pudesse fazer como fiz com os chapéus – deixar os dois lado a lado, fechar os olhos e cutucar com um alfinete – teria sido bem fácil.

– Como Alec e Alonzo se sentiram quando você foi embora? – perguntou Priscilla.

– Oh, eles ainda têm esperança. Eu disse a eles que teriam que esperar até que eu pudesse decidir. Eles estão dispostos a esperar. Ambos me adoram, sabe? Enquanto isso, pretendo me divertir. Eu espero que eu tenha muitos interessados em Redmond. Não posso ser feliz se não tiver. Mas vocês não acham que os calouros são terrivelmente feios? Eu vi apenas um sujeito realmente bonito entre eles. Ele foi embora antes de vocês chegarem. Ouvi seu amigo chamá-lo de Gilbert. Seu amigo tinha olhos bem esbugalhados. Mas vocês não estão indo embora ainda, certo, meninas? Não façam isso agora.

– Acho que devemos – disse Anne com frieza. – Está ficando tarde e tenho algum trabalho a fazer.

– Mas vocês duas virão me ver, não vão? – perguntou Philippa, levantando-se e abraçando as duas. – E deixem-me ir visitá-las.

Quero ser amiga de vocês. Gostei muito de vocês duas. E ainda não as enojei com minha frivolidade, certo?

– Não exatamente – riu Anne, respondendo ao aperto de Phil com certa cordialidade.

– Porque eu não sou tão tola quanto pareço, sabem? Se aceitarem Philippa Gordon, como o Senhor a fez, com todas as suas falhas, passarão a gostar dela. Esse cemitério não é um lugar agradável? Eu adoraria ser enterrada aqui. Aqui está uma sepultura que eu não vi antes, essa com grade de ferro. Oh, meninas, vejam, vejam! Na lápide está escrito que é o túmulo de um soldado que foi morto na luta entre Shannon e Chesapeake. Vejam só!

Anne parou no parapeito e olhou para a lápide gasta com o coração aos pulos pela excitação repentina. O antigo cemitério, com suas árvores altas e longos corredores de sombras, desapareceu de sua vista. Em vez disso, ela viu o porto de Kingsport quase de um século atrás. Saiu da névoa lentamente uma grande fragata, brilhante com "a bandeira de meteoros da Inglaterra". Atrás dela havia outra, com uma forma imóvel e heroica, envolta em sua própria bandeira estrelada, caída no convés – o galante Lawrence. O dedo do tempo havia retrocedido suas páginas, e esse era o Shannon navegando triunfante pela baía com o Chesapeake como seu prêmio.

– Volte, Anne Shirley, volte – riu Philippa, puxando o braço dela. – Você está 100 anos longe de nós. Volte.

Anne voltou com um suspiro; seus olhos estavam brilhando suavemente.

– Eu sempre amei essa história antiga – disse ela – e, embora os ingleses tenham conquistado essa vitória, acho que foi por causa do corajoso comandante derrotado que eu amo. Esse túmulo parece aproximar tanto e torná-lo tão real. Esse pobre soldado tinha apenas 18 anos. Ele "morreu de feridas graves causadas em ação importante" – assim está escrito em seu epitáfio. É como um soldado pode desejar.

Antes de se virar, Anne soltou um pequeno ramo de violetas que carregava e o jogou suavemente no túmulo do rapaz que havia morrido no grande duelo no mar.

– Bem, o que você acha de nossa nova amiga? – perguntou Priscilla quando Phil as deixou.

– Gosto dela. Há algo muito amável nela, apesar de todo o absurdo. Acredito, como ela mesma diz, que não é tão tola quanto parece. Ela é um bebê querido e adorável, e eu não sei se ela vai crescer.

– Eu também gosto dela – disse Priscilla, decidida. – Ela fala tanto sobre garotos quanto Ruby Gillis. Mas sempre me enfurece ou me deixa mal ao ouvir Ruby, enquanto eu só queria rir e me divertir com Phil. Agora, qual é o porquê disso?

– Há uma diferença – disse Anne, meditativa. – Eu acho que é porque Ruby é realmente muito *consciente* a respeito dos garotos. Ela brinca de amor e de fazer amor. Além disso, dá para sentir que ela se vangloria de seus pretendentes e faz isso para esfregar em nossa cara que não temos muito. Mas quando Phil fala de seus pretendentes, parece que ela fala de colegas de sala. Ela realmente vê os rapazes como bons camaradas e fica satisfeita por ter dezenas deles por perto, simplesmente porque ela gosta de ser popular e de ser considerada popular. Até Alec e Alonzo – nunca conseguirei pensar nesses dois nomes separadamente depois disso – são apenas dois companheiros de brincadeira que querem que ela brinque com eles a vida toda. Fico feliz por tê-la conhecido e por termos ido a Old Saint John´s. Acredito que formei uma pequena raiz da alma no solo de Kingsport esta tarde. Acredito que sim. Eu odeio me sentir transplantada.

CAPÍTULO 5

CARTAS DE CASA

Nas três semanas seguintes, Anne e Priscilla continuaram se sentindo como estranhas em uma terra estranha. Então, de repente, tudo pareceu entrar em foco – Redmond, professores, turmas, estudantes, estudos, eventos sociais. A vida tornou-se homogênea novamente em vez de ser composta de fragmentos separados. Os novos alunos, em vez de serem um grupo de indivíduos não relacionados, viram-se como uma classe, com espírito de classe, grito de classe, interesses de classe, antipatias de classe e ambições de classe. Eles venceram a "Corrida das Artes" anual contra os alunos do segundo ano e, assim, conquistaram o respeito de todas as classes e uma enorme opinião de confiança em si mesmos.

Durante três anos, os alunos do segundo ano venceram a "Corrida"; o fato de a vitória daquele ano ter sido conquistada pelos calouros foi atribuída à administração estratégica de Gilbert Blythe, que organizou a campanha e originou novas táticas que desmoralizaram os segundanistas e levaram os calouros ao triunfo. Como recompensa de mérito, ele foi eleito presidente da turma de novos alunos, uma posição de honra e responsabilidade – de um ponto de vista de aluno novo, pelo menos – cobiçada por muitos. Ele também foi convidado a participar do "Cordeiros", a Fraternidade Lamba Theta de Redmond – uma honra raramente reservada a um novo aluno. Como uma provação de iniciação preparatória, ele teve que desfilar pelas principais ruas comerciais de Kingsport por um dia inteiro, vestindo um grande chapéu e um volumoso avental de chita vistosa. Ele fez isso alegremente, tirando seu chapéu com graça e cortesia quando via damas que conhecia. Charlie Sloane, que não tinha sido convidado a se juntar aos Cordeiros, disse a Anne que não sabia como Blythe poderia fazer isso, e ele, por sua parte, nunca poderia se humilhar daquela forma.

– Vocês viram Charlie Sloane em um avental e um chapéu grande – riu Priscilla. – Ele se parecia exatamente com sua velha avó Sloane. Mas Gilbert parecia tão másculo com eles quanto parece com suas próprias roupas.

Anne e Priscilla estavam no meio da vida social de Redmond. O fato de isso ter acontecido tão rapidamente deveu-se em grande parte a Philippa Gordon. Philippa era filha de um homem rico e conhecido e pertencia a uma antiga e exclusiva família "*blue nose*", como diziam. Isso, combinado com sua beleza e charme – um charme reconhecido por todos que a conheceram –, prontamente abriu os portões de todas as panelinhas, clubes e aulas de Redmond; e para onde ela ia, Anne e Priscilla também iam. Phil "adorava" Anne e Priscilla, especialmente Anne. Ela era uma pequena alma leal, livre de cristais de qualquer forma de esnobismo. "Me ame, ame meus amigos" parecia ser o lema inconsciente dela. Sem esforço, levou-as consigo para seu círculo cada vez mais amplo de amizade, e as duas garotas de Avonlea encontraram seu caminho social em Redmond de forma muito fácil e agradável, para a inveja e o espanto dos outros novatos, que, sem o patrocínio de Philippa, estavam fadados a permanecer à margem das coisas durante o primeiro ano de faculdade.

Para Anne e Priscilla, com suas visões mais sérias da vida, Phil continuava sendo o bebê adorável e divertido que se mostrara no primeiro encontro. No entanto, como ela mesma disse, ela era muito inteligente. Quando ou onde ela encontrava tempo para estudar era um mistério, pois ela parecia estar sempre em busca de algum tipo de "diversão", e suas noites em casa eram lotadas de visitantes. Ela possuía todos os "rapazes" que seu coração podia desejar, pois nove décimos dos calouros e uma grande fração de todas as outras classes se esforçavam por seus sorrisos. Ela se sentia ingenuamente encantada com isso e contava com alegria sobre cada nova conquista a Anne e Priscilla, com comentários que poderiam fazer os ouvidos dos pobres pretendentes arderem muito.

– Alec e Alonzo aparentemente ainda não têm nenhum grande concorrente – observou Anne, provocando.

– Nenhum – concordou Philippa. – Escrevo para os dois toda semana e digo a eles tudo sobre os meus rapazes daqui. Tenho certeza de que deve diverti-los. Mas, é claro, aquele de quem eu mais gosto não consigo ter. Gilbert Blythe nem me nota, só olha para mim como se eu fosse um gatinho simpático que ele gostaria de acariciar. Muito bem, eu sei o motivo. Eu devo um rancor, rainha Anne. Eu realmente deveria odiá-la e, em vez disso, amo você loucamente e fico infeliz se não a vejo todos os dias. Você é diferente de qualquer garota que eu já conheci. Quando você olha para mim de uma certa maneira, sinto como eu sou uma criatura insignificante e frívola e desejo ser melhor, mais sábia e mais forte. E então eu faço boas resoluções; mas o primeiro homem bonito que aparece no meu caminho tira todas elas da minha cabeça. A vida na faculdade não é magnífica? É tão engraçado pensar que eu odiei isso no primeiro dia. Mas, se não tivesse vindo, nunca teria conhecido você. Anne, por favor, diga-me novamente que gosta de mim um pouco. Anseio por ouvir isso.

– Eu gosto muito de você e acho que você é uma gatinha querida, doce, adorável, aveludada, sem garras – riu Anne –, mas não sei quando você consegue tempo para estudar.

Phil deve ter encontrado tempo, pois frequentou todas as aulas do ano. Mesmo o velho e rabugento professor de matemática, que detestava as salas mistas e se opôs amargamente à admissão em Redmond, não conseguiu incomodá-la. Ela se saía melhor entre as alunas novas em todas as aulas, exceto em inglês, onde Anne Shirley a deixava para trás. A própria Anne achou os estudos de seu primeiro ano muito fáceis graças, em grande parte, ao trabalho constante que ela e Gilbert haviam realizado durante os dois últimos anos em Avonlea. Isso deu a ela mais tempo para uma vida social que ela desfrutava completamente. Mas nunca por um momento ela se esquecia de Avonlea e dos amigos de lá. Para ela, os momentos mais felizes de cada semana eram aqueles em que as cartas chegavam de casa. Quando recebeu as primeiras, começou a pensar que poderia gostar de Kingsport ou se sentir em casa lá. Antes de chegarem, Avonlea parecia a milhares de quilômetros de distância; as cartas a aproximaram e ligavam a vida antiga à nova tão intimamente, fazendo com que parecessem iguais em vez de duas existências irremediavelmente segregadas.

 O primeiro lote continha seis cartas, de Jane Andrews, Ruby Gillis, Diana Barry, Marilla, Sra. Lynde e Davy. A de Jane era uma produção em chapa de cobre, com todo "t" bem cruzado e todo "i" pontilhado com precisão, e nem uma frase interessante. Ela nunca mencionou a escola, sobre a qual Anne estava ansiosa por ouvir; ela nunca respondia a uma das perguntas que Anne fizera em sua carta. Mas ela dizia a Anne quantos metros de renda havia tricotado recentemente, o tipo de clima que eles estavam enfrentando em Avonlea, como ela pretendia fazer seu novo vestido e como se sentia quando sua cabeça doía. Ruby Gillis escreveu uma epístola cheia de palavras sobre a ausência de Anne, assegurando que ela sentia muita falta de tudo, perguntando como eram os "companheiros" de Redmond e preenchendo o resto com relatos de suas próprias experiências angustiantes com seus inúmeros admiradores. Era uma carta tola e inofensiva, e Anne teria rido dela se não fosse pelo pós-escrito. "Gilbert parece gostar de Redmond, a julgar pelas cartas dele", escreveu Ruby. "Eu não acho que Charlie esteja tão preso nisso."

Então Gilbert estava escrevendo para Ruby! Muito bem. Ele tinha o direito, é claro. Mas... Anne não sabia que Ruby havia escrito a primeira carta e que Gilbert a respondera por mera cortesia. Ela jogou a carta de Ruby de lado com desdém. Mas foi preciso toda a epístola alegre, cheia de novidades e agradável de Diana para banir o ferrão do pós-escrito de Ruby. A carta de Diana continha Fred um pouco demais, mas estava cheia de itens interessantes, e Anne quase se sentiu de volta a Avonlea enquanto a lia. A de Marilla era uma epístola bastante primitiva e incolor, severamente inocente de fofocas ou emoções. No entanto, de alguma forma, transmitiu a Anne um cheiro da vida saudável e simples em Green Gables, com seu sabor da paz antiga e o amor constante que havia lá por ela. A carta da Sra. Lynde estava cheia de notícias da igreja. Depois de terminar o serviço doméstico, ela teve mais tempo do que nunca para se dedicar aos assuntos da igreja e se lançou neles de coração e alma. No momento, estava muito preocupada com os pobres substitutos que andavam no púlpito da igreja de Avonlea.

"Acredito que só tolos entram no ministério hoje em dia", escreveu ela amargamente. "Os candidatos que eles nos enviaram e as coisas que pregam! Metade disso não é verdade e, o que é pior, não é uma sã doutrina. O que temos agora é o pior de todos. Ele praticamente pega um texto e prega sobre outra coisa. E ele diz que não acredita que todos os pagãos estarão eternamente perdidos. Que ideia! Se eles não se perderem, todo o dinheiro que estamos dando às Missões Estrangeiras será desperdiçado, isso sim! Na noite de domingo, ele anunciou que no próximo domingo pregará para qualquer um que surgir. Eu acho melhor ele se limitar à Bíblia e deixar assuntos sensacionais de lado. As coisas chegarão a um ponto horrível se um ministro não conseguir achar nada que baste nas Escrituras Sagradas para pregar, fique sabendo. Qual igreja você frequenta, Anne? Espero que você vá regularmente. As pessoas tendem a ficar tão descuidadas com a ida à igreja quando saem de perto de casa, e entendo que os estudantes universitários sejam os maiores pecadores a esse respeito. Disseram-me que muitos deles realmente estudam suas lições no domingo. Espero que você nunca afunde tanto assim, Anne. Lembre-se de como você foi criada. E tenha muito cuidado com os amigos que você faz. Você nunca sabe que tipo de criaturas existe nessas faculdades. Por fora, eles podem ser como sepulcros caídos e, interiormente, como lobos devoradores, é isso. É melhor não ter nada a dizer a qualquer jovem que não seja da ilha.

 Eu esqueci de contar o que aconteceu no dia em que o ministro ligou aqui. Foi a coisa mais engraçada que eu já vi. Eu disse a Marilla: 'Se Anne estivesse aqui, ela não teria rido?'. Até Marilla riu. Você sabe que ele é um homenzinho muito baixo e gordo, com as pernas arqueadas. Bem, aquele porco velho do Sr. Harrison – o grande e alto – tinha vagado por aqui naquele dia novamente e invadido o quintal. E ele entrou na varanda dos fundos, sem o nosso conhecimento, e estava lá quando o ministro apareceu na porta. Deu um baita trabalho para sair, mas não havia para onde fugir, exceto entre as pernas arqueadas. Então lá foi, e sendo tão grande e o ministro tão pequeno, ele o carregou e o levou embora. Seu chapéu foi para um lado e sua bengala para outro assim que Marilla e eu chegamos à porta. Eu nunca vou esquecer o olhar dele. E aquele pobre porco estava quase morrendo de medo. Jamais poderei ler aquele texto na Bíblia dos porcos que desciam loucamente o lugar íngreme no mar sem ver o porco do Sr. Harrison descendo a colina com aquele ministro. Eu acho que o porco pensou que ele tinha o velho nas costas, em vez de dentro dele. Fiquei agradecida que os gêmeos não estivessem ali. Não seria certo para eles verem um ministro em uma situação tão indigna. Pouco antes de chegarem ao riacho, o ministro pulou ou caiu. O porco correu atravessando o riacho como louco e subindo pela floresta. Marilla e eu corremos e ajudamos o ministro a se levantar e tirar a poeira do casaco. Ele não estava ferido, mas estava bravo. Ele parecia responsabilizar Marilla e eu por tudo, apesar de termos dito a ele que o porco não nos pertencia e estava nos incomodando o verão inteiro. Além disso, para que ele veio pela porta dos fundos? Você nunca teria pegado o Sr. Allan fazendo isso. Vai demorar muito tempo até encontrarmos um homem como o Sr. Allan. Mas é sinal de coisa ruim. Nunca mais vimos nada daquele porco desde então, e acredito que nunca veremos.

As coisas estão bem tranquilas em Avonlea. Não acho Green Gables tão solitário quanto eu esperava. Acho que vou começar outra colcha de algodão neste inverno. A Sra. Silas Sloane tem um belo e novo padrão de folhas de maçã.

Quando sinto que preciso de um pouco de excitação, leio os julgamentos de assassinato no jornal de Boston que minha sobrinha me envia. Eu não costumava fazer isso, mas eles são realmente interessantes. Os Estados Unidos devem ser um lugar horrível. Espero que você nunca vá lá, Anne. Mas a maneira como as meninas andam pela terra agora é algo terrível. Sempre me faz pensar em Satanás no Livro de Jó, indo e vindo, e andando de um lado para o outro. Eu não acredito que o Senhor queira isso.

Davy tem sido muito bom desde que você foi embora. Um dia ele estava mal, e Marilla o puniu, fazendo-o usar o avental de Dora o dia todo. E depois ele foi e cortou todos os aventais de Dora. Eu dei um tapinha nele por isso e, então, ele foi e perseguiu meu galo até a morte.

Os MacPherson mudaram-se para minha casa. A senhora MacPherson é uma excelente governanta e muito detalhista. Ela retirou todos os meus lírios, porque diz que eles fazem um jardim ficar muito desarrumado. Thomas os pôs para fora quando nos casamos. O marido dela parece um bom tipo de homem, mas ela não deixa de parecer ser uma empregada velha, isso sim.

Não estude muito e não se esqueça de vestir a roupa de inverno assim que o tempo esfriar. Marilla se preocupa muito com você, mas eu digo a ela que você tem muito mais senso que eu jamais pensei que você teria e que você ficará bem."

A carta de Davy mergulhou em uma queixa no início.

"Cara Anne, por favor, escreva e diga à Marilla para não me amarrar na ponte quando eu vou pescar, os meninos tiram sarro de mim quando ela faz isso. É muito solitário aqui, sem você, mas é divertido na escola. Jane Andrews é mais irritante que você. Eu assustei a Sra. Lynde com uma lanterna de abóbora ontem à noite. Ela ficou louca e ainda mais porque eu persegui seu velho galo pelo quintal até ele cair morto. Eu não queria fazer com que ele morresse, Anne, eu quero saber o que aconteceu. A Sra. Lynde jogou-o no curral e o vendeu ao Sr. Blair. O Sr. Blair está dando cinquenta centavos por cada galo morto.

Eu vi a Sra. Lynde pedindo ao ministro para orar por ela. O que ela fez foi tão ruim, Anne, eu quero saber. Eu tenho uma pipa com uma cauda magnífica, Anne. Milty Bolter me contou uma grande *istória* na escola ontem. É *vedade*. O velho Joe Mosey e Leon estavam jogando cartas uma noite da semana passada na floresta. As cartas *estava* em um toco, e um grande homem negro maior do que as árvores apareceu e pegou as *cart*a e o toco e desapareceu com um barulho como um trovão. Aposto que elas se *estragaro*. Milty diz que o homem negro era o velho Harry. Era mesmo, Anne, eu quero saber. O Sr. Kimball, em Spenservale, está muito doente e terá que ir ao *ospital*. *Dá lisensa* enquanto pergunto a Marilla se isso tá escrito *serto*. Marilla diz que é para o *ospício* que ele vai, não para outro lugar. Ele acha que tem uma cobra dentro dele. Como é ter uma cobra dentro de você, Anne? Eu quero saber. A Sra. Lawrence Bell *tá* doente *tamém*. A Sra. Lynde diz que tudo o que há com ela é que ela pensa demais em seu interior."

"Queria saber" – pensou Anne, enquanto dobrava suas cartas – "o que a Sra. Lynde pensaria de Philippa."

CAPÍTULO 6

NO PARQUE

— O que vocês vão fazer hoje, meninas? – perguntou Philippa, entrando no quarto de Anne em uma tarde de sábado.

— Vamos dar um passeio no parque – respondeu Anne. – Eu devo ficar em casa e terminar minha blusa. Mas não poderia costurar em um dia como este. Há algo no ar que entra no meu sangue e faz uma espécie de glória na minha alma. Meus dedos se contraem, e eu faria uma costura torta. Então vamos ao parque e aos pinheiros.

— "Nós" inclui alguém além de você e Priscilla?

— Sim, inclui Gilbert e Charlie, e ficaremos muito felizes se incluir você também.

— Mas – disse Philippa com tristeza – se eu for, estarei sem par, e essa será uma nova experiência para Philippa Gordon.

— Bem, novas experiências estão se ampliando. Venha e você será capaz de simpatizar com todas as almas pobres que às vezes ficam sem par. Mas onde estão todas as vítimas?

— Ah, eu estava cansada de todos eles e não quis saber de nenhum hoje. Além disso, estou me sentindo um pouco triste, só um pouco triste. Não é sério o suficiente para nada mais sombrio. Na semana passada, escrevi para Alec e Alonzo. Coloquei as cartas em envelopes e as enviei, mas não as selei. Naquela noite, algo engraçado aconteceu. Ou seja, Alec acharia engraçado, mas

Alonzo provavelmente não. Eu estava com pressa, então tirei a carta de Alec – como eu pensava – do envelope e rabisquei um pós-escrito. Depois enviei as duas cartas. Recebi a resposta de Alonzo hoje de manhã. Meninas, tive que colocar aquele pós-escrito na carta dele e ele ficou furioso. Claro que ele vai superar isso – e eu não me importo se ele não superar –, mas estragou o meu dia. Então, pensei que eu viria até vocês, queridas, para me animar. Quando a temporada de futebol começar, não terei tardes de sábado livres. Eu adoro futebol. Tenho o chapéu e o suéter mais lindos listrados nas cores de Redmond para usar nos jogos. Com certeza, um pouco mais para a frente, pareço um poste de barbeiro. Você sabia que o seu Gilbert foi eleito capitão do time de futebol dos novatos?

– Sim, ele nos disse ontem à noite – disse Priscilla, vendo que Anne, ultrajada, não responderia. – Ele e Charlie queriam. Nós sabíamos que eles estavam chegando, então, cuidadosamente, escondemos ou deixamos fora do alcance todas as almofadas da Srta. Ada. Aquela muito elaborada, com o bordado em relevo, eu deixei cair no chão no canto atrás da cadeira. Pensei que ficaria segura lá. Mas você acreditaria nisso? Charlie Sloane foi até a cadeira, notou a almofada atrás dela, pegou com seriedade e ficou sentado ali a noite toda. A pobre Srta. Ada me perguntou hoje, ainda sorrindo, mas, oh, de modo tão reprovador, por que eu havia permitido que se sentassem nela. Eu disse a ela que não tinha permitido, que era uma questão de predestinação associada a uma atitude de Sloane inveterada e eu não era páreo para os dois.

– As almofadas da Srta. Ada estão realmente me dando nos nervos – disse Anne. – Ela terminou duas novas na semana passada, recheadas e bordadas. Não havendo absolutamente nenhum outro lugar sem almofada para colocá-las, ela as depositou contra a parede, no patamar da escada. Elas tombam mais da metade do tempo e, se nós subimos ou descemos as escadas no escuro, caímos sobre elas. No domingo passado, quando o Dr. Davis orou por todos aqueles expostos aos perigos do mar, acrescentei em pensamento "e por todos aqueles que vivem em casas onde as almofadas são amadas não sabiamente, mas muito bem!". Pronto! Estamos prontas, e vejo os garotos passando pelo Old Saint John´s. Você vai se unir a nós, Phil?

– Vou, se eu puder andar com Priscilla e Charlie. Será um grau suportável de solidão. Esse seu Gilbert é um amor, Anne, mas por que ele anda tanto com olhos apaixonados?

Anne ficou rígida. Ela não gostava muito de Charlie Sloane; mas ele era de Avonlea, então nenhum estranho tinha o que rir dele.

– Charlie e Gilbert sempre foram amigos – disse ela friamente.
– Charlie é um bom rapaz. Ele não tem culpa de seus olhos.

– Não me diga isso! Ele tem! Ele deve ter feito algo terrível em uma existência anterior para ser punido com esses olhos. Pris e eu vamos brincar com ele esta tarde. Vamos rir dele na cara dele e ele nunca saberá.

Sem dúvida, "os Ps abandonados", como Anne os chamava, cumpriam suas amáveis intenções. Mas Sloane era alegremente ignorante; ele pensava que era um sujeito excelente por estar andando com duas colegas, especialmente Philippa Gordon, a beldade de classe. Certamente deve impressionar Anne. Ela veria que algumas pessoas o apreciavam pelo seu valor real.

Gilbert e Anne ficaram um pouco atrás dos outros, apreciando a calma e a beleza da tarde de outono sob os pinheiros do parque, na estrada que subia e contornava a costa do porto.

– O silêncio aqui é como uma oração, não é? – disse Anne, seu rosto voltado para o céu brilhante. – Como eu amo os pinheiros! Eles parecem enraizar-se profundamente no romance de todas as idades. É tão reconfortante rastejar de vez em quando para uma boa conversa com eles. Eu sempre me sinto tão feliz aqui.

– "E assim nas solitudes das montanhas
Como por algum feitiço divino,
Seus cuidados caem deles como agulhas sacudidas

De fora dos pinheiros" – disse Gilbert. – Eles fazem nossas pequenas ambições parecerem mesquinhas, não é, Anne?

– Acho que, se alguma grande tristeza lhe ocorrer, eu chegaria aos pinheiros em busca de conforto – disse Anne sonhadora.

– Espero que nenhuma grande tristeza chegue até você, Anne – disse Gilbert, que não conseguia conectar a ideia de tristeza à criatura vívida e alegre ao seu lado, inconsciente de que aqueles que conseguem subir às alturas mais altas também podem mergulhar nas águas mais profundas e que as naturezas que mais apreciam são as que também sofrem mais.

– Mas deve haver... em algum momento – disse Anne. – A vida parece um copo de glória nos meus lábios agora. Mas deve haver um pouco de amargura nele – existe em todos os copos. Vou provar o meu algum dia. Bem, espero ser forte e corajosa para encontrá-lo. E eu espero que não seja por minha própria culpa que isso aconteça. Você se lembra do que o Dr. Davis disse, na noite de domingo passado, que as tristezas que Deus nos enviou trouxeram conforto e força com elas, enquanto as tristezas que provocamos sobre nós mesmos, por loucura ou maldade, foram de longe as mais difíceis de suportar? Mas não devemos falar de tristeza em uma tarde como esta. É para a pura alegria de viver, não é?

– Se fosse do meu jeito, tiraria tudo da sua vida, menos a felicidade e o prazer, Anne – disse Gilbert no tom que significava "perigo à frente".

– Então você seria muito imprudente – retomou Anne apressadamente. – Tenho certeza de que nenhuma vida pode ser desenvolvida e completada adequadamente sem provação e tristeza, embora suponha que somente quando estamos bastante confortáveis é que admitimos isso. Venha... os outros chegaram ao pavilhão e estão nos chamando.

Todos se sentaram no pequeno pavilhão para assistir a um pôr do sol de outono com fogo vermelho profundo e ouro pálido.

À sua esquerda, estava Kingsport, com os telhados e pináculos escuros no manto de fumaça violeta. À direita, ficava o porto, assumindo tons de rosa e cobre enquanto se estendia até o pôr do sol. Diante deles, a água brilhava, acetinada e cinza prateada e, além dela, a William's Island clara aparecia na neblina, protegendo a cidade como um buldogue robusto. Seu farol brilhava através da névoa como uma estrela desoladora e foi respondido por outra no horizonte distante.

– Você já viu um lugar tão bonito? – perguntou Philippa. – Eu não quero William's Island especialmente, mas tenho certeza de que não conseguiria se quisesse. Olhe para aquela sentinela no cume do forte, bem ao lado da bandeira. Ela não parece ter saído de um romance?

– Por falar em romance – disse Priscilla –, estamos procurando urze, mas, é claro, não conseguimos encontrar nenhum. É muito tarde na estação, suponho.

– Urze! – exclamou Anne. – Heather não cresce na América, não é?

– Existem apenas dois remendos em todo o continente – disse Phil – um bem aqui, no parque, e não em outro lugar na Nova Escócia, eu esqueço onde. O famoso Regimento das Terras Altas, o Black Watch, acampou aqui um ano e, quando os homens sacudiram a palha de suas camas na primavera, algumas sementes de urze criaram raízes.

– Oh, que delícia! – disse Anne encantada.

– Vamos para casa pela avenida Spofford – sugeriu Gilbert. – Podemos ver todas as "casas bonitas onde moram os nobres ricos". A avenida Spofford é a melhor rua residencial de Kingsport. Ninguém pode construir a menos que seja um milionário.

– Oh, sim – disse Phil. – Quero mostrar a você um pequeno local absolutamente arrasador, Anne. Não foi construído por um milionário. É o primeiro lugar depois que você sai do parque e deve ter crescido enquanto a avenida Spofford ainda era uma estrada de terra. Ela cresceu... não foi construída! Não ligo para as casas da avenida. São muito novas e têm muito vidro. Mas esse pequeno local é um sonho e seu nome... mas espere até que você o veja.

    Eles viram quando subiram a colina coberta de pinheiros do parque. Bem no alto, onde a avenida Spofford dava para uma estrada plana, havia uma casinha branca com grupos de pinheiros dos dois lados, esticando os braços para proteger o teto baixo. Estava coberto de trepadeiras vermelhas e douradas, através das quais espiavam suas janelas com persianas verdes. À frente havia um pequeno jardim, cercado por um muro baixo de pedra. Apesar de ser outubro, o jardim ainda era muito belo, com flores e arbustos antiquados e incomuns (doce de maio, abrótano, verbena-limão, alisso, petúnias, malmequeres e crisântemos). Uma minúscula parede de tijolos, em padrão de osso de arenque, ia do portão à varanda da frente. Todo o local pode ter sido transplantado de alguma vila remota campestre; no entanto havia algo naquele lugar que fazia contraste com seu vizinho mais próximo, o grande palácio cercado de gramado de um rei do tabaco, fazendo parecer extremamente bruto, vistoso e de aspecto grosseiro. Como Phil disse, era a diferença entre nascer e ser criado para a riqueza.

– É o lugar mais querido que eu já vi – disse Anne, encantada. – Isso me dá um dos meus velhos e deliciosos arrepios. É mais cara e mais silenciosa do que a casa de pedra da Srta. Lavendar.

– É o nome que eu quero que você observe especialmente – disse Phil. – Veja bem as letras brancas, ao redor do arco sobre o portão. "Casa de Sabedoria da Patty." Isso não é de matar? Especialmente nesta rua movimentada de "Os Pinheiros", "Os Abetos" e "Os Cedros". "Casa da Patty"! Minha nossa, adorei isso.

– Você tem alguma ideia de quem é Patty? – perguntou Priscilla.

– Patty Spofford é o nome da velha dona, eu descobri. Ela mora lá com a sobrinha, e elas moram lá há centenas de anos, mais ou menos – talvez um pouco menos, Anne. Exagero é apenas um voo de fantasia poética. Eu entendo que pessoas ricas tentaram comprar o lote muitas vezes – realmente vale uma pequena fortuna agora, você sabe –, mas "Patty" não vende sob nenhuma consideração. E há um pomar de maçãs atrás da casa no lugar de um quintal – você verá quando passarmos – um verdadeiro pomar de maçãs na avenida Spofford!

– Vou sonhar com a "Casa da Patty" hoje à noite – disse Anne. – Ora, sinto como se pertencesse a ela. Gostaria de saber se, por acaso, algum dia veremos o interior dela.

– Não é provável – disse Priscilla.

Anne sorriu misteriosamente.

– Não, não é provável. Mas acredito que isso vai acontecer. Tenho uma sensação estranha, assustadora e rastejante – você pode chamar de pressentimento, se quiser – que "a Casa da Patty" e eu vamos nos familiarizar melhor ainda.

CAPÍTULO 7

EM CASA DE NOVO

Aquelas primeiras três semanas em Redmond pareceram longas, mas o resto do semestre voou nas asas do vento. Quando se deram conta, os estudantes de Redmond se viram próximos dos exames de fim de ano, emergindo daí mais ou menos triunfantemente. A honra da liderança nas salas dos novatos estava entre Anne, Gilbert e Philippa; Priscilla se saiu muito bem; Charlie Sloane passou com respeito e comportou-se tão complacentemente como se ele tivesse liderado tudo.

— Eu não consigo acreditar que desta vez, amanhã, estarei em Green Gables — disse Anne na noite anterior à partida. — Mas eu estarei. E você, Phil, estará em Bolingbroke com Alec e Alonzo.

— Estou ansioso para vê-los — admitiu Phil, entre as mordidas que dava em seu chocolate. — Eles realmente são meninos tão queridos, você sabe. Não deve haver fim nas danças, nos passeios e nas brincadeiras em geral. Nunca vou perdoá-la, rainha Anne, por não ter voltado para casa comigo nas férias.

— "Nunca" significa três dias para você, Phil. Foi muito gentil da sua parte me chamar — e eu adoraria ir a Bolingbroke algum dia. Mas não posso ir este ano. *Preciso* ir para casa. Você não sabe como meu coração anseia por isso.

— Você não terá muito tempo — disse Phil com desdém. — Haverá uma ou duas festas em casa, suponho; e todos os fofoqueiros de sempre vão falar de um jeito na sua frente e de outro nas suas costas. Você morrerá de solidão, querida.

– Em Avonlea? – disse Anne, divertindo-se.

– Agora, se você viesse comigo, acabaria por se divertir muito. Bolingbroke ficaria louca por você, rainha Anne; seu cabelo e seu estilo e, oh, tudo! Você é tão *diferente*. Você seria um sucesso – e eu me deliciaria pensando bem – "não a rosa, mas perto da rosa". Venha, Anne.

– Sua ideia de triunfos sociais é bastante fascinante, Phil, mas tenho outra. Estou voltando para uma casa de fazenda antiga, que já foi verde, um pouco desbotada agora, situada entre pomares de maçã sem folhas. Há um riacho mais abaixo e um bosque de abetos de dezembro mais à frente, onde ouvi harpas tocadas ao som da chuva e do vento. Há um lago próximo que deve estar acinzentado agora. Há duas senhoras idosas na casa: uma alta e magra, e outra baixa e gorda; e haverá dois gêmeos: um modelo perfeito e o outro o que a Sra. Lynde chama de "terror sagrado". Há um pequeno quarto no andar de cima do alpendre, onde velhos sonhos existem, além de uma cama grande de penas, volumosa e gloriosa, que quase parecerá o cúmulo do luxo depois de um colchão de pensão. Você gosta da minha ideia, Phil?

– Parece bem chata – disse Phil, com uma careta.

– Ah, mas deixei de fora a coisa transformadora – disse Anne delicadamente. – Haverá amor lá, Phil, amor fiel e terno, como nunca encontrarei em nenhum outro lugar do mundo; amor que está esperando por mim. Isso torna minha ideia uma obra-prima, não é mesmo, ainda que as cores não sejam muito brilhantes?

Phil levantou-se silenciosamente, jogou sua caixa de chocolates para o lado, foi até Anne e a abraçou.

– Anne, eu gostaria de ser como você – disse ela, sóbria.

Diana encontrou Anne na estação Carmody na noite seguinte, e elas voltaram para casa juntas, sob as profundezas silenciosas e semeadas de estrelas do céu. Green Gables tinha uma aparência muito festiva enquanto subiam pelo caminho. Havia uma luz em todas as janelas, o brilho irrompendo na escuridão como flores vermelho-fogo balançando contra o fundo escuro da Floresta Assombrada. E no quintal havia uma fogueira forte com duas figuras alegres dançando ao redor, uma das quais deu um grito sobrenatural quando o carrinho entrou sob os choupos.

– Davy se refere a um grito de guerra indiano – disse Diana.
– O garoto contratado pelo Sr. Harrison ensinou a ele, e ele está treinando para recebê-lo. A Sra. Lynde diz que isso deixou seus nervos à mostra. Ele se arrasta atrás dela, você sabe, e então solta. Ele estava determinado a ter uma fogueira para você também. Está acumulando galhos há duas semanas e importunando Marilla para despejar um pouco de óleo de querosene sobre eles antes de incendiá-los. Acho que sim, pelo cheiro, embora a Sra. Lynde tenha dito até o fim que Davy explodiria a si mesmo e a todo mundo se fosse permitido.

Anne estava fora do carrinho a essa altura, e Davy estava abraçando os joelhos, enquanto até Dora estava agarrada à mão dela.

– Isso não é uma fogueira, Anne? Deixe-me mostrar-lhe como cutucá-la – está vendo as faíscas? Eu fiz isso por você, Anne, porque fiquei tão feliz por saber que você estava voltando para casa.

A porta da cozinha se abriu e a forma sobressalente de Marilla escureceu contra a luz interior. Ela preferia encontrar Anne nas sombras, pois estava com muito medo de chorar de alegria – ela, severa, reprimiu Marilla, que considerava imprudente toda demonstração de emoção. A Sra. Lynde estava atrás dela, rechonchuda, gentil e matronal, antes. O amor que Anne havia dito a Phil que a esperava a cercou e a envolveu com suas bênçãos e doçura. Afinal, nada poderia se comparar com velhos laços, velhos amigos e a velha Green Gables! Como os olhos de Anne brilhavam quando se sentaram à mesa farta do jantar, como suas bochechas estavam rosadas, como suas gargalhadas eram nítidas! E Diana também ficaria a noite toda. Como era nos velhos tempos! E o conjunto de chá de botão de rosa enfeitava a mesa! Com Marilla, a força da natureza não podia mais continuar.

– Suponho que você e Diana agora falem a noite toda – disse Marilla sarcasticamente, enquanto as meninas subiam as escadas. Marilla era sempre sarcástica depois de qualquer autotraição.

– Sim – concordou Anne alegremente –, mas vou colocar Davy na cama primeiro. Ele insiste nisso.

– Você pode apostar – disse Davy, enquanto andavam pelo corredor. – Eu quero alguém a quem fazer minhas orações novamente. Não é divertido repeti-las sozinha.

– Você não as faz sozinha, Davy. Deus está sempre com você para ouvi-las.

– Bem, eu não posso vê-lo – respondeu Davy. – Eu quero rezar para alguém que eu possa ver, mas eu não vou rezar para a Sra. Lynde ou Marilla. Isso não.

No entanto, quando Davy estava vestido com sua flanela cinza, ele não parecia ter pressa de começar. Ele ficou diante de Anne, arrastando um pé descalço sobre o outro, e parecia indeciso.

– Venha, querido, ajoelhe-se – disse Anne.

Davy se aproximou e enterrou a cabeça no colo de Anne, mas ele não se ajoelhou.

– Anne – disse ele com uma voz abafada. – Não tenho vontade de rezar, afinal. Não sinto vontade há uma semana. Eu não rezei ontem à noite nem na noite anterior.

– Por que não, Davy? – perguntou Anne gentilmente.

– Você... você não vai ficar brava se eu te contar? – implorou Davy.

Anne levantou o pequeno corpo coberto de flanela cinza no joelho e acomodou a cabeça dele em seu braço.

– Eu fico "brava" quando você me conta as coisas, Davy?

— Não-o-o, você nunca fica. Mas você sente pena, e isso é pior. Você vai sentir muita pena quando eu lhe contar isso, Anne, e ficará com vergonha de mim, suponho.

— Você fez algo indevido, Davy, e é por isso que você não pode fazer suas orações?

— Não, eu não fiz nada indevido, ainda. Mas eu quero fazer isso.

— O que quer, Davy?

— Eu... eu quero dizer uma palavra feia, Anne — disse Davy, com um esforço desesperado. — Eu ouvi o garoto contratado pelo Sr. Harrison dizer isso um dia na semana passada, e desde então eu quero dizer isso *o tempo todo*, mesmo quando estou fazendo minhas orações.

— Diga, então, Davy.

Davy levantou o rosto corado com espanto.

— Mas, Anne, é um palavrão muito feio!

— Diga!

Davy lançou a ela outro olhar incrédulo, então, em voz baixa, ele disse a palavra terrível. No minuto seguinte, seu rosto estava encostado no dela.

— Oh, Anne, eu nunca direi de novo... nunca. Nunca vou *querer* dizer de novo. Eu sabia que era ruim, mas não achei que fosse tão... tão... não achei que fosse *assim*.

— Não, acho que você nunca mais vai querer dizer isso de novo, Davy... nem pensar. E eu não falaria muito com o garoto contratado pelo Sr. Harrison se eu fosse você.

— Ele conhece alguns gritos de guerra intimidadores — disse Davy, um pouco arrependido.

— Mas você não quer que sua mente fique cheia de palavrões, Davy; palavras que as envenenam e expulsam tudo o que é bom e viril?

— Não — disse Davy, com olhos arregalados com introspecção.

– Então não ande com as pessoas que as usam. E agora você acha que pode fazer suas orações, Davy?

– Ah, sim – disse Davy, ansiosamente se ajoelhando. – Posso rezar agora sem problema. Não tenho medo agora de dizer "se morrer antes de acordar" como tinha quando estava querendo dizer essa palavra.

Provavelmente Anne e Diana revelaram suas almas naquela noite, mas nenhum registro de suas confidências foi preservado. Ambas pareciam tão descansadas e com os olhos brilhantes no café da manhã como apenas os jovens ficam depois de horas de folia e confissão. Até então não havia nevado, mas quando Diana atravessou a velha ponte de troncos no caminho de volta para casa, os flocos brancos começaram a tremular pelos campos e bosques, castanho-avermelhados e cinzentos em seu sono sem sonhos. Logo, as longínquas encostas e colinas estavam escuras e pareciam fantasmagóricas como se o outono pálido tivesse lançado um véu de noiva enevoado sobre os cabelos e estivesse esperando seu noivo de inverno. Afinal, eles tiveram um Natal com neve e foi um dia muito agradável. No começo da tarde, cartas e presentes vieram da Srta. Lavendar e Paul; Anne os abriu na alegre cozinha de Green Gables, cheia do que Davy, cheirando em êxtase, chamou de "cheiros bonitos".

– A Srta. Lavendar e o Sr. Irving estão instalados em sua nova casa agora – relatou Anne. – Tenho certeza de que ela está bem feliz. Sei disso pelo tom geral de sua carta, mas há um bilhete de Charlotta IV. Ela não gosta de Boston e está com muitas saudades. A Srta. Lavendar quer que eu vá até o Echo Lodge algum dia enquanto estou em casa, acenda uma fogueira para arejá-la e ver se as almofadas não estão ficando mofadas. Eu acho que vou fazer com que Diana vá comigo na próxima semana e poderemos passar a noite com Theodora Dix. Quero ver Theodora. A propósito, Ludovic Speed ainda vai vê-la?

– Eles dizem que sim – disse Marilla – e é provável que ele continue. O pessoal desistiu de esperar que esse namoro chegasse a algum lugar.

– Eu o apressaria um pouco se eu fosse Theodora, é isso – disse a Srta. Lynde. E não há a menor dúvida de que ela faria isso.

Havia também um rabisco característico de Philippa, cheio de Alec e Alonzo, o que eles diziam, o que faziam e como estavam quando a viram.

"Mas ainda não consigo decidir com quem me casar" – escreveu Phil. – "Eu gostaria que você tivesse vindo comigo para decidir por mim. Alguém precisará vir. Quando vi Alec, meu coração deu um grande salto e pensei: 'Ele pode ser a pessoa certa'. E então, quando Alonzo chegou, meu coração acelerou de novo. Então, isso não é um guia, ainda que devesse ser, de acordo com todos os romances que eu já li. Anne, seu coração não bateria por ninguém, a não ser pelo verdadeiro Príncipe Encantado, não é? Deve haver algo radicalmente errado com o meu. Mas estou me divertindo muito. Como eu queria que você estivesse aqui! Está nevando hoje e estou extasiada. Eu estava com tanto medo de ter um Natal sem neve, porque o odeio. Você sabe, quando o Natal é todo marrom, parecendo que ele havia sido deixado há mais de cem anos e estava encharcado desde então, é chamado de Natal verde! Não me pergunte por quê. Como diz Lord Dundreary, há coisas que nenhum sujeito pode entender.

Anne, você já entrou em um bonde e depois descobriu que não tinha dinheiro para pagar sua passagem? Eu fiz isso, dia desses. É horrível. Eu tinha um níquel comigo quando entrei no bonde. Pensei que estava no bolso esquerdo do meu casaco. Quando me acomodei confortavelmente, levei a mão a ele. Não estava lá. Senti um calafrio. Procurei no outro bolso. Não estava. Senti outro arrepio. Então levei a mão a um bolsinho de dentro. Tudo em vão. Senti dois arrepios de medo de uma vez.

Tirei minhas luvas, coloquei-as no assento e procurei de novo em todos os meus bolsos. Não estava lá. Levantei-me e me sacudi, e depois olhei no chão. O bonde estava cheio de pessoas que iam para casa da ópera, e todos me encaravam, mas eu já não me importava com algo assim.

Mas não consegui encontrar meu dinheiro. Concluí que devia ter colocado na boca e engolido sem querer.

Eu não sabia o que fazer. Gostaria de saber se o condutor pararia o bonde e me deixaria com vergonha? Seria possível convencê-lo de que eu era apenas vítima de minha própria distração, e não uma criatura sem princípios tentando conseguir uma carona com falsas pretensões? Como eu desejava que Alec ou Alonzo estivessem lá. Mas eles não estavam só porque eu queria. Se eu não os quisesse, eles estariam lá em dúzias. Não consegui decidir o que dizer ao condutor quando ele apareceu. Assim que pensei em uma explicação em minha mente, senti que ninguém poderia acreditar e eu precisaria pensar em outra. Parecia que não havia nada a fazer além de confiar na Providência, e por todo o conforto que me proporcionou, eu também poderia ter sido a velha que, quando o capitão disse durante uma tempestade que ela devia confiar no Todo-Poderoso, exclamou: Oh, capitão, é tão ruim assim?

Bem no momento convencional, quando toda a esperança havia fugido, e o condutor segurava sua caixa para o passageiro ao meu lado, de repente me lembrei de onde havia colocado aquela moeda miserável do reino. Eu não a havia engolido, afinal. Eu a peguei humildemente do dedo indicador da minha luva e enfiei na caixa. Sorri para todo mundo e senti que era um mundo bonito."

A visita ao Echo Lodge não foi a menos agradável de muitos passeios agradáveis. Anne e Diana voltaram ao antigo caminho da floresta de faias, carregando uma cesta de comida. O Echo Lodge, fechado desde o casamento da Srta. Lavendar, foi brevemente aberto ao vento e ao sol mais uma vez, e a luz do fogo cintilou novamente nos pequenos cômodos. O perfume da taça de rosas da Srta. Lavendar ainda enchia o ar. Era difícil acreditar que ela não apareceria no momento, com os olhos castanhos brilhando receptivos, e que Charlotta IV, com um arco azul e sorrindo, não aparecesse pela porta. Paul também parecia estar ali, com suas fantasias de fadas.

– Isso realmente faz com que eu me sinta um pouco como um fantasma revisitando os velhos vislumbres da lua – disse Anne, rindo. – Vamos sair e ver se os ecos estão em casa. Traga a buzina velha. Ainda está atrás da porta da cozinha.

Os ecos estavam em casa, sobre o rio branco, tão nítidos e prateados como sempre; e, quando deixaram de responder, as meninas trancaram o Echo Lodge novamente e foram embora na meia hora perfeita que vem depois do rosa e açafrão de um pôr do sol de inverno.

CAPÍTULO 8

A PRIMEIRA PROPOSTA DE ANNE

O ano velho não escapou em um crepúsculo verde, com um pôr do sol amarelo-rosado. Em vez disso, partiu com uma bravata branca e selvagem. Era uma das noites em que o vento da tempestade sopra sobre os prados congelados e as cavidades negras, e geme em torno dos beirais como uma criatura perdida, jogando a neve bruscamente contra os painéis trêmulos.

– Exatamente o tipo de noite em que as pessoas gostam de se aconchegar entre os cobertores e repassar suas tristezas – disse Anne a Jane Andrews, que havia passado a tarde e ficaria a noite toda. Mas quando estavam aconchegadas entre os cobertores, no pequeno quarto de Anne, não era em suas tristezas que Jane pensava.

– Anne – disse ela muito solenemente – quero lhe contar uma coisa. Posso?

Anne estava com um pouco de sono depois da festa que Ruby Gillis dera na noite anterior. Ela preferiria ter ido dormir a ouvir as confidências de Jane, que ela tinha certeza de que a aborreceria. Ela não tinha palpite a respeito do que estava por vir. Provavelmente Jane também estava noiva. Corria o boato de que Ruby Gillis estava noiva do professor Spencervale, que dizia que todas as meninas eram bastante selvagens.

– Logo serei a única donzela sem fantasia do nosso antigo quarteto – pensou Anne, sonolenta. Em voz alta, ela disse: – É claro.

– Anne – disse Jane, ainda mais solenemente –, o que você acha do meu irmão Billy?

Anne ficou surpresa com essa pergunta inesperada e procurou algo em seus pensamentos. Meu Deus, o que ela achava de Billy Andrews? Ela nunca tinha pensado nada sobre ele. Billy Andrews, de rosto redondo, estúpido, sempre sorridente e de boa índole. Alguém já pensou em Billy Andrews?

– Eu-eu não entendo, Jane – ela gaguejou. – O que você quer dizer, exatamente?

– Você gosta do Billy? – perguntou Jane sem rodeios.

– Bem... bem... sim, eu gosto dele, é claro – Anne arfou, imaginando se ela estava dizendo a verdade literal. Certamente ela não gostava de Billy. Mas poderia a tolerância indiferente com que ela o considerava, quando ele estava em seu campo de visão, ser considerada positiva o suficiente para gostar? O que Jane estava tentando elucidar?

– Você gostaria dele como marido? – perguntou Jane calmamente.

– Um marido! – Anne estava sentada na cama para lutar melhor com o problema de sua opinião exata sobre Billy Andrews. Agora ela caía de costas nos travesseiros, sem fôlego. – Marido de quem?

– Seu, claro – respondeu Jane. – Billy quer se casar com você. Ele sempre foi louco por você... e agora o pai lhe deu a fazenda em seu próprio nome e não há nada que o impeça de se casar. Mas ele é tão tímido que não consegue perguntar se você se casaria com ele, então ele mandou que eu fizesse isso. Prefiro não, mas ele não me deu paz até que eu disse que faria se tivesse uma boa chance. O que você acha disso, Anne?

Era um sonho? Era uma daquelas coisas de pesadelo nas quais você se vê noiva ou casada com alguém que você odeia ou não conhece, sem a menor ideia de como isso aconteceu? Não, ela, Anne Shirley, estava deitada ali, bem acordada, em sua própria cama, e Jane Andrews estava ao seu lado, calmamente pedindo-a em casamento em favor de seu irmão Billy. Anne não sabia se queria se contorcer ou rir, mas ela não conseguiu fazer nada disso, pois os sentimentos de Jane não deviam ser feridos.

– Eu... eu não poderia me casar com Billy, você sabe, Jane... – ela conseguiu dizer, ofegante. – Ora, essa ideia nunca me ocorreu... nunca!

– Acho que não – concordou Jane. – Billy sempre foi muito tímido para pensar em cortejar. Mas você pode pensar bem, Anne. Billy é um bom rapaz. Devo dizer isso se ele é meu irmão. Ele não tem maus hábitos e é muito trabalhador, e você pode confiar nele. "Um pássaro na mão é melhor do que dois voando." Ele me falou para lhe dizer que estaria disposto a esperar até que você concluísse a faculdade se você insistisse, embora ele *preferisse* se casar nesta primavera antes do início do plantio. Ele sempre seria muito bom com você, eu tenho certeza, e você sabe, Anne, eu adoraria ter você como irmã.

– Não posso me casar com Billy – disse Anne decididamente. Ela havia recuperado a força e até estava com um pouco de raiva. Foi tudo tão ridículo. – Não adianta pensar nisso, Jane. Eu não ligo para nada dessa maneira, e você deve dizer isso a ele.

– Bem, eu não achei que você faria isso – disse Jane com um suspiro resignado, sentindo que tinha feito o seu melhor. – Eu disse a Billy que não acreditava que adiantaria perguntar, mas ele insistiu. Bem, você tomou sua decisão, Anne, e espero que não se arrependa.

Jane falou friamente. Ela tinha certeza de que o apaixonado Billy não tinha chance de induzir Anne a se casar com ele. No entanto, sentiu um pouco de ressentimento por Anne Shirley, que afinal era apenas uma órfã adotiva, sem eira nem beira, recusar seu irmão – um dos Avonlea Andrews. Bem, às vezes o orgulho vem antes de uma queda, Jane refletiu.

Anne se permitiu sorrir na escuridão com a ideia de que ela poderia se arrepender de não se casar com Billy Andrews.

– Espero que Billy não se sinta muito mal com isso – disse ela gentilmente.

Jane fez um movimento como se estivesse jogando a cabeça no travesseiro.

– Oh, ele não vai sofrer. Billy tem muito bom senso para isso. Ele também gosta muito de Nettie Blewett, e mamãe prefere que ele se case com ela e não com qualquer outra. Ela é uma boa administradora e poupadora. Acho que, quando Billy tiver certeza de que você não o quer, ele escolherá Nettie. Por favor, não diga isso a ninguém, Anne.

– Certamente não – disse Anne, que não tinha vontade de expor o fato de Billy Andrews querer se casar com ela, preferindo-a, no fim das contas, a Nettie Blewett. Nettie Blewett!

– E agora suponho que é melhor irmos dormir – sugeriu Jane.

Dormir foi o que Jane fez com facilidade e rapidez; mas, apesar de muito diferente de MacBeth em muitos aspectos, ela certamente planejara matar o sono de Anne. A proposta à donzela estava acordada no travesseiro, mas suas meditações estavam longe de ser românticas. Mas só na manhã seguinte que ela teve a oportunidade de dar uma boa risada de tudo aquilo. Quando Jane voltou para casa – ainda com a voz e os modos um pouco frios e nos modos por Anne ter recusado com tanta ingratidão e decisão a honra de estabelecer uma relação com a família Andrews –, Anne saiu da varanda, fechou a porta e riu, finalmente.

"Se eu pudesse compartilhar a piada com alguém!", ela pensou. "Mas não posso. Diana é a única pessoa a quem eu gostaria de contar e, mesmo que eu não tivesse jurado segredo a Jane, não posso contar coisas a Diana agora. Ela conta tudo a Fred, eu sei que conta. Bem, recebi meu primeiro pedido. Suponho que chegaria algum dia, mas certamente nunca pensei que fosse por um terceiro. É muito engraçado, e ainda assim é um pouco amargo."

Anne sabia muito bem o porquê da amargura, embora ela não a colocasse em palavras. Ela tivera sonhos secretos imaginando a primeira vez em que alguém lhe fizesse a grande pergunta. E, nesses sonhos, tudo sempre foi muito romântico e bonito, e o "alguém" era muito bonito, de olhos escuros, aparência distinta e eloquente, independentemente de ele ser um príncipe encantado para receber um "sim" ou alguém a quem devesse ser dada uma infeliz recusa, lindamente formulada, mas sem esperança. Nesse caso, a recusa deveria ser expressa com tanta delicadeza que seria a segunda melhor resposta, e ele iria embora, depois de beijar sua mão, prometendo sua inalterável devoção para o resto da vida. E sempre seria uma lembrança bonita, para se orgulhar, e também um pouco triste.

E agora, essa experiência emocionante tinha sido meramente grotesca. Billy Andrews pedira à irmã que fizesse o pedido por ele, porque o pai lhe dera a fazenda; e se Anne não "o aceitasse", Nettie Blewett o aceitaria. Havia romance, com uma vingança! Anne riu e depois suspirou. A flor havia sido tirada de um pequeno sonho de solteira. O doloroso processo continuaria até que tudo se tornasse prosaico e comum?

CAPÍTULO 9

UM NAMORADO INDESEJÁVEL E UM AMIGO BEM-VINDO

O segundo trimestre em Redmond passou tão rapidamente quanto o primeiro. "De fato voou", disse Philippa. Anne se divertiu muito em todas as fases – a estimulante rivalidade de classe, o estabelecimento e o aprofundamento de novas e úteis amizades, as alegres interações sociais, o estabelecimento de várias sociedades das quais ela participava, a ampliação de horizontes e interesses. Ela estudou muito, pois havia decidido ganhar a bolsa Thorburn em inglês. A conquista significava que ela poderia voltar para Redmond no próximo ano sem tocar nas pequenas economias de Marilla – algo que Anne estava determinada a não fazer.

Gilbert também estava buscando uma bolsa de estudos, mas encontrava bastante tempo para ir frequentemente à rua St. John, na casa 38. Ele era companheiro de Anne em quase todos os assuntos da faculdade, e ela sabia que os nomes deles estavam envolvidos nas fofocas de Redmond. Anne ficou furiosa com isso, mas não tinha o que fazer. Ela não podia deixar de lado um velho amigo como Gilbert, especialmente depois de ele se mostrar sempre atento, cauteloso e necessário devido à perigosa proximidade com mais de um jovem de Redmond que, de bom grado, ocuparia seu lugar ao lado da amiga esbelta e ruiva, cujos olhos cinzentos eram tão atraentes quanto as estrelas da noite.

Anne nunca teve uma multidão de pretendentes ao seu redor como Philippa tinha durante seu primeiro ano; mas havia um aluno novo, esbelto e inteligente; um segundanista alegre, pequeno e rechonchudo; e um aluno alto e instruído de terceiro ano que gostava de ir na casa 38 na St. John, para conversar sobre "ideologias e ismos", além de assuntos mais leves, com Anne, na sala de visitas daquele local. Gilbert não gostava de nenhum deles e foi extremamente cuidadoso em não dar a nenhum a vantagem sobre ele com relação a qualquer exibição prematura de seus verdadeiros sentimentos para Anne. Para ela, ele se tornara novamente o companheiro dos dias de Avonlea e, como tal, poderia se defender de qualquer um que entrasse na lista contra ele. Como companheiro, Anne reconhecia honestamente que ninguém poderia ser tão satisfatório quanto Gilbert. Ela estava muito feliz (disse ela a si mesma), já que ele evidentemente abandonara todas as ideias sem sentido, embora ela passasse um tempo considerável secretamente se perguntando o porquê.

Apenas um incidente desagradável estragou aquele inverno. Charlie Sloane, sentado na almofada mais querida da Srta. Ada, perguntou a Anne uma noite se ela prometeria "se tornar a Sra. Charlie Sloane um dia". Após o esforço de Billy Andrews, aquilo não foi um choque para as sensibilidades românticas de Anne, mas foi certamente outra desilusão de partir o coração. Ela também estava com raiva, pois sentia que nunca havia dado a Charlie o menor incentivo para supor que isso fosse possível. Mas "o que você poderia esperar de um Sloane?", como a Senhora Rachel Lynde perguntaria com desdém. A atitude, o tom, o ar, as palavras de Charlie cheiravam bastante a coisas dos Sloanes. Ele estava conferindo uma grande honra ao que dizia, sem dúvida alguma. E quando Anne, totalmente insensível à honra, recusou-o, o mais delicada e atenciosamente possível, pois até um Sloane tinha sentimentos que não deveriam ser indevidamente dilacerados, as coisas relacionadas aos Sloanes a atraíram. Charlie certamente não aceitou ser rejeitado, como Anne pensou que aceitariam os rejeitados. Em vez disso, ele ficou com raiva e mostrou ser desprezível e lhe disse duas ou três coisas bastante desagradáveis. O temperamento de Anne se tornou ira, e ela deu uma resposta ácida, tão ácida que afetou as coisas de Sloane de Charlie, chegando a ele rapidamente. Ele pegou o chapéu e saiu da casa com um rosto muito vermelho. Anne correu para o andar de cima, caindo duas vezes sobre as almofadas da Srta. Ada no caminho e se jogou sobre a cama, chorando de humilhação e raiva. Ela realmente se curvou para brigar com um Sloane? Era possível que qualquer coisa que Charlie Sloane pudesse dizer tivesse poder de deixá-la com raiva? Oh, isso era degradação, de fato, até mais do que ser a rival de Nettie Blewett!

– Eu gostaria de nunca mais ver a horrível criatura – ela soluçou com sentimento de vingança em seus travesseiros.

Ela não pôde evitar vê-lo novamente, mas Charlie, ultrajado, cuidou para que não fosse muito perto. Doravante, as almofadas da Srta. Ada estavam a salvo de suas depredações e, quando ele viu Anne na rua ou nos corredores de Redmond, seu cumprimento foi frio ao extremo. As relações entre esses dois antigos colegas de escola continuaram sendo tensas por quase um ano! Então Charlie transferiu suas afeições para uma pequena aluna de segundo ano rechonchuda, rosada, de nariz arrebitado, de olhos azuis, que os apreciava como mereciam, e então perdoou Anne e concordou em ser civilizado com ela novamente; de uma maneira paternalista pretendia mostrar exatamente o que ela havia perdido.

Um dia, Anne correu animadamente para o quarto de Priscilla.

– Leia isso – ela gritou, jogando uma carta para Priscilla. – É de Stella... e ela virá para Redmond no próximo ano... e o que você acha da ideia dela? Acho que é perfeitamente esplêndida se pudermos realizá-la. Você acha que podemos, Pris?

– Serei mais capaz de lhe dizer quando descobrir o que é – disse Priscilla, deixando de lado um léxico grego e pegando a carta de Stella. Stella Maynard era uma das colegas da Queen's Academy e lecionava na escola desde então.

"Mas eu vou desistir, Anne querida", escreveu ela, "e vou para a faculdade no próximo ano. Como fiz o terceiro ano na Queen's, posso entrar no segundo ano. Estou cansada de lecionar em uma escola do interior. Algum dia vou escrever um tratado sobre 'As Provas de uma Escola de Campo'. Será um pavoroso realismo. Parece ser a impressão predominante que vivemos com fartura e não temos nada a fazer senão sacar o salário de nosso trimestre. Meu tratado deve dizer a verdade sobre nós. Porque, se uma semana passar sem alguém me dizer que estou fazendo um trabalho fácil por muito dinheiro, concluo que posso encomendar minha túnica de ascensão 'imediatamente e ativar'. 'Bem, você ganha dinheiro fácil', pode me dizer alguém que paga impostos, de modo condescendente. 'Tudo o que você precisa fazer é sentar e ouvir aulas'. Antes, eu discutia o assunto, mas agora sou mais sábia. Os fatos são coisas teimosas, mas como alguém disse sabiamente, não tão teimosas quanto as falácias. Apenas sorriu agora em silêncio eloquente. Bem, tenho nove séries na minha escola e preciso ensinar um pouco de tudo, desde a investigação do interior de minhocas até o estudo do sistema solar. O meu aluno mais novo tem quatro anos... sua mãe o envia para a escola para 'tirá--lo do caminho', e meu mais velho tem vinte anos – de repente ele 'se deu conta' de que seria mais fácil ir para a escola e obter uma educação do que continuar arando por mais tempo. No esforço selvagem de concentrar todos os tipos de pesquisa em seis horas por dia, eu não vou me perguntar se as crianças se sentem como o garotinho que foi levado para ver a biografia. 'Eu tenho que procurar o que está por vir antes que eu saiba o que aconteceu depois', ela reclamou. Eu mesma me sinto assim. E as cartas que recebo, Anne! A mãe de Tommy me escreve dizendo que Tommy não está aprendendo aritmética tão rápido quanto ela gostaria. Ele está na redução simples ainda, e Johnny Johnson está em frações, e Johnny não tem metade da inteligência de Tommy, e ela não consegue entender. E o pai de Susy quer saber por que ela não pode escrever uma carta sem escrever corretamente metade das palavras, e a tia de Dick quer que eu mude de lugar, porque aquele menino mau Brown com quem ele tem se sentado está ensinando palavrões a ele.

Quanto à parte financeira... mas não vou começar por isso. Aqueles a quem os deuses desejam destruir primeiro formam professoras do campo!

Pronto, eu me sinto melhor agora que desabafei. Afinal, eu gostei dos últimos dois anos. Mas estou indo para Redmond.

E agora, Anne, eu tenho um pequeno plano. Você sabe como eu detesto viajar. Eu viajei por quatro anos e estou bem cansada disso. Não sinto vontade de aguentar mais três anos disso.

Por que você, Priscilla e eu não nos unimos, alugamos uma casinha em algum lugar em Kingsport, e não viajamos? Seria mais barato do que de qualquer outra maneira. Claro, teríamos que ter uma governanta e eu tenho uma pronta no local. Você me ouviu falar da tia Jamesina? Ela é a tia mais doce que já existiu, apesar de seu nome. Ela não pode evitar isso! Ela se chamava Jamesina, porque seu pai, cujo nome era James, morreu afogado no mar um mês antes de ela nascer. Eu sempre a chamo de tia Jimsie. Bem, sua única filha se casou recentemente e foi para o campo missionário estrangeiro. Tia Jamesina ficou sozinha em uma grande casa e é terrivelmente solitária. Ela virá a Kingsport e cuidará da casa para nós, se a quisermos, e sei que vocês duas a amarão. Quanto mais penso no plano, mais gosto. Poderíamos ter bons momentos.

Bem, se você e Priscilla concordarem com isso, não seria uma boa ideia para você, que está no local, olhar por aí e ver se consegue encontrar uma casa adequada nesta primavera? Isso seria melhor do que deixá-la até o outono. Se você conseguir um bem mobilado, melhor, mas se não, podemos procurar com velhos amigos da família que tenham sótãos. De qualquer forma, decida o quanto antes e me escreva, para que a tia Jamesina saiba o que fazer no próximo ano."

– Eu acho uma boa ideia – disse Priscilla.

– Eu também – concordou Anne, encantada. – É claro que temos uma boa pensão aqui, mas, no fim das contas, uma pensão não é uma casa. Então, vamos procurar casas imediatamente, antes de os exames começarem.

– Receio que seja bem difícil conseguir uma casa realmente adequada – alertou Priscilla. – Não espere demais, Anne. Casas bonitas em localidades agradáveis provavelmente estarão além do que podemos pagar. Nós provavelmente teremos que nos contentar com um lugarzinho simples, em alguma rua onde moram pessoas a quem conhecer é desconhecer, e fazer a vida interior compensar a exterior.

Conforme o combinado, elas foram procurar casas, mas encontrar exatamente o que queriam se mostrou ainda mais difícil do que Priscilla temia. Havia casas em abundância, mobiliadas e sem mobília; mas uma era grande demais; outra, pequena demais; uma muito cara, outra muito longe de Redmond. Os exames tinham terminado. A última semana do trimestre passou e ainda assim a "casa dos sonhos", como Anne chamava, continuava sendo um sonho.

– Teremos que desistir e esperar até o outono, suponho – disse Priscilla, cansada, enquanto caminhavam pelo parque em um dos dias de brisa e azul de abril, quando o porto estava cheio de pessoas e brilhando sob o tom de pérola, tomado por névoas. – Podemos encontrar algum barraco para nos proteger; se não, pensões, sempre as teremos conosco.

– Eu não vou me preocupar com isso agora, de qualquer maneira, e estragar esta tarde adorável – disse Anne, olhando ao redor com prazer. O ar fresco e frio estava fracamente carregado com o aroma de bálsamo de pinheiro, e o céu estava cristalino e azul – uma grande xícara de bênção invertida. – A primavera está cantando no meu sangue hoje, e a atração de abril está lá fora. Estou tendo visões e sonhos, Pris. Isso porque o vento é do oeste. Eu amo o vento do oeste. Canta esperança e alegria, não é? Quando o vento leste sopra, sempre penso em chuvas tristes nos beirais e ondas tristes em uma costa cinzenta. Quando envelhecer, terei reumatismo quando o vento estiver a leste.

– E não é uma alegria quando você descarta peles e roupas de inverno pela primeira vez e se veste, assim, em trajes de primavera? – riu Priscilla. – Você não se sente renovada?

– Tudo é novo na primavera – disse Anne. – As próprias primaveras são sempre tão novas também. Nenhuma primavera é como qualquer outra primavera. Ela sempre tem algo próprio para ser sua doçura peculiar. Veja como a grama é verde ao redor daquele pequeno lago e como o salgueiro brota. Estão se abrindo.

– E os exames terminaram. A hora da convocação chegará em breve... na próxima quarta-feira. Esta hora, na próxima semana, estaremos em casa.

– Estou feliz – disse Anne sonhadora. – Há tantas coisas que quero fazer. Quero me sentar nos degraus da varanda dos fundos e sentir a brisa soprando sobre os campos do Senhor Harrison. Quero procurar samambaias na Floresta Assombrada e reunir violetas no Vale das Violetas. Lembra-se do dia do nosso piquenique de ouro, Priscilla? Quero ouvir os sapos cantando e os choupos sussurrando. Mas também aprendi a amar Kingsport e fico feliz por voltar no próximo outono. Se não tivesse ganhado o Thorburn, acho que não conseguiria. Não pude levar nada do pequeno tesouro de Marilla.

– Se ao menos pudéssemos encontrar uma casa! – Priscilla suspirou. – Olhe lá em Kingsport, Anne, casas, casas em todos os lugares, e nenhuma para nós.

– Pare com isso, Pris. "O melhor ainda está por vir." Como o romano antigo, encontraremos uma casa ou construiremos uma. Em um dia como este, não existe a palavra fracasso no meu ótimo vocabulário.

Elas permaneceram no parque até o pôr do sol, aproveitando o incrível milagre, a glória e maravilha da maré da primavera; e voltaram para casa, como sempre, pela avenida Spofford, para ter o prazer de olhar para a Casa da Patty.

– Sinto, pelo formigar dos meus dedos, como se algo misterioso fosse acontecer imediatamente – disse Anne, enquanto subiam a ladeira. – É uma sensação agradável como em um livro. Por quê... por quê... por quê! Priscilla Grant, olhe para lá e me diga se é verdade ou estou vendo coisas!

Priscilla olhou. Os polegares e os olhos de Anne não a enganaram. Sobre o portão arqueado da Casa da Patty pendia uma pequena placa modesta. Dizia "Aluga-se, mobiliado. Informe-se aqui dentro".

– Priscilla – disse Anne, em um sussurro –, você acha que é possível alugarmos a Casa da Patty?

– Não, acho que não – afirmou Priscilla. – Seria bom demais para ser verdade. Os contos de fadas não acontecem hoje em dia. Não criarei esperança, Anne. A decepção seria terrível demais para suportar. Eles certamente querem mais do que podemos pagar. Lembre, é na avenida Spofford.

– Precisamos descobrir de qualquer maneira – disse Anne de modo decidido. – É tarde demais para ligar agora, mas vamos ver amanhã. Oh, Pris, se conseguirmos esse lugar lindo! Eu sempre senti que meu destino estava ligado à Casa da Patty, desde que eu a vi pela primeira vez.

CAPÍTULO 10

CASA DA PATTY

Na noite seguinte, eles atravessaram o caminho de pedras do pequeno jardim. O vento de abril estava balançando os galhos dos pinheiros, e o bosque estava vivo com piscos – grandes, gordos e atrevidos companheiros, exibindo-se ao longo dos caminhos. As meninas tocaram a campainha timidamente e foram recebidas por uma criada sombria e idosa. A porta se abriu diretamente para uma grande sala de estar, onde perto de uma lareira estavam sentadas outras duas senhoras, ambas também sombrias e idosas. Exceto que uma parecia ter cerca de 70, e a outra, 50 anos, parecia haver pouca diferença entre elas. As duas tinham olhos incrivelmente grandes, azuis-claros, atrás de óculos com aro de aço; as duas usavam um boné e um xale cinza; as duas tricotavam sem pressa e sem descanso; as duas balançavam placidamente e olhavam para as meninas sem falar; e logo atrás de cada uma havia um grande cachorro branco de porcelana, com manchas verdes redondas por todo lado, nariz verde e orelhas verdes. Esses cães viram a figura de Anne no local; eles pareciam as divindades gêmeas guardiãs da Casa da Patty.

Por alguns minutos, ninguém falou. As meninas estavam nervosas demais para encontrar palavras e nem as senhoras antigas, nem os cachorros de porcelana pareciam querer conversa. Anne olhou ao redor da sala. Que lugar querido! Outra porta se abriu diretamente para o pinhal, e os piscos-de-peito-vermelho subiram ousadamente no mesmo degrau. O chão estava tomado de tapetes redondos e trançados, como os que Marilla fazia em Green Gables, mas que eram considerados desatualizados em qualquer outro lugar, mesmo em Avonlea. E, no entanto, aqui estavam eles na avenida Spofford! Um relógio grande e polido de um avô tiquetaqueava alto e solenemente em um canto. Havia pequenos armários lindos acima da lareira, e peças antigas de porcelana brilhavam dentro das portas de vidro. As paredes estavam cobertas com estampas e silhuetas antigas. Em um canto, as escadas subiam e, na primeira curva, havia uma janela comprida com um assento convidativo. Era tudo como Anne sabia que deveria ser.

A essa altura, o silêncio havia se tornado terrível demais, e Priscilla cutucou Anne para dizer que ela devia falar.

– Nós… nós… vimos pela placa que esta casa está para alugar – disse Anne, baixinho, dirigindo-se à senhora mais velha, que evidentemente era a Srta. Patty Spofford.

– Oh, sim – disse a Srta. Patty. – Eu pretendia tirar essa placa hoje.

– Então… então, é tarde demais – disse Anne com tristeza. – A senhora já a alugou para outra pessoa?

– Não, mas decidimos não alugá-la.

– Oh, sinto muito – exclamou Anne, impulsivamente. – Eu amo esse lugar. Queria que tivéssemos conseguido.

A Srta. Patty deitou o tricô de lado, tirou os óculos, limpou-os, voltou a colocá-los e, pela primeira vez, olhou para Anne como um ser humano. A outra senhora seguiu seu exemplo tão perfeitamente que era como se fosse um reflexo no espelho.

– Você *ama* – disse a Srta. Patty com ênfase. – Isso significa que você realmente *ama*? Ou que você simplesmente gosta da aparência? As meninas hoje em dia se entregam a declarações tão exageradas que nunca se pode dizer o que elas sentem de fato. Não era assim nos meus dias de juventude. Naquela época, uma garota nunca dizia que *ama* nabos no mesmo tom com que ela poderia ter dito que amava sua mãe ou o seu salvador.

A consciência de Anne a sustentou.
— Eu realmente amo aqui — ela disse gentilmente. — Adorei desde que a vi no outono passado. Minhas duas colegas de faculdade e eu queremos ficar em uma casa no próximo ano em vez de morar na faculdade, então estamos procurando um pequeno lugar para alugar e, quando vi que essa casa estava para alugar, fiquei muito feliz.

— Se você gosta, pode ficar com ela — disse a Srta. Patty. — Maria e eu decidimos hoje que não a deixaríamos, afinal, porque não gostamos de nenhuma das pessoas que a queriam. Não precisamos alugar. Podemos nos dar ao luxo de irmos para a Europa, mesmo sem alugá-la. Seria melhor, mas não é pelo dinheiro que deixarei minha casa nas mãos das pessoas que vieram aqui para vê-la. Você é diferente. Acredito que você a ama e será boa com ela. Pode ficar.

— Se... se pudermos pagar o que a senhora pede — hesitou Anne.

A Srta. Patty disse a quantia necessária. Anne e Priscilla se entreolharam. Priscilla balançou a cabeça.

— Receio que não possamos pagar tanto — disse Anne, sufocando sua decepção. — Veja bem, somos apenas universitárias e somos pobres.

— Quanto você acha que poderiam pagar? — perguntou a Srta. Patty, sem parar de tricotar.

Anne disse sua quantia. Patty assentiu pensativa.

— Isso serve. Como já disse, não é estritamente necessário que aluguemos. Não somos ricas, mas temos o suficiente para seguir para a Europa. Nunca estive na Europa em minha vida, nunca pensei que iria e nunca quis ir. Mas minha sobrinha, Maria Spofford, teve um desejo de ir. Bem, você sabe que uma jovem como Maria não pode sair andando sozinha pelo mundo.

— Não... acho que não — murmurou Anne, vendo que a Srta. Patty estava sendo sincera.

— Claro que não. Então eu tenho que ir cuidar dela. Também espero gostar; tenho 70 anos, mas ainda não estou cansada de viver. Acho que teria ido para a Europa antes se a ideia me tivesse ocorrido. Estaremos fora por dois anos, talvez três. Partiremos de navio em junho e enviaremos a chave, deixando tudo para que você tome posse quando você escolher. Vamos levar algumas coisas que valorizamos especialmente, mas todo o resto será deixado.

– A senhora vai deixar os cachorros de porcelana? – perguntou Anne timidamente.

– Você gostaria que eu os deixasse?

– Oh, de fato, sim. Eles são lindos.

Uma expressão satisfeita surgiu no rosto da Srta. Patty.

– Eu gosto muito desses cachorros – disse ela com orgulho. – Eles têm mais de cem anos e estão sentados em ambos os lados desta lareira desde que meu irmão Aaron os trouxe de Londres, cinquenta anos atrás. A avenida Spofford ganhou esse nome por causa do meu irmão Aaron.

– Era um homem bonito – disse a Srta. Maria, falando pela primeira vez. – Ah, não se encontram homens como ele hoje em dia.

– Ele foi um bom tio para você, Maria – disse a Srta. Patty, com evidente emoção. – Você faz bem em lembrar dele.

– Eu sempre me lembrarei dele – disse a Srta. Maria solenemente. – Eu posso vê-lo, neste minuto, parado diante do fogo, com as mãos sob a barra do casaco, sorrindo para nós.

Maria pegou seu lenço e enxugou os olhos, mas a Srta. Patty voltou resolutamente das regiões de sentimentos para as dos negócios.

– Deixarei os cães onde estão se você prometer ter muito cuidado com eles – disse ela. – O nome deles é Gog e Magog. Gog olha para a direita, e Magog, para a esquerda. E há apenas mais uma coisa. Espero que você não faça objeção a esta casa ser chamada de Casa da Patty.

– Não, nenhuma. Achamos que é uma das coisas mais agradáveis sobre ela.

– Você tem bom senso, pelo que posso ver – disse a Srta. Patty em um tom de grande satisfação. – Você acreditaria? Todas as pessoas que vieram aqui para alugar a casa queriam saber se não podiam tirar o nome do portão enquanto aqui ficassem. Eu disse a elas abertamente que o nome vinha com a casa. Esta tem sido a Casa da Patty desde que meu irmão Aaron a deixou em seu testamento, e seu nome continuará sendo esse até eu morrer e Maria morrer. Depois disso, o próximo dono pode chamá-la de qualquer nome idiota que ele quiser – concluiu a Srta. Patty, como se estivesse dizendo: "Depois disso, o dilúvio". – E agora, você não gostaria de dar uma olhada na casa e ver tudo antes de fecharmos negócio?

As meninas ficaram ainda mais encantadas quando viram mais. Além da grande sala de estar, havia uma cozinha e um pequeno quarto no andar de baixo. No andar de cima havia três quartos, um grande e dois pequenos. Anne gostou muito de um dos pequenos, com vista para os grandes pinheiros, e esperava que fosse dela. Tinha papel de parede azul-claro e uma pequena mesa de banheiro antiga com castiçais para velas. Havia uma janela triangular envidraçada com um assento sob os babados azuis de musselina que seria um local satisfatório para estudar ou sonhar.

– É tudo tão delicioso que eu sei que vamos acordar e ter uma visão fugaz da noite – disse Priscilla enquanto se afastavam.

– A Srta. Patty e a Srta. Maria não são pessoas dos sonhos? – riu Anne. – Você pode imaginá-las "percorrendo o mundo", ainda mais com aqueles xales e chapéus?

– Imagino que elas os tirem quando realmente começarem a percorrer o mundo – disse Priscilla –, mas eu sei que elas levarão o tricô a todos os lugares. Eles simplesmente não conseguiriam ficar longe dele. Andarão pela Abadia de Westminster e tricotarão, tenho certeza. Enquanto isso, Anne, estaremos morando na Casa da Patty, e na avenida Spofford. Ainda me sinto uma milionária agora.

– Sinto-me como uma das estrelas da manhã que cantava de alegria – disse Anne.

Phil Gordon entrou na casa de trinta e oito, na St. John's, naquela noite e se jogou na cama de Anne.

– Meninas, queridas, estou cansada demais. Sinto-me como o homem sem país ou é sem sombra? Esqueci qual. De qualquer forma, tenho feito as malas.

– E suponho que você esteja esgotada, porque não conseguiu decidir quais itens levar primeiro ou onde colocá-los – riu Priscilla.

– Exatamente. E quando eu tinha tudo guardado de alguma forma, e minha senhoria e sua empregada estavam sentadas enquanto eu trancava as coisas, descobri que havia embalado um monte de coisas que eu queria para a Convocação bem no fundo. Eu tive que destrancar a coisa toda, procurar e procurar por uma hora até achar o que queria. Eu achava algo que parecia o que estava procurando, e quando puxava, era outra coisa. Não, Anne, eu *não* juro.

– Eu não disse que você não jurava.

– Bem, você parecia pensar, mas admito que meus pensamentos beiravam o profano. E estou com gripe – não posso fazer nada além de fungar, suspirar e espirrar. Não é uma agonia aliterativa para você? Rainha Anne, diga alguma coisa para me animar.

– Lembre-se de que na próxima quinta-feira, à noite, você estará de volta à terra de Alec e Alonzo – sugeriu Anne.

Phil balançou a cabeça desanimada.

– Mais aliteração. Não, eu não quero Alec e Alonzo quando estou com um resfriado. Mas o que aconteceu com vocês duas? Agora que estou vendo vocês de perto, estão iluminadas com brilho que vem de dentro. Minha nossa, vocês estão realmente *brilhando*! O que houve?

– Vamos morar na Casa de Patty no próximo inverno – disse Anne triunfante. – Morar, entenda, não na pensão! Nós a alugamos, e Stella Maynard está chegando, e a tia dela vai cuidar da casa para nós.

Phil deu um salto, limpou o nariz e caiu de joelhos diante de Anne.

– Garotas... meninas... deixem-me ir também. Oh, eu vou ser muito boa. Se não houver espaço para mim, vou dormir na casinha do cachorro... eu já vi. Deixem-me ir.

– Levante-se, sua boba!

– Eu não vou me mexer enquanto você não disser que eu posso morar com vocês no inverno que vem.

Anne e Priscilla se entreolharam. Então Anne disse devagar:

– Phil, querida, gostaríamos de morar com você. Mas também podemos falar claramente. Sou pobre, Pris é pobre, Stella Maynard é pobre. Nossa governanta deve ser muito simples, e nossa mesa, comum. Você teria que viver como nós. Mas você é rica e a tarifa da sua pensão atesta o fato.

– Oh, o que eu me importo com isso? – exigiu Phil de modo dramático. – Melhor jantar salada onde seus amigos estão do que comer um banquete em uma pensão solitária. Não pense que quero tudo do bom e do melhor, meninas. Estarei disposta a viver com pão e água, com apenas uma geleia, se vocês permitirem.

– E então – continuou Anne – haverá muito trabalho a ser feito. A tia de Stella não pode fazer tudo. Todos esperamos ter nossas tarefas a fazer. Mas você...

– Não trabalho nem costuro – concluiu Philippa. – Mas eu vou aprender a fazer as coisas. Vocês só terão que me mostrar uma vez. Eu sei fazer minha própria cama para começar. E lembre-se de que, embora eu não saiba cozinhar, eu sei manter a calma. Isso é alguma coisa. E *nunca* reclamo do tempo. Isso é mais. Ah, por favor, por favor! Eu nunca quis tanto algo na minha vida, e esse chão é bem duro.

– Só mais uma coisa – disse Priscilla, decidida. – Você, Phil, como toda Redmond sabe, recebe visitantes quase todas as noites.

Agora, na Casa da Patty, não podemos fazer isso. Decidimos que estaremos em casa com nossos amigos apenas nas noites de sexta-feira. Se você vier conosco, terá que cumprir essa regra.

– Bem, você não acha que eu vou me importar com isso, não é? Porque estou feliz com isso. Eu sabia que deveria ter adotado alguma dessas regras, mas não tive decisão suficiente para fazer isso ou seguir. Quando eu puder dividir a responsabilidade com vocês, será um verdadeiro alívio. Se vocês não permitirem que eu me junte a vocês, morrerei de decepção e depois voltarei para assombrá-las. Acamparei bem na porta da Casa da Patty, e vocês não poderão sair ou entrar sem cair sobre o meu fantasma.

Mais uma vez, Anne e Priscilla trocaram olhares eloquentes.

– Bem – disse Anne –, é claro que não podemos prometer aceitá-la enquanto não consultarmos Stella, mas não acho que ela vai se opor. E, no que nos diz respeito, você é muito bem-vinda.

– Se você se cansar da nossa vida simples, pode nos deixar, sem fazer perguntas – acrescentou Priscilla.

Phil levantou-se, abraçou-as alegremente e seguiu seu caminho, regozijando-se.

– Espero que tudo dê certo – disse Priscilla, com seriedade.

– Precisamos fazer tudo dar certo – declarou Anne. – Acho que Phil se encaixará muito bem em nossa casinha feliz!

– Oh, Phil é uma querida amiga. E, é claro, quanto mais pessoas, mais fácil será para pagarmos nossas despesas. Mas como ela se comportará vivendo conosco? É preciso passar um verão e um inverno com qualquer um antes de se saber como é viver com ele.

– Oh, bem, todas nós seremos postas à prova na medida do possível. E devemos nos portar como gente sensata, vivendo e deixando viver. Phil não é egoísta, embora ela seja um pouco avoada, e eu acredito que todas nos daremos lindamente bem na Casa da Patty.

CAPÍTULO 11

O CÍRCULO DA VIDA

Anne estava de volta a Avonlea com o brilho da bolsa de estudos de Thorburn estampado no rosto. As pessoas disseram que ela não havia mudado muito, em um tom que indicava que estavam surpresas e um pouco decepcionadas por ela não ter mudado. Avonlea também não mudou. Pelo menos, pareceu a princípio. Mas quando Anne se sentou no banco da igreja de Green Gables, no primeiro domingo após seu retorno, e olhou para a congregação, ela viu várias pequenas mudanças e, por ter visto todas de uma vez, percebeu que o tempo não ficava parado, mesmo em Avonlea. Um novo ministro estava no púlpito. Nos bancos, mais de um rosto conhecido estava ausente há muito tempo. O velho "tio Abe", com a sua profecia terminada, com a Sra. Peter Sloane, que suspirava; esperava-se, pela última vez, Timothy Cotton, que, como a Sra. Rachel Lynde disse, "de fato conseguiu morrer finalmente, depois de tentar por vinte anos", e o velho Josiah Sloane – que ninguém reconheceu em seu caixão, porque ele tinha os bigodes bem aparados. Estavam todos jazendo no pequeno cemitério atrás da igreja. E Billy Andrews tinha se casado com Nettie Blewett! Eles "apareceram" naquele domingo. Quando Billy, radiante de orgulho e felicidade, mostrou sua esposa de plumas e seda no banco dos Harmon Andrews, Anne deixou cair as pálpebras para esconder os olhos assustados. Lembrou-se da noite tempestuosa de inverno das férias de Natal, quando Jane a pediu em casamento para Billy. Ele certamente não havia sofrido com a rejeição. Anne se perguntou se Jane também havia pedido Nettie em casamento para ele ou se ele havia reunido coragem suficiente para fazer a fatídica pergunta. Toda a família Andrews parecia compartilhar seu orgulho e prazer, da Sra. Harmon, no banco, a Jane, no coral. Jane se demitiu da escola de Avonlea e pretendia ir para o oeste no outono.

– Não é possível conseguir um namorado em Avonlea, é isso – disse a Sra. Rachel Lynde, com desdém. – *Diz* que ela acha que terá uma saúde melhor no oeste. Eu nunca ouvi falar que a saúde dela estivesse ruim antes.

– Jane é uma garota legal – dissera Anne lealmente. – Ela nunca tentou atrair atenção, como alguns fizeram.

– Oh, ela nunca foi atrás dos rapazes, se é o que está dizendo – disse a Senhora Rachel. – Mas ela gostaria de se casar, assim como qualquer pessoa, é isso. O que mais a levaria ao oeste, para um lugar qualquer cuja única recomendação fosse que os homens são muitos e, as mulheres, poucas? Não me diga!

Mas não foi para Jane que Anne olhou naquele dia, com surpresa. Foi para Ruby Gillis, que estava sentada ao lado dela no coral. O que havia acontecido com Ruby? Ela estava mais bela do que nunca, seus olhos azuis estavam muito claros e brilhantes, e a cor de suas faces estava forte. Além disso, ela estava muito magra; as mãos que seguravam o livro de hinos eram quase transparentes de tão delicadas.

– Ruby Gillis está doente? – perguntou Anne para a Sra. Lynde enquanto elas iam para casa depois de saírem da igreja.

– Ruby Gillis está morrendo de tuberculose galopante – disse a Sra. Lynde, com sinceridade. – Todo mundo sabe disso, exceto ela própria e sua família. Eles não arredam pé. Se perguntar para eles, dirão que ela está ótima. Ela não consegue lecionar desde que teve aquele ataque de congestão no inverno, mas ela diz que vai lecionar de novo no outono e pretende entrar na escola White Sands. Ela estará no túmulo, pobre moça, quando a escola White Sands abrir; isso sim.

Anne escutou chocada, em silêncio. Ruby Gillis, sua velha colega de escola, morrendo? Seria possível? Nos últimos anos, elas tinham se separado, mas o velho elo de intimidade de meninas existia, e isso fazia o peito de Anne apertar com a notícia. Ruby, a garota brilhante, feliz, animada! Era impossível pensar nela e pensar em morte. Ela havia cumprimentado Anne com cordialidade alegre depois da igreja, pedindo para que ela voltasse na noite seguinte.

– Estarei fora nas noites de terça e quarta – respondera ela, triunfante. – Tem um concerto em Carmody e uma festa em White Sands. Herb Spencer vai me levar. Ele é meu último. Venha amanhã. Estou louca para conversar com você. Quero saber o que você tem feito em Redmond.

Anne sabia o que Ruby estava dizendo ao afirmar que queria contar a Anne a respeito de seus flertes recentes, mas prometeu ir, e Diana se ofereceu para ir junto.

– Há muito tenho esperado para ver Ruby – disse ela a Anne quando elas saíram de Green Gables na noite seguinte –, mas eu não podia ir sozinha. É muito ruim ouvir Ruby chiar como faz e fingir que não tem nada de errado, mesmo quando ela mal consegue falar por estar tossindo. Ela tem lutado muito por sua vida, mas não tem nenhuma chance, dizem.

As moças andaram pelo caminho em silêncio. Os piscos cantavam nas árvores altas, enchendo o ar de gorjeios de alegria. Os sapos saltavam nos lagos e lagoas. Nos campos, as sementes começavam a brotar com vida e emoção ao sol e à chuva que caía sobre elas. O ar estava tomado pelo cheiro doce e forte das framboesas. A névoa branca cobria os lagos silenciosos, e estrelas violetas brilhavam lançando um tom azul sobre os campos.

– Que lindo pôr do sol – disse Diana. – Olha, Anne, é como uma terra em si, não é? Essa longa e baixa parte de trás da nuvem púrpura é a costa, e o céu claro mais adiante é como um mar dourado.

– Se pudéssemos navegar no barco de luar sobre o qual Paul escreveu em sua antiga composição, lembra? Seria tão bom – disse Anne, despertando de seus devaneios. – Você acha que poderíamos encontrar todo o nosso passado lá, Diana? Todas as nossas velhas fontes e flores? Os canteiros de flores que Paulo viu lá são as rosas que floresceram para nós no passado?

– Não diga isso! – disse Diana. – Você me faz sentir como se fôssemos mulheres idosas com tudo já vivido.

– Acho que quase senti isso desde que ouvi falar da pobre Ruby – disse Anne. – Se é verdade que ela está morrendo, qualquer outra coisa triste também pode ser verdade.

– Você não se importa se eu chamar Elisha Wright por um momento, não é? – perguntou Diana. – Mamãe me pediu para deixar este pequeno prato de geleia para a tia Atossa.

– Quem é tia Atossa?

– Oh, você não soube? Ela é a Sra. Samson Coates, de Spencervale, tia da Sra. Elisha Wright. Ela também é tia do papai O marido morreu no inverno passado, e ela ficou muito pobre e sozinha, então os Wrights a levaram para viver com eles. A mamãe achou que deveríamos acolhê-la, mas o papai não deixou. Morar com tia Atossa, ele não quis.

– Ela é tão terrível? – perguntou Anne distraidamente.

– Você provavelmente verá como ela é antes que possamos fugir – disse Diana com atenção. – O papai diz que ela tem um rosto como uma machadinha: corta o ar. Mas a língua dela ainda é mais ferina.

Apesar de tarde, tia Atossa estava cortando batatas na cozinha dos Wright. Ela usava um avental velho e desbotado, e seus cabelos grisalhos estavam bem desarrumados. Tia Atossa não gostava de ser "pega desprevenida", então fez questão de ser desagradável.

– Oh, então você é Anne Shirley? – ela disse quando Diana apresentou Anne. – Eu ouvi falar de você. – Seu tom implicava que ela não ouvira nada de bom. – A Sra. Andrews estava me dizendo que você estava em casa. Ela disse que você melhorou bastante.

Não havia dúvida de que tia Atossa achava que havia muito espaço para melhorias adicionais. Ela não parava de cortar com muita energia.

– É de alguma utilidade pedir para você se sentar? – ela perguntou sarcasticamente. – Claro, não há nada muito divertido aqui para você. Os outros estão fora.

– A mamãe enviou a você esse potinho de geleia de ruibarbo – disse Diana agradavelmente. – Ela fez isso hoje e achou que você poderia gostar.

– Oh, obrigada – disse tia Atossa amargamente. – Eu nunca gostei da geleia de sua mãe, ela sempre a deixa muito doce. No entanto, vou tentar comer um pouco. Meu apetite está muito ruim nesta primavera. Estou longe de estar bem – continuou tia Atossa solenemente –, mas ainda assim eu sigo em frente. As pessoas que não podem trabalhar não são desejadas aqui. Se não for grande incômodo, você pode colocar a geleia na despensa? Estou com pressa para fazer essas batatas hoje à noite. Suponho que vocês duas nunca façam nada assim. Teriam medo de estragar as mãos.

– Eu costumava cortar batatas antes de alugar a fazenda – sorriu Anne.

– Eu ainda corto – riu Diana. – Eu cortei batatas três dias na semana passada. É claro – ela acrescentou provocativamente – que eu lavei minhas mãos com suco de limão e usei luvas de criança todas as noites depois disso.

Tia Atossa fungou.

– Suponho que você tenha visto isso em alguma dessas revistas tolas que você lê. Gostaria de saber por que sua mãe permite.

Mas ela sempre mimou você. Todos pensamos, quando George se casou com ela, que ela não seria uma esposa adequada para ele.

Tia Atossa suspirou profundamente como se todos os pressentimentos por ocasião do casamento de George Barry tivessem se realizado assustadoramente.

– Você está indo? – ela perguntou, quando as meninas se levantaram. – Bem, suponho que você não possa encontrar muita diversão conversando com uma velha como eu. É uma pena que os meninos não estejam em casa.

– Queremos ver Ruby Gillis um pouco – explicou Diana.

– Ah, qualquer coisa serve como desculpa, é claro – disse tia Atossa, amavelmente. – Basta entrar e sair antes que você tenha tempo de cumprimentar decentemente. É o ar da faculdade, eu suponho. Você seria inteligente ao ficar longe de Ruby Gillis. Os médicos dizem que o consumo está aumentando. Eu sempre soube que Ruby pegaria algo, viajando para Boston no outono passado para uma visita. Pessoas que não se contentam em ficar em casa sempre pegam alguma coisa.

– As pessoas que não vão visitar também pegam coisas. Às vezes até morrem – disse Diana solenemente.

– Então elas não têm culpa por isso – respondeu tia Atossa triunfante. – Ouvi dizer que você vai se casar em junho, Diana.

– Não há verdade nesse relatório – disse Diana, corando.

– Bem, não demore muito – disse tia Atossa significativamente. – Você desaparecerá em breve, você é toda pele e cabelo. E os Wrights são terrivelmente inconstantes. Você deve usar um chapéu, *Senhorita Shirley*. Seu nariz é sardento e escandaloso. Meu Deus, mas você é ruiva! Bem, eu suponho que todos somos como o Senhor nos fez! Mande meus cumprimentos a Marilla Cuthbert. Ela nunca mais me viu desde que eu vim para Avonlea, mas acho que não devo reclamar. Os Cuthberts sempre se consideravam um pouco superiores a qualquer outra pessoa por aqui.

– Oh, ela não é terrível? – Diana ofegou, enquanto elas escapavam pela estrada.
– Ela é pior que a Srta. Eliza Andrews – disse Anne. – Mas então pense em viver toda a sua vida com um nome como Atossa! Não amargaria qualquer um? Ela deveria ter tentado imaginar que o nome dela era Cordélia. Isso poderia ter ajudado bastante. Ela certamente me ajudou nos dias em que eu não gostava de Anne.
– Josie Pye será como ela quando crescer – disse Diana. – A mãe de Josie e a tia Atossa são primas, você sabe. Oh, querida, estou feliz que acabou. Ela é tão maliciosa; ela parece colocar um sabor ruim em tudo. O padre conta uma história tão engraçada sobre ela. Uma vez, eles tiveram um ministro em Spencervale que era um religioso muito bom, mas muito surdo. Ele não conseguia ouvir nenhuma conversa. Bem, eles costumavam ter um encontro de oração nas noites de domingo, e todos os membros da igreja presentes se levantavam e oravam à vez ou diziam algumas palavras de algum versículo da Bíblia. Mas uma noite, a tia Atossa se levantou. Ela não orou nem pregou. Em vez disso, ela olhou para todos da igreja com cara de poucos amigos, chamando-os pelo nome, dizendo como todos haviam se comportado e lançando todas as brigas e escândalos dos últimos 10 anos. Finalmente, ela acabou dizendo que estava com nojo da igreja Spencervale, que nunca mais pretendia aparecer ali e esperava que algo horrível acontecesse ali. Então ela se sentou sem fôlego, e o ministro, que não ouvira uma palavra do que ela disse, imediatamente observou, com uma voz muito devota: "Amém! O Senhor concede a oração da nossa querida irmã!". Você deveria ouvir o padre contar a história.

– Por falar em histórias, Diana – observou Anne, em um tom significativo e confidencial –, você sabe que ultimamente tenho me perguntado se poderia escrever um conto, uma história que seria boa o suficiente para ser publicada?

– Puxa, é claro que você poderia – disse Diana, depois de entender a sugestão incrível. – Você costumava escrever histórias perfeitamente emocionantes anos atrás no nosso antigo Clube de Histórias.

– Bem, eu não quis dizer esse tipo de história – sorriu Anne. – Eu tenho pensado nisso um pouco ultimamente, mas tenho quase medo de tentar, pois, se eu falhar, seria muito humilhante.

– Ouvi Priscilla dizer uma vez que todas as primeiras histórias da Sra. Morgan foram rejeitadas. Mas tenho certeza de que a sua não seria, Anne, pois é provável que os editores tenham mais senso hoje em dia.

– Margaret Burton, uma das novas alunas de Redmond, escreveu uma história no inverno passado e foi publicada na *Canadian Woman*. Eu realmente acho que poderia escrever uma pelo menos tão boa.

– E você a publicará na *Canadian Woman*?

– Eu posso tentar uma das revistas maiores primeiro. Tudo depende do tipo de história que eu escrever.

– Sobre o que será?

– Ainda não sei. Quero ter uma boa trama. Acredito que isso seja muito necessário do ponto de vista de um editor. A única coisa que decidi foi o nome da heroína. Deve ser *Averil Lester*. Bastante bonito, você não acha? Não mencione isso para ninguém, Diana. Eu não contei a ninguém além de você e do Sr. Harrison. Ele não foi muito encorajador; disse que havia muito lixo escrito hoje em dia e esperava algo melhor de mim depois de um ano na faculdade.

– O que o Sr. Harrison sabe sobre isso? – exigiu Diana com desdém.

Elas acharam a casa dos Gillis alegre, com luzes e campainhas. Leonard Kimball, de Spencervale, e Morgan Bell, de Carmody, estavam se encarando do outro lado da sala. Várias meninas alegres apareceram. Ruby estava vestida de branco, e seus olhos e bochechas eram muito brilhantes. Ela riu e conversou sem parar e, depois que as outras meninas foram embora, levou Anne para o andar de cima para exibir seus novos vestidos de verão.

– Eu tenho uma seda azul para usar ainda, mas é um pouco pesada para o verão. Acho que vou deixar até o outono. Vou ensinar em White Sands, você sabe. Gosta do meu chapéu? Aquele que você usou na igreja ontem era bem bonito. Mas eu gosto de algo mais brilhante para mim. Você notou aqueles dois garotos ridículos lá embaixo? Ambos vieram determinados a acabar um com o outro. Eu não me importo nem um pouco com eles, gosto mesmo é de Herb Spencer, às vezes acho que ele é o homem certo. No Natal, pensei que o professor de Spencervale era o certo, mas descobri algo que me colocou contra ele. Ele quase enlouqueceu quando eu o rejeitei. Eu gostaria que aqueles dois rapazes não tivessem aparecido hoje. Eu queria ter uma boa conversa com você, Anne, e lhe contar tantas coisas. Você e eu sempre fomos boas amigas, não é?

Ruby passou o braço pela cintura de Anne com uma risadinha superficial. Mas, por um momento, os olhos delas se encontraram, e, por trás de todo o brilho de Ruby, Anne viu algo que fez seu coração doer.

– Venha sempre, não é, Anne? – sussurrou Ruby. – Venha sozinha, eu quero que venha.

– Você está se sentindo muito bem, Ruby?

– Eu estou bem. Nunca me senti melhor na minha vida. É claro que o congestionamento do inverno passado me deixou um pouco indisposta. Mas veja só minha cor, não pareço uma inválida, tenho certeza.

A voz de Ruby estava quase aguda. Ela afastou o braço do de Anne, como se estivesse ressentida, e desceu correndo as escadas, mais alegre do que nunca, aparentemente tão absorvida em zombar de suas amigas que Diana e Anne se sentiram mal e logo foram embora.

CAPÍTULO 12

A EXPIAÇÃO DE AVERIL

— Com o que você está sonhando, Anne?

As duas garotas estavam descansando, certa noite, em uma área descampada do riacho. Samambaias as cercavam, pequenas gramíneas surgiam verdes, e peras silvestres pendiam de finas perfumadas cortinas brancas ao redor.

Anne saiu de seus devaneios com um suspiro feliz.

— Eu estava pensando na minha história, Diana.

— Oh, você realmente a começou? — gritou Diana, repentinamente interessada.

— Sim, escrevi algumas páginas, mas já tenho tudo planejado. Tive dificuldade para conseguir um enredo adequado. Nenhuma das tramas que se sugeriam combinava com uma garota chamada Averil.

— Você não poderia ter mudado o nome dela?

— Não, a coisa era impossível. Tentei, mas não consegui, assim como não consegui mudar o seu. Averil era tão real para mim que, por mais que eu pensasse em outro nome que tentasse dar a ela, só pensava nela como Averil, mais do que tudo. Mas finalmente consegui um enredo que combinava com ela. Então veio a emoção de escolher nomes para todos os meus personagens. Você não tem ideia de como isso é fascinante. Fiquei acordada por horas pensando sobre esses nomes. O nome do protagonista é Perceval Dalrymple.

– Você deu nome a todos os personagens? – perguntou Diana melancolicamente. – Se você não tivesse feito isso, eu pediria para dar nome a um, apenas uma pessoa sem importância. Eu me sentiria como se tivesse participado da história.

– Você pode dar nome ao menino contratado que morava com os Lesters – disse Anne. – Ele não é muito importante, mas é o único que ficou sem nome.

– Chame-o de Raymond Fitzosborne – sugeriu Diana, que guardava na memória esses nomes, relíquias do antigo "Clube de Histórias", que ela, Anne, Jane Andrews e Ruby Gillis tiveram no tempo de escola.

Anne balançou a cabeça em dúvida.

– Receio que seja um nome aristocrático demais para um faz-tudo, Diana. Não conseguia imaginar um Fitzosborne alimentando porcos e pegando batatas fritas, e você?

Diana não entendia por que Anne, com alguma imaginação, poderia esticá-la nessa perspectiva; mas provavelmente Anne sabia muito bem, e o faz-tudo finalmente foi batizado como Robert Ray, para ser chamado de Bobby se necessário.

– Quanto você acha que vai conseguir? – perguntou Diana.

Mas Anne não tinha pensado nisso. Ela estava em busca da fama, e não de lucro imundo, e seus sonhos literários ainda estavam intocados por considerações mercenárias.

– Você vai me deixar ler, não vai? – implorou Diana.

– Quando terminar, vou ler para você e para o Sr. Harrison, e quero que você a critique muito. Ninguém mais a verá até que seja publicada.

– Como você vai terminá-la, feliz ou infeliz?

– Não tenho certeza. Gostaria que acabasse infeliz, porque isso seria muito mais romântico. Mas entendo que os editores têm um preconceito contra finais tristes. Ouvi o professor Hamilton dizer uma vez que ninguém, a não ser um gênio, deveria tentar escrever um final infeliz. E – concluiu Anne modestamente – sou tudo, menos um gênio.

– Oh, eu gosto mais de finais felizes. É melhor deixar os personagens se casarem – disse Diana, que, especialmente desde o noivado com Fred, achava que era assim que toda história deveria terminar.

– Mas você gosta de chorar com histórias?

– Oh, sim, no meio delas. Mas eu gosto que tudo dê certo no final.

– Eu devo ter uma cena patética nela – disse Anne, pensativa. – Eu posso deixar Robert Ray se machucar em um acidente e ter uma cena de morte.

– Não, você não deve matar Bobby – declarou Diana, rindo. – Ele pertence a mim, e eu quero que ele viva e floresça. Mate outra pessoa se for necessário.

Na quinzena seguinte, Anne se contorceu ou se divertiu, de acordo com o humor, em suas atividades literárias. Agora ela ficaria exultante com uma ideia brilhante, depois desesperada, porque algum personagem contrário *não* se comportaria corretamente.

Diana não conseguia entender isso.

– Faça com que eles façam o que você quiser – disse ela.

– Não posso – lamentou Anne. – Averil é uma heroína incontrolável. Ela fará e dirá coisas que eu nunca quis que dissesse. Ela estraga tudo o que foi antes, e eu tenho que escrever tudo de novo.

Finalmente, no entanto, a história terminou, e Anne leu para Diana na reclusão do frontão da varanda. Ela alcançara sua "cena patética" sem sacrificar Robert Ray e mantinha um olhar atento a Diana enquanto lia. Diana se deixou afetar e chorou direito, mas, quando chegou ao fim, ela parecia um pouco decepcionada.

– Por que você matou *Maurice Lennox*? – ela perguntou de modo reprovador.

– Ele era o vilão – protestou Anne. – Ele teve que ser punido.

– Eu gosto mais dele dentre todos – disse Diana.

– Bem, ele está morto, e ele terá que ficar morto – disse Anne, com ressentimento. – Se eu o tivesse deixado viver, ele teria continuado perseguindo a Averil e a Perceval.

– Sim, a menos que você o tivesse reformado.

– Isso não teria sido romântico e, além disso, teria tornado a história muito longa.

– Bem, enfim, é uma história perfeitamente elegante, Anne, e vai fazer você famosa, disso eu tenho certeza. Você tem um título para ela?

– Ah, eu decidi o título há muito tempo. Eu chamo de "A expiação de Averil". Isso não soa legal e aliterativo? Bem, Diana, diga-me com sinceridade, você vê algum defeito na minha história?

– Bem – hesitou Diana –, a parte em que Averil faz o bolo não me parece bastante romântica para combinar com o resto. É exatamente o que qualquer um pode fazer. Heroínas não devem cozinhar, *eu acho*.

– Ora, é aí que entra o humor, e é uma das melhores partes de toda a história – disse Anne. E pode-se afirmar que nisso ela estava certa.

Diana prudentemente se absteve de mais críticas, mas o Sr. Harrison era muito mais difícil de agradar. Primeiro, ele disse a ela que havia muita descrição na história.

– Retire todas aquelas passagens floridas – disse ele sem se abalar.

Anne tinha uma desconfortável convicção de que o Sr. Harrison estava certo e se forçou a eliminar a maioria de suas amadas descrições, embora tenha precisado de três reedições antes que a história pudesse agradar ao exigente Sr. Harrison.

– Eu deixei de fora *todas* as descrições, exceto o pôr do sol – disse ela finalmente. – Eu simplesmente *não* podia deixar pra lá. Foi o melhor de todos.

– Não tem nada a ver com a história – disse Harrison –, e você não deveria ter colocado o cenário entre os ricos da cidade. O que você sabe deles? Por que você não colocou aqui em Avonlea? Mudando o nome, é claro, ou a Sra. Rachel Lynde provavelmente pensaria que ela era a protagonista.

– Oh, isso nunca teria acontecido – protestou Anne. – Avonlea é o lugar mais lindo do mundo, mas não é romântico o suficiente para a cena de uma história.

– Acho que houve muito romance em Avonlea, e também uma tragédia – disse Harrison secamente. – Mas seus personagens não são como os personagens de verdade em nenhum lugar. Eles falam demais e usam linguagem muito exagerada. Há um lugar em que o tal Dalrymple fala até duas páginas e nunca deixa a garota falar uma palavra de maneira cortante. Se ele tivesse feito isso na vida real, ela o teria repreendido.

– Eu não acredito nisso – disse Anne categoricamente. Em sua alma secreta, ela achava que as coisas belas e poéticas ditas a Averil conquistariam completamente o coração de qualquer garota. Além disso, era horrível ouvir Averil, a imponente Averil, como uma rainha, "repreendendo" quem quer que fosse. Averil "recusava seus pretendentes".

– De qualquer forma – retomou o impiedoso Sr. Harrison – não vejo por que *Maurice Lennox* não a entendeu. Ele era duas vezes mais homem do que o outro. Ele fazia coisas ruins, mas as fazia. Perceval não tinha tempo para nada além de devaneios.

"Devaneios", Isso era ainda pior do que "repreensão"!

– *Maurice Lennox* era o vilão – disse Anne, indignada. – Não vejo por que todo mundo gosta dele mais do que do Perceval.

– Perceval é bom demais. Ele é irritante. Da próxima vez que você escrever sobre um herói, coloque nele um pouco de tempero da natureza humana.

– Averil não poderia ter se casado com Maurice. Ele era mau.

– Ela o teria reformado. Você pode reformar um homem; você não pode reformar uma água-viva, é claro. Sua história não é ruim; é meio interessante, eu admito. Mas você é muito jovem para escrever uma história que valha a pena. Espere dez anos.

Anne decidiu que, da próxima vez que escrevesse uma história, não pediria a ninguém que a analisasse. Era muito desanimador. Ela não leria a história para Gilbert, embora tenha contado a ele.

– Se for um sucesso, você verá quando for publicado, Gilbert, mas se for um fracasso, ninguém o verá.

Marilla não sabia nada sobre o empreendimento. Na imaginação, Anne viu-se lendo uma história de uma revista para Marilla, atraindo-a para elogiá-la – pois, na imaginação, tudo é possível – e depois se anunciou triunfante como autora.

Um dia, Anne levou para os Correios um envelope comprido e volumoso, dirigido, com a deliciosa confiança da juventude e da inexperiência, às revistas "grandes". Diana estava tão empolgada com isso quanto a própria Anne.

– Quanto tempo você acha que vai demorar até ouvir falar disso? – ela perguntou.

– Não deve demorar mais de quinze dias. Oh, ficarei tão feliz e orgulhosa se for aceita!

– É claro que será aceita, e eles provavelmente pedirão que você envie mais. Você pode ser tão famosa quanto a Sra. Morgan algum dia, Anne, e depois como ficarei orgulhosa de conhecê-la – disse Diana, que possuía, pelo menos, o notável mérito de uma admiração altruísta dos presentes e das graças de seus amigos.

Uma semana de deliciosos sonhos se seguiu e então veio um amargo despertar. Uma noite, Diana encontrou Anne no frontão da varanda, com olhos de suspeita. Sobre a mesa havia um envelope longo e um manuscrito amassado.

– Anne, sua história voltou? – exclamou Diana, incrédula.

– Sim – disse Anne brevemente.

– Bem, esse editor deve estar louco. Qual razão ele deu?

— Nenhuma razão. Existe apenas um recibo impresso dizendo que não foi considerado aceitável.

— Eu nunca achei essa revista muito interessante, de qualquer modo — disse Diana calorosamente. — As histórias nela não são tão interessantes quanto as da *Canadian Woman*, embora custe muito mais. Suponho que o editor tenha preconceito contra quem não é ianque. Não desanime, Anne. Lembre-se de como as histórias da Sra. Morgan voltaram. Envie as suas para a *Canadian Woman*.

— Acredito que farei isso — disse Anne, comprometendo-se.

— E se for publicada, enviarei ao editor americano uma cópia marcada. Mas cortarei a parte do pôr do sol. Acredito que o Sr. Harrison estava certo.

Saiu o pôr do sol; mas, apesar dessa heroica mutilação, a editora da *Canadian Woman* enviou "A expiação de Averil" de volta tão prontamente que a indignada Diana declarou que não poderia ter sido lida e prometeu que iria interromper sua assinatura imediatamente. Anne aceitou esta segunda rejeição com a calma do desespero. Ela trancou a história no baú onde os velhos contos do Clube de Histórias repousavam; mas, primeiro, ela cedeu às súplicas de Diana e deu-lhe uma cópia.

— Este é o fim das minhas ambições literárias — disse ela amargamente.

Ela nunca mencionou o assunto ao Sr. Harrison, mas uma noite ele perguntou sem rodeios se sua história havia sido aceita.

— Não, o editor não aceitou — ela respondeu brevemente.

Harrison olhou de soslaio para o perfil corado e delicado.

— Bem, suponho que você continue escrevendo — disse ele de modo encorajador.

— Não, nunca tentarei escrever uma história novamente — declarou Anne, com o desespero dos 19 anos, quando uma porta é fechada.

– Eu não desistiria completamente – disse Harrison, pensativo. – Eu escrevia uma história de vez em quando, mas não incomodaria os editores. Eu escreveria sobre pessoas e lugares como eu os conheci e faria meus personagens falarem inglês do dia a dia. Deixaria o sol nascer e se pôr da maneira habitual e tranquila, sem muita preocupação com o fato. Se eu tivesse que ter vilões, eu daria a eles uma chance, Anne. Há alguns homens maus terríveis no mundo, suponho, mas você teria que fazer um longo trabalho para encontrá-los – embora a Sra. Lynde acredite que todos somos maus, mas a maioria de nós tem um pouco de decência em algum lugar de nós. Continue escrevendo, Anne.

– Não. Foi muito tolo da minha parte tentar. Quando me formar em Redmond, serei professora. Posso ensinar. Não sei escrever histórias.

– Será hora de você conseguir um marido quando se formar em Redmond – disse Harrison. – Não adie o casamento por muito tempo, como eu fiz.

Anne levantou-se e foi para casa. Havia momentos em que o Sr. Harrison era realmente intolerável. "Repreender", "devanear" e "conseguir um marido". Nossa!

CAPÍTULO 13

O CAMINHO DOS TRANSGRESSORES

Davy e Dora estavam prontos para a Escola Dominical. Eles estavam indo sozinhos, o que não acontecia sempre, pois a Sra. Lynde sempre frequentava a Escola Dominical. Mas ela havia torcido o tornozelo e estava mancando, por isso ficou em casa naquela manhã. Os gêmeos também deveriam representar a família na igreja, pois Anne havia ido embora na noite anterior para passar o domingo com amigos em Carmody, e Marilla estava com uma de suas dores de cabeça.

Davy desceu as escadas devagar. Dora estava esperando no corredor por ele, tendo sido preparada pela Sra. Lynde. Davy cuidara de seus próprios preparativos. Ele tinha um centavo no bolso para a coleta da Escola Dominical e uma moeda de cinco centavos para a coleta da igreja; carregava sua Bíblia em uma mão e o livro da Escola Dominical na outra; conhecia perfeitamente a lição, o texto e a pergunta do catecismo. Ele não os estudara – à força – na cozinha da Sra. Lynde, durante todo o último domingo à tarde? Davy, portanto, deveria estar em um estado de espírito plácido. Na verdade, apesar do texto e do catecismo, por dentro dele era um lobo faminto.

A Sra. Lynde saiu mancando da cozinha quando ele se juntou a Dora.

– Você está limpo? – ela exigiu severamente.

– Sim, em todas as partes à mostra – Davy respondeu com uma carranca desafiadora.

A Sra. Rachel suspirou. Ela suspeitava do pescoço e das orelhas de Davy. Mas ela sabia que, se tentasse fazer um exame pessoal, Davy provavelmente fugiria, e ela não poderia persegui-lo naquele dia.

– Bem, não deixe de se comportar – ela os advertiu. – Não andem na poeira. Não parem na varanda para conversar com as outras crianças. Não se contorçam nem se inquietem em seus lugares. Não esqueçam o texto. Não percam o dinheiro da coleta nem se esqueçam de entregá-lo. Não sussurrem no momento da oração e não se esqueçam de prestar atenção ao sermão.

Davy não se dignou a responder. Ele marchou pela rua, seguido por Dora, muito calma. Mas sua alma fervilhava por dentro. Davy havia sofrido, ou pensou ter sofrido, muitas coisas nas mãos e na língua da Sra. Rachel Lynde desde que ela chegara a Green Gables, pois a Sra. Lynde não podia viver com ninguém – tivesse essa pessoa 9 ou 90 anos – sem tentar educá-lo corretamente. E foi apenas na tarde anterior que ela interferiu para influenciar Marilla a impedir que Davy fosse pescar com os Timothy Cottons. Davy ainda estava fervendo por isso.

Assim que ele saiu da rua, Davy parou e retorceu o rosto de modo tão sobrenatural e terrível que Dora, embora conhecesse seus dons a esse respeito, ficou sinceramente alarmada pensando que nunca conseguiria corrigi-lo no mundo.

– Droga – explodiu Davy.

– Oh, Davy, não diga nomes feios – disse Dora, consternada.

– "Droga" não é um nome feio, não é palavrão de verdade. E eu não me importo se é – replicou Davy de forma imprudente.

– Bem, se você *precisa* dizer palavras terríveis, não diga no domingo – implorou Dora.

Davy ainda estava longe do arrependimento, mas em sua alma ele sentia que talvez tivesse ido longe demais.

– Vou inventar um palavrão – declarou ele.
– Deus vai puni-lo se você fizer isso – disse Dora com seriedade.
– Então acho que Deus é um patife velho e malvado – replicou Davy. – Ele não sabe que um sujeito deve ter alguma maneira de expressar seus sentimentos?
– Davy!!! – disse Dora. Ela pensou que Davy fosse morrer bem ali. Mas nada aconteceu.
– De qualquer forma, não vou mais suportar as ordens da Sra. Lynde – resmungou Davy. – Anne e Marilla podem ter o direito de me controlar, mas ela não tem. Eu farei tudo o que ela me disse para não fazer. Pode apostar.

Em um silêncio severo e deliberado, enquanto Dora o observava horrorizada, Davy pisou fora da grama verde da beira da estrada com o tornozelo na poeira fina que quatro semanas de tempo sem chuva haviam deixado na estrada, e marchou por ela, arrastando os pés sem parar até ser envolvido em uma nuvem nebulosa.

– Esse é o começo – ele anunciou triunfante. – E eu vou parar na varanda e conversar enquanto houver alguém para conversar. Vou me contorcer, contorcer e sussurrar, e vou dizer que não conheço o texto. E vou jogar fora o dinheiro das coletas *agora mesmo*.

E Davy atirou as moedas sobre a cerca do Sr. Barry com um prazer feroz.

– Satanás fez você fazer isso – disse Dora, reprovando.
– Ele não fez – exclamou Davy, indignado. – Eu fiz porque quis. E quero outra coisa. Não vou à Escola Dominical nem à igreja. Vou brincar com os Cottons. Eles me disseram ontem que não iam à Escola Dominical hoje, porque a mãe deles estava fora e não havia ninguém para fazê-los ir. Venha, Dora, vamos nos divertir.

– Eu não quero ir – disse Dora.

— Você precisa ir — disse Davy. — Se você não vier, eu direi a Marilla que Frank Bell beijou você na escola na segunda-feira passada.

— Eu não pude evitar. Eu não sabia que ele iria fazer isso — gritou Dora, corando muito.

— Bem, você não deu um tapa nele nem pareceu um pouco zangada — respondeu Davy. — Eu direi a ela *isso* também se você não vier. Vamos usar o atalho neste campo.

— Eu tenho medo dessas vacas — protestou a pobre Dora, vendo uma perspectiva de fuga.

— Não acredito que você tem medo dessas vacas — zombou Davy. — Por quê? Ambas são mais jovens que você.

— Elas são maiores — disse Dora.

— Elas não vão machucá-la. Vamos. Isso é ótimo. Quando eu crescer, eu não vou me dar ao trabalho de ir à igreja. Acredito que posso ir para o céu sozinho.

— Você irá para outro lugar se quebrar o dia de sábado — disse Dora, triste, seguindo-o contra sua vontade.

Mas Davy não estava assustado... ainda. O inferno estava muito longe, e as delícias de uma expedição de pesca com os Cottons estavam muito próximas. Ele desejou que Dora tivesse mais coragem. Ela continuou olhando para trás como se fosse chorar a cada minuto, e isso estragava a diversão de qualquer um. A porcaria das meninas, como sempre. Davy não disse "droga" desta vez, mesmo pensando. Ainda não estava arrependido por ter dito isso uma vez, mas seria bom não tentar os poderes desconhecidos demais em um dia.

Os pequenos Cottons estavam brincando no quintal e saudaram Davy com gritos de alegria. Pete, Tommy, Adolphus e Mirabel Cotton estavam sozinhos. A mãe e as irmãs mais velhas estavam fora. Dora estava agradecida por Mirabel estar lá, pelo menos. Ela tinha medo de ficar sozinha entre os vários meninos. Mirabel era quase tão ruim quanto um garoto — ela era tão barulhenta, queimada de sol e imprudente. Mas, pelo menos, ela usava vestidos.

– Viemos pescar – anunciou Davy.

– Uau! – gritaram os Cottons. Eles correram para caçar minhocas de uma só vez, Mirabel liderando o grupo com uma lata. Dora poderia ter se sentado e chorado. Oh, se ao menos aquele odioso Frank Bell nunca a tivesse beijado! Então ela poderia ter desafiado Davy e ido para sua amada Escola Dominical.

Eles não ousaram, é claro, ir pescar no lago, onde seriam vistos por pessoas que iam à igreja. Eles tiveram que recorrer ao riacho na floresta, atrás da casa dos Cottons. Mas estava cheio de trutas, e eles se divertiram muito naquela manhã – pelo menos os Cottons certamente se divertiram, e Davy parecia ter se divertido também. Não sendo totalmente desprovido de prudência, ele havia descartado botas e meias e pegado emprestado o macacão de Tommy Cotton. Assim preparado, pântano e vegetação rasteira não representavam terrores para ele. Dora estava franca e claramente infeliz. Ela seguiu os outros em suas peregrinações de poça em poça, apertando sua Bíblia e texto e pensando com amargura de alma em sua amada classe, onde deveria estar sentada naquele exato momento, diante de uma professora que adorava. Em vez disso, ali estava ela percorrendo a floresta com aqueles Cottons meio selvagens, tentando manter as botas limpas e o lindo vestido branco, sem sujeiras e manchas. Mirabel ofereceu um avental, mas Dora recusou com desdém.

A truta mordeu como sempre acontece aos domingos. Em uma hora, os transgressores tinham todos os peixes que queriam, então voltaram para casa, para grande alívio de Dora. Ela se sentou empertigada em uma gaiola no quintal, enquanto os outros brincavam de pega-pega, fazendo barulho. Então todos subiram para o topo do telhado da casa dos porcos e marcaram suas iniciais na cumeeira. O galinheiro de telhado plano e uma pilha de palha embaixo deram a Davy outra inspiração. Eles passaram cerca de meia hora subindo no telhado e mergulhando na palha com gritos e gritos.

Mas mesmo os prazeres ilegais devem chegar ao fim. Quando o barulho de rodas sobre a ponte da lagoa indicava que as pessoas estavam voltando da igreja, Davy sabia que elas deveriam ir. Ele descartou o macacão de Tommy, retomou seu traje legítimo e afastou-se das trutas com um suspiro. Não adiantava pensar em levá-las para casa.

– Bem, não nos divertimos demais? – ele perguntou desafiadoramente, enquanto desciam o campo da colina.

– Eu não – disse Dora categoricamente. – E eu também não acredito que você se divertiu – acrescentou ela, com um flash de insight que não era esperado dela.

– Eu me diverti – gritou Davy, mas na voz de quem protesta demais. – Não é de admirar que você não tenha se divertido... só ficou sentada ali, como uma mula.

– Eu não vou me associar com o Cotton – disse Dora com veemência.

– Os Cottons são legais – respondeu Davy. – E eles se divertem muito mais do que nós. Eles fazem o que bem entendem e dizem exatamente o que gostam diante de todos. *Eu* também farei isso agora.

– Há muitas coisas que você não ousaria dizer diante de todo mundo – afirmou Dora.

– Não há, não.

– Há, sim. Você... – exigiu Dora com seriedade – você diria "garanhão" diante do ministro?

Que baita golpe. Davy não estava preparado para um exemplo tão concreto da liberdade de expressão. Mas não era preciso ser consistente com Dora.

– Claro que não – ele admitiu emburrado. – "Garanhão" não é uma palavra sagrada. Eu não mencionaria essa palavra na frente de um ministro.

— Mas e se você precisasse? — persistiu Dora.
— Eu chamaria de "moço namorador" — disse Davy.
— *Eu* acho que "cavalheiro galanteador" seria mais educado — refletiu Dora.
— *Você* acha alguma coisa! — respondeu Davy com desprezo.

Davy não estava se sentindo confortável, mas morreria se tivesse que admitir isso para Dora. Agora que a alegria das delícias havia desaparecido, sua consciência começava a lhe dar umas pontadas. Afinal, talvez fosse melhor ter frequentado a Escola Dominical e a igreja. A Senhora Lynde podia ser mandona, mas sempre havia uma caixa de biscoitos no armário da cozinha, e ela não era mesquinha. Nesse momento inconveniente, Davy lembrou-se de que, quando rasgara as calças novas da escola na semana anterior, a Sra. Lynde as havia reparado lindamente e nunca disse uma palavra a Marilla sobre elas.

Mas a taça de iniquidade de Davy ainda não estava cheia. Ele estava para descobrir que um pecado exige que outro o cubra. Jantaram com a Sra. Lynde naquele dia, e a primeira coisa que ela perguntou a Davy foi:

— Toda a sua turma estava na Escola Dominical hoje?
— Sim — disse Davy se assustando. — Todos estavam lá, exceto um.
— Você leu seu texto dourado e o catecismo?
— Sim.
— Você entregou sua coleta?
— Sim.
— A Sra. Malcolm MacPherson estava na igreja?
— Eu não sei. — Isso, pelo menos, era a verdade, pensou Davy.
— A reunião da Sociedade Beneficente foi anunciada para a próxima semana?
— Sim — respondeu ele, tremendo.
— Foi reunião de oração?
— Eu... eu não sei.

– *Você* deveria saber. Você deveria ouvir mais atentamente os anúncios. Qual era o texto do Sr. Harvey?

Davy tomou um gole de água e engoliu com o último protesto de consciência. Ele recitou com glamour um antigo texto aprendido várias semanas atrás. Felizmente, a Sra. Lynde parou de interrogá-lo, mas Davy não gostou do jantar.

Ele só conseguiu comer uma porção de pudim.

– O que está acontecendo? – Exigiu saber a Sra. Lynde. – Você está doente?

– Não – murmurou Davy.

– Você está pálido. É melhor você ficar longe do sol esta tarde – advertiu a Sra. Lynde.

– Você sabe quantas mentiras contou à Sra. Lynde? – perguntou Dora de modo reprovador assim que ficaram sozinhos depois do jantar.

Davy, instigado ao desespero, virou-se ferozmente.

– Não sei e não ligo – ele disse. – Cale a boca, Dora Keith.

Então, o pobre Davy se dirigiu a um retiro isolado atrás da pilha de lenha para pensar no caminho dos transgressores.

Green Gables estava envolta em escuridão e silêncio quando Anne chegou em casa. Ela não perdeu tempo e foi para a cama, pois estava muito cansada e com sono. Houve várias alegrias da Avonlea na semana anterior, envolvendo altas horas. A cabeça de Anne encostou no travesseiro e ela dormiu quase automaticamente, mas naquele momento sua porta foi suavemente aberta, e uma voz suplicante disse:

– Anne.

Anne sentou-se sonolenta.

– Davy, é você? Qual é o problema?

Uma figura vestida de branco correu pelo chão e se jogou sobre a cama.

– Anne – soluçou Davy, passando os braços pelo pescoço dela. – Estou muito feliz que você esteja em casa. Eu não consegui dormir até contar a alguém.
– Contar a alguém o quê?
– Como estou mal.
– Por que você está mal, querido?
– Porque eu fui malvado hoje, Anne. Oh, eu estava muito mal, mais mal que já estive.
– O que você fez?
– Ah, eu tenho medo de lhe dizer. Você nunca mais gostará de mim, Anne. Não pude fazer minhas orações hoje à noite. Não pude contar a Deus o que tinha feito. Fiquei com vergonha de contar a Ele.
– Mas Ele sabia mesmo assim, Davy.
– Foi o que Dora disse. Mas pensei que Ele poderia não ter percebido naquele momento. Enfim, prefiro contar para você primeiro.
– O que você fez?
E ele desabafou de uma vez.
– Fugi da Escola Dominical, fui pescar com os Cottons e contei tantas mentiras para a Sra. Lynde. Ah! Mais de meia dúzia e... eu disse palavrões, Anne, ou quase palavrão. E eu xinguei Deus.
Houve um silêncio. Davy não sabia o que fazer disso. Anne estava tão chocada que nunca mais falaria com ele?
– Anne, o que você vai fazer comigo? – ele perguntou aos sussurros.
– Nada, querido. Você já foi punido, eu acho.
– Não, eu não fui. Nada foi feito comigo.
– Você está muito infeliz desde que cometeu um erro, não é?
– Pode apostar! – disse Davy enfaticamente.
– Essa foi sua consciência punindo você, Davy.
– O que é a minha consciência? Eu quero saber.

– É algo em você, Davy, que sempre diz quando você está fazendo algo errado e o deixa infeliz se você persistir em fazê-lo. Você não percebeu isso?

– Sim, mas eu não sabia o que era. Gostaria de não passar por isso. Gostaria de me divertir muito mais. Onde fica minha consciência, Anne? Quero saber. Está no meu estômago?

– Não, fica em sua alma – respondeu Anne, agradecida pela escuridão, pois a seriedade deve ser preservada em assuntos sérios.

– Acho que não posso me livrar disso – disse Davy com um suspiro. – Você vai contar para Marilla e Sra. Lynde, Anne?

– Não, querido, eu não vou contar a ninguém. Você sente muito por ter sido travesso, não é?

– Pode apostar!

– E você nunca mais será ruim assim?

– Não, mas – Davy acrescentou cautelosamente – eu posso ser ruim de outra maneira.

– Você não diz palavras maliciosas, nem foge aos domingos, nem diz falsidades para encobrir seus pecados?

– Não. Não vale a pena – disse Davy.

– Bem, Davy, apenas diga a Deus que você está arrependido e peça que Ele o perdoe.

– Você me perdoou, Anne?

– Sim, querido.

– Então – disse Davy alegremente – não me importo muito se Deus se importa ou não.

– Davy!

– Ah, eu vou perguntar a Ele, vou perguntar a Ele – disse Davy rapidamente, saindo da cama, convencido pelo tom de voz de Anne de que ele devia ter dito algo terrível. – Não me importo de perguntar a Ele, Anne. Por favor, Deus, desculpe-me por ter me comportado mal hoje e tentarei ser sempre bom aos domingos e, por favor, me perdoe. Pronto, Anne.

– Bem, agora, corra para a cama como um bom garoto.
– Tudo bem. Eu não me sinto mais mal. Eu me sinto bem. Boa noite.
– Boa noite.

Anne escorregou nos travesseiros com um suspiro de alívio. Oh, que sono ela sentia! Em mais um segundo...
– Anne! – Davy estava de volta ao lado da cama. Anne abriu os olhos.
– O que é agora, querido? – ela perguntou, tentando esconder a impaciência em sua voz.
– Anne, você já reparou como o Sr. Harrison cospe? Você acha que, se eu praticar bastante, posso aprender a cuspir como ele?

Anne sentou-se.

– Davy Keith – disse ela –, vá direto para a sua cama e não me deixe te pegar de novo hoje à noite! Vá, agora!

Davy foi e não deixou dúvida de sua partida.

CAPÍTULO 14

O CHAMADO

Anne estava sentada com Ruby Gillis no jardim dos Gillis depois que o dia passou lentamente por ali e se foi. Tinha sido uma tarde quente e abafada de verão. O mundo estava em um esplendor de florescimento. Os vales ociosos estavam cheios de névoa. As estradas estavam enfeitadas com sombras, e os campos, com o roxo dos ásteres.

Anne havia desistido de dirigir até a praia de White Sands, ao luar, para passar a noite com Ruby. Ela passara muitas noites naquele verão, embora frequentemente se perguntasse que bem isso faria para alguém e às vezes ia para casa decidindo que não poderia voltar.

Ruby ficou mais pálida conforme o verão passava. A escola de White Sands foi abandonada – seu pai achou melhor que ela não lecionasse até o ano novo –, e o trabalho sofisticado que ela amava cada vez mais caiu das mãos que estavam cansadas demais para isso. Mas ela sempre foi alegre, sempre esperançosa, sempre tagarelando e sussurrando seus beijos, suas rivalidades e seus desesperos. Foi isso que tornou as visitas difíceis para Anne. O que antes era bobo ou divertido passou a ser horrível; era a morte espiando através de uma máscara da vida. No entanto, Ruby parecia se apegar a Anne e nunca a deixava ir antes que ela prometesse voltar em breve. A Sra. Lynde resmungou sobre as visitas frequentes de Anne e declarou que a moça pegaria aquela doença; até Marilla tinha dúvidas.

– Toda vez que você vai ver Ruby chega em casa parecendo cansada – disse ela.

– É muito triste e terrível – disse Anne em tom baixo. – Ruby não parece perceber sua condição, no mínimo. E, no entanto, sinto que ela precisa de ajuda, anseia por isso, e quero dar a ela e não posso. Todo o tempo que estou com ela, sinto como se estivesse assistindo-a lutar com um inimigo invisível, tentando empurrá-lo de volta com uma resistência tão fraca quanto ela. É por isso que eu chego em casa cansada.

Mas hoje à noite Anne não sentia isso tão profundamente. Ruby estava estranhamente quieta. Ela não disse uma palavra sobre festas, passeios, vestidos e "companheiros". Ela estava deitada na rede com seu trabalho intocado ao lado e um xale branco enrolado em seus ombros magros. Suas longas tranças amarelas – como Anne invejara aquelas belas tranças nos velhos tempos da escola – estavam uma de cada lado da cabeça. Ela havia retirado os grampos, eles faziam sua cabeça doer, ela disse. O rubor agitado se foi por um tempo, deixando-a pálida e com aparência infantil.

A lua surgiu no céu prateado, elevando as nuvens ao seu redor. Abaixo, o lago brilhava com seu brilho nebuloso. Logo depois da fazenda Gillis estava a igreja, com o velho cemitério ao lado. O luar irradiava nas pedras brancas, trazendo-as em claro destaque contra as árvores escuras atrás.

– Que estranho fica o cemitério ao luar! – Ruby disse de repente. – Que fantasmagórico! – ela estremeceu. – Anne, não demorará muito para que eu esteja deitada ali. Você e Diana e todo o resto estarão por aí, cheias de vida, e eu estarei lá, no velho cemitério... morta!

A surpresa deixou Anne desconcertada. Por alguns momentos, ela não conseguiu falar.

– Você sabe que é verdade, não é? – Ruby disse insistentemente.

– Sim, eu sei – respondeu Anne em tom baixo. – Querida Ruby, eu sei.

– Todo mundo sabe disso – disse Ruby amargamente. – Eu sei... tenho sabido durante todo o verão, apesar de não desistir. E, oh, Anne... – ela estendeu a mão e pegou a mão de Anne suplicante, impulsivamente. – Eu não quero morrer. Estou com medo de morrer.

– Por que você tem medo, Ruby? – perguntou Anne calmamente.

– Porque... porque... oh, eu não tenho medo, mas vou para o céu, Anne. Sou da igreja. Mas tudo será tão diferente. Eu penso, penso, fico tão assustada e com saudades de casa. O céu deve ser muito bonito, é claro, a Bíblia diz isso, mas, Anne, não vai ser aquilo com que estou acostumada.

Na mente de Anne surgiu uma lembrança repentina de uma história engraçada que ela ouvira Philippa Gordon contar: a história de um homem velho que dissera a mesma coisa sobre o mundo vindouro. Parecia engraçada na época – Anne se lembrava de como ela e Priscilla riram disso. Mas agora não parecia nem um pouco engraçada vinda dos lábios pálidos e trêmulos de Ruby. Foi triste, trágico e verdadeiro! O céu não podia ser o que Ruby estava acostumada. Não havia nada em sua vida alegre e frívola, em seus ideais e suas aspirações superficiais, adequado para aquela grande mudança ou que fizesse com que a vida futura lhe parecesse qualquer coisa, menos estranha, irreal e indesejável. Anne se perguntou, impotente, o que poderia dizer para ajudá-la. Poderia dizer alguma coisa?

– Eu acho, Ruby – ela começou hesitante, pois era difícil para Anne falar com qualquer pessoa sobre os pensamentos mais profundos de seu coração, ou com as novas ideias que vagamente começaram a se formar em sua mente a respeito dos grandes mistérios da vida aqui e no futuro, substituindo suas antigas concepções infantis, e foi o mais difícil de tudo falar delas com Ruby Gillis. – Acho que talvez tenhamos ideias muito equivocadas sobre o céu... o que é e o que isso representa para nós. Eu não acho que possa ser tão diferente da vida aqui, como a maioria das pessoas pensa. Acredito que continuaremos vivendo muito, como vivemos aqui, e seremos nós mesmos da mesma maneira, só que será mais fácil ser bom e seguir mais alto. Todos os obstáculos e perplexidades serão removidos, e veremos claramente. Não tenha medo, Ruby.

– Eu não posso evitar – disse Ruby com tristeza. – Ainda que o que você diz sobre o céu seja verdadeiro – e você não tenha certeza, pode ser apenas a sua imaginação – não será a mesma coisa. Não pode ser. Quero continuar vivendo *aqui*. Eu sou tão jovem, Anne. Eu não tive minha vida. Eu lutei tanto para viver e não adianta: eu tenho que morrer e deixar *tudo* com o que eu me importo.

Anne sentia uma dor que era quase intolerável. Ela não podia dizer falsidades reconfortantes, e tudo o que Ruby disse era tão horrivelmente verdadeiro. Ela estava deixando tudo o que importava. Ela havia guardado seus tesouros apenas na terra. Ela vivera apenas pelas pequenas coisas da vida, as coisas que passam, esquecendo as grandes coisas que acontecem para a eternidade, fazendo a ponte entre as duas vidas e tornando a morte uma mera passagem de uma habitação para a outra, do crepúsculo ao dia sem nuvens. Deus cuidaria dela lá, Anne acreditava – e aprenderia –, mas agora não era de admirar que sua alma se apegasse, em cego desamparo, às únicas coisas que sabia e amava.

Ruby levantou-se e se apoiou no braço e ergueu seus brilhantes e lindos olhos azuis para o céu iluminado pela lua.

– Eu quero viver – disse ela, com uma voz trêmula. – Quero viver como outras garotas. Eu... eu quero me casar, Anne... e... e ter filhos. Você sabe que eu sempre amei bebês, Anne. Eu não poderia dizer isso a ninguém além de você. Eu sei que você entende. E então o pobre Herb... ele... ele me ama e eu o amo, Anne. Os outros não significaram nada para mim, mas *ele* sim... e se eu pudesse viver, seria sua esposa e ficaria muito feliz. É difícil. Ruby afundou nos travesseiros e soluçou convulsivamente. Anne pressionou a mão com agonia e solidariedade, uma solidariedade que talvez tenha ajudado Ruby mais do que palavras imperfeitas e erráticas poderiam ter feito, pois logo ela ficou mais calma e seus soluços cessaram.

– Estou feliz por ter lhe contado isso, Anne – ela sussurrou.

– Ajudou-me dizer tudo. Eu passei o verão inteiro querendo dizer toda vez que você aparecia. Eu queria conversar com você, mas eu não podia. Parecia que isso tornaria a morte muito real. Se eu dissesse que ia morrer, ou se alguém mais dissesse ou insinuasse. Eu não diria nem pensaria. Durante o dia, quando as pessoas estavam ao meu redor, e tudo estava alegre, não era tão difícil não pensar nisso, mas, à noite, quando eu não conseguia dormir, era tão terrível, Anne. Eu não conseguia me afastar disso. A morte veio e me encarou até que eu fiquei tão assustada que poderia ter gritado.

– Mas você não ficará mais assustada, Ruby, não é? Você será corajosa e acreditará que tudo vai ficar bem com você.

– Vou tentar. Vou pensar no que você disse e tentar acreditar. E você vai aparecer o mais rápido possível, não é, Anne?

– Sim, querida.

– Não vai demorar muito agora, Anne. Tenho certeza disso. E prefiro ter você do que qualquer outra pessoa. Sempre gostei de você mais do que de todas as garotas com quem fui à escola. Você nunca foi ciumenta ou malvada como algumas delas. A pobre Em White veio me ver ontem. Você lembra que Em e eu fomos colegas por três anos quando fomos para a escola? E então discutimos na época do concerto da escola. Nunca mais tínhamos conversado desde então. Não é tolice? Qualquer coisa assim parece tolice agora. Mas Em e eu deixamos para trás a velha briga ontem. Ela disse que teria voltado a falar comigo anos atrás, só que ela pensou que eu não voltaria. E nunca falei com ela, porque tinha certeza de que ela não falaria comigo. Não é estranho como as pessoas se entendem mal, Anne?

– A maioria dos problemas da vida vem de mal-entendidos, eu acho – disse Anne. – Eu devo ir agora, Ruby. Está ficando tarde e você não deve ficar na friagem.

– Volte logo.

– Sim, muito em breve. E se houver algo que eu possa fazer para ajudá-la, ficarei muito feliz.

– Eu sei. Você já me ajudou. Nada parece tão terrível agora. Boa noite, Anne.

– Boa noite, querida.

Anne voltou para casa muito lentamente ao luar. A noite mudou algo para ela. A vida tinha um significado diferente, um propósito mais profundo. Na superfície, continuaria da mesma forma, mas as profundezas haviam sido agitadas. As coisas não seriam para ela como estavam sendo com a pobre borboleta Ruby. Quando chegasse ao fim da vida, não pensaria na seguinte com o terror de algo totalmente diferente – algo pelo qual o pensamento, o ideal e a aspiração habituais a haviam preparado. As pequenas coisas da vida, doces e excelentes em seu lugar, não devem ser as coisas pelas quais vivemos. O mais alto deve ser buscado e seguido. A vida do céu deve ser iniciada aqui na Terra.

Aquele boa-noite no jardim foi o último. Anne nunca mais viu Ruby em vida. Na noite seguinte, a Sociedade Beneficente deu uma festa de despedida a Jane Andrews antes de sua partida para o oeste. E, enquanto pés leves dançavam, olhos brilhantes riam e línguas alegres conversavam, chegou a Avonlea um chamado para uma alma que talvez não fosse desconsiderado ou evitado. Na manhã seguinte, passou-se de casa em casa que Ruby Gillis havia morrido. Ela morrera enquanto dormia, indolor e calmamente, e em seu rosto havia um sorriso – como se, afinal, a morte tivesse sido como uma amiga gentil para levá-la além do limiar em vez do fantasma horrível que ela temia.

A Sra. Rachel Lynde disse enfaticamente após o funeral que Ruby Gillis era o cadáver mais bonito que ela já tinha visto. Sua beleza, deitada, vestida de branco, entre as delicadas flores que Anne colocara sobre ela, foi lembrada e comentada por anos em Avonlea. Ruby sempre foi linda, mas sua beleza era da terra, terrena; tinha uma certa qualidade insolente, como se ostentasse nos olhos de quem vê. O espírito nunca brilhara através dela, o intelecto nunca a refinara. Mas a morte a havia tocado e consagrou-a, destacando delicadas modelagens e pureza de traços nunca antes vistos – fazendo o que a vida, o amor, a grande tristeza e as profundas alegrias femininas poderiam ter feito por Ruby. Anne, olhando através de uma névoa de lágrimas para sua antiga companheira de brincadeiras, pensou ter visto o rosto que Deus queria que Ruby tivesse, e se lembrava disso sempre.

A Sra. Gillis chamou Anne de lado em uma sala vazia antes da procissão fúnebre sair de casa e lhe entregou um pequeno pacote.

– Eu quero que você fique com isso – ela soluçou. – Ruby gostaria que você guardasse. É a peça central bordada em que ela estava trabalhando. Ainda não está terminada; a agulha está grudada nela, exatamente onde seus pobres dedinhos a colocaram na última vez em que ela a deixou, na tarde antes de sua morte.

– Sempre resta um trabalho inacabado – disse a Sra. Lynde, com lágrimas nos olhos. – Mas suponho que sempre haja alguém para terminar.

– Quão difícil é perceber que uma pessoa que conhecemos desde sempre pode realmente morrer – disse Anne, enquanto ela e Diana voltavam para casa. – Ruby é a primeira de nossos colegas de escola a partir. Um por um, mais cedo ou mais tarde, todos nós devemos seguir.

– Sim, suponho que sim – disse Diana desconfortavelmente. Ela não queria falar disso. Ela preferiria ter discutido os detalhes do funeral: o esplêndido caixão de veludo branco que Gillis insistira em levar para Ruby – "os Gillis devem sempre fazer alarde, mesmo em funerais", disse a Sra. Rachel Lynde –, o rosto triste de Herb Spencer, e a tristeza descontrolada e histérica de uma das irmãs de Ruby –, mas Anne não falaria sobre essas coisas. Ela parecia envolvida em um devaneio do qual Diana sentia solitariamente não fazer parte.

– Ruby Gillis foi uma ótima moça risonha – disse Davy de repente. – Será que ela rirá tanto no céu quanto em Avonlea, Anne? Eu quero saber.

– Sim, acho que sim – disse Anne.

– Oh, Anne – protestou Diana, com um sorriso bastante chocado.

– Bem, por que não, Diana? – perguntou Anne seriamente. – Você acha que nunca riremos no céu?

– Ah, eu... eu não sei – interrompeu Diana. – De certa forma, não parece certo. Você sabe que é horrível rir na igreja.

– Mas o céu não será como a igreja, não o tempo todo – disse Anne.

– Espero que não – disse Davy enfaticamente. – Se for, eu não quero ir. A igreja é muito chata. De qualquer forma, pretendo demorar muito. Quero viver até os 100 anos, como o Sr. Thomas Blewett, de White Sands. Ele diz que viveu tanto tempo, porque sempre fumava tabaco e matava todos os germes. Posso fumar tabaco logo, Anne?

– Não, Davy, espero que você nunca use tabaco – disse Anne distraidamente.

– Como você vai se sentir se os germes me matarem? – exigiu saber Davy.

CAPÍTULO 15

UM SONHO VIRADO DE CABEÇA PARA BAIXO

— Só mais uma semana e voltamos a Redmond – disse Anne. Ela estava feliz com a ideia de voltar ao trabalho, às aulas e aos amigos de Redmond. Visões agradáveis também estavam sendo tecidas ao redor da Casa de Patty. Havia uma sensação agradável e acolhedora de lar no pensamento, mesmo que ela nunca tivesse morado lá.

Mas o verão também fora muito feliz: um tempo de alegria em viver com o sol e o céu de verão, um tempo de grande prazer em coisas saudáveis, um tempo de renovação e aprofundamento de velhas amizades, um tempo em que ela aprendera a viver de maneira mais nobre, a trabalhar com mais paciência, a brincar com mais entusiasmo.

"Nem todas as lições de vida são aprendidas na faculdade", ela pensou. "A vida *as* ensina em todos os lugares."

Mas, infelizmente, a última semana daquelas férias agradáveis foi estragada para Anne por um daqueles acontecimentos travessos que são como um sonho virado de cabeça para baixo.

— Tem escrito mais histórias ultimamente? – perguntou o Sr. Harrison certa noite, quando Anne estava tomando chá com ele e a Sra. Harrison.

— Não – respondeu Anne, com firmeza.

— Bem, sem querer ofender. A Sra. Hiram Sloane me disse outro dia que um grande envelope endereçado à Rollings Reliable

Companhia de Fermentos de Montreal havia sido jogado na caixa postal há um mês, e ela suspeitava que alguém estava tentando o prêmio que a empresa ofereceu pela melhor história que levasse o nome do fermento em pó. Ela disse que não tinha a sua letra, mas pensei que pudesse ser você.

– De fato, não! Eu vi a oferta do prêmio, mas nunca sonhei em competir por ele. Acho que seria perfeitamente vergonhoso escrever uma história para anunciar um fermento em pó. Seria quase tão ruim quanto a propaganda da empresa farmacêutica que Judson Parker queria colocar na cerca de sua fazenda.

Anne falou com muita elegância, sem imaginar o vale da humilhação que a esperava. Naquela mesma noite, Diana apareceu em seu pequeno quarto, com os olhos brilhantes e o rosto rosado, levando uma carta.

– Oh, Anne, aqui está uma carta para você. Eu estava no escritório, então pensei em trazê-la. Abra rapidamente. Se é o que eu acredito que seja, ficarei muito feliz.

Anne, intrigada, abriu a carta e olhou para o conteúdo datilografado.

"Senhorita Anne Shirley,
Green Gables, Avonlea,
Ilha de Prince Edward.

Prezada senhorita, temos muito prazer em informar que sua encantadora história 'A expiação de Averil' ganhou o prêmio de vinte e cinco dólares oferecidos em nossa recente competição. Incluímos o cheque a seguir. Estamos organizando a publicação da história em vários jornais canadenses de destaque e também pretendemos imprimi-la em formato de panfleto para distribuição entre nossos clientes. Agradecendo o interesse demonstrado em nossa empresa e nos despedimos.

Cordialmente,
Rollings Reliable
Companhia de Fermentos"

– Eu não entendo – disse Anne, inexpressiva. Diana bateu palmas.
– Ah, eu sabia que ganharia o prêmio, eu tinha certeza disso. Eu enviei sua história para a competição, Anne.
– Diana... Barry!
– Sim, eu fiz isso – disse Diana alegremente, sentando-se na cama. – Quando vi a oferta, pensei na sua história em um minuto e, a princípio, pensei em pedir que você a enviasse. Mas depois tive medo de que você não o fizesse... você tinha tão pouca fé nela. Então acabei decidindo que enviaria a cópia que você me deu e não disse nada sobre isso. Se não ganhasse o prêmio, você nunca saberia e não se sentiria mal sobre ela, porque as histórias recusadas não seriam devolvidas e, se acontecesse, você teria uma surpresa agradável.

Diana não era das mortais mais exigentes, mas naquele momento pareceu-lhe que Anne não estava exatamente muito feliz. A surpresa estava lá, sem dúvida, mas onde estava o deleite?

– Anne, você não parece nem um pouco satisfeita! – ela exclamou.

Anne instantaneamente abriu um sorriso e o manteve.

– É claro que estou satisfeita com seu desejo altruísta de me deixar feliz – disse ela lentamente. – Mas você sabe... eu estou tão impressionada, eu não consigo perceber... e não entendo. Não havia uma palavra na minha história sobre... sobre... – Anne engasgou um pouco com a palavra – fermento em pó.

– Oh, *eu* coloquei isso – disse Diana, tranquila. – Foi tão fácil quanto um piscar de olhos, e, é claro, minha experiência em nosso antigo Clube de Histórias me ajudou. Você sabe a cena em que Averil faz o bolo? Bem, afirmei que ela usou o Rollings Reliable nele e foi por isso que ficou tão bom. E então, no último parágrafo, onde Perceval envolve Averil em seus braços e diz: "Querida, os belos anos vindouros nos trarão a realização de nossa casa de sonhos", acrescentei, "na qual nunca usaremos nenhum fermento que não seja o Rollings Reliable".

– Oh – arfou a pobre Anne, como se alguém tivesse jogado água fria nela.

– E você ganhou os vinte e cinco dólares – continuou Diana com júbilo. – Ora, ouvi Priscilla dizer uma vez que a *Canadian Woman* paga apenas cinco dólares por uma história!

Anne segurava o odioso cheque com dedos trêmulos.

– Não posso aceitar, é seu por direito, Diana. Você enviou a história e fez as alterações. Eu... eu certamente nunca a teria enviado. Portanto, você deve aceitar o cheque.

– Eu gostaria de ver – disse Diana com desdém. – Ora, o que eu fiz não foi problema. A honra de ser amiga da ganhadora do prêmio é suficiente para mim. Bem, eu devo ir. Eu deveria ter voltado direto para casa depois dos correios, porque temos companhia. Mas eu simplesmente tive que vir e ouvir as notícias. Estou tão feliz por você, Anne.

Anne de repente se inclinou para a frente, abraçou Diana e beijou sua bochecha.

– Eu acho que você é a amiga mais doce e verdadeira do mundo, Diana – disse ela, com um pequeno tremor na voz – e garanto que aprecio o que você fez.

Diana, satisfeita e envergonhada, afastou-se, e a pobre Anne, depois de jogar o cheque inocente na gaveta da mesa, como se fosse dinheiro sujo, jogou-se na cama e chorou lágrimas de vergonha e sensibilidade indignada. Oh, ela nunca se esqueceria disso... nunca!

Gilbert chegou ao entardecer, cheio de parabéns, pois havia telefonado para Orchard Slope e sabido da notícia. Mas seus parabéns morreram em seus lábios ao ver o rosto de Anne.

– Puxa, Anne, qual é o problema? Eu esperava encontrar você radiante ao vencer o prêmio. É bom para você!

– Oh, Gilbert, você não – implorou Anne, com um tom de "Até tu, Brutus?" – Eu pensei que você iria entender. Você não vê como é terrível?

– Devo confessar que não posso. O que está errado?

– Tudo – gemeu Anne. – Sinto como se estivesse em desgraça para sempre. Como você acha que uma mãe se sentiria se achasse seu filho tatuado com um anúncio de fermento em pó? Sinto-me da mesma forma. Adorei minha pobre historinha e a escrevi com o melhor que havia em mim. E é um sacrilégio degradá-la ao nível de um anúncio de fermento em pó. Você não se lembra do que o professor Hamilton costumava nos dizer na aula de literatura da Queen's? Ele disse que nunca devemos escrever uma palavra para um motivo baixo ou indigno, mas sempre para se apegar aos ideais mais elevados. O que ele pensará quando souber que eu escrevi uma história para anunciar a Rollings Reliable? E, oh, quando sair em Redmond! Pense em como vão rir de mim!

– Isso não vai acontecer – disse Gilbert, perguntando-se se aquela opinião em especial deixava Anne preocupada. – Os Reds pensarão exatamente como eu pensei, que você, sendo como nove em cada dez de nós, não sobrecarregada com a riqueza do mundo, adotou essa maneira de ganhar um dinheiro honesto para ajudar a si mesma ao longo do ano. Não vejo nada baixo ou indigno nisso nem nada ridículo. Preferiria escrever obras-primas da literatura, sem dúvida – mas, enquanto isso, as contas e as mensalidades precisam ser pagas.

Essa visão de senso comum do caso animou Anne um pouco. Pelo menos isso removeu seu medo de ser ridicularizada, embora a dor mais profunda de um ideal ultrajado permanecesse.

CAPÍTULO 16

RELAÇÕES AJUSTADAS

— É o local mais acolhedor que já vi, é mais aconchegante do que o lar – declarou Philippa Gordon, admirando com olhos encantados. Estavam todos reunidos ao crepúsculo na grande sala de estar de Patty – Anne e Priscilla, Phil e Stella, tia Jamesina, Rusty, Joseph, a gata Sarah, e Gog e Magog. As sombras da luz do fogo dançavam nas paredes; os gatos ronronavam; e uma enorme tigela de crisântemos de estufa, enviados a Phil por uma das vítimas, brilhava na escuridão dourada como luas leitosas.

Fazia três semanas que elas se consideravam estabelecidas, e todas já acreditavam que o experimento seria um sucesso. A primeira quinzena após o retorno delas foi agradavelmente emocionante; elas estavam ocupadas montando seus utensílios domésticos, organizando seu pequeno estabelecimento e ajustando opiniões divergentes.

Anne não sofreu muito por deixar Avonlea quando chegou a hora de voltar para a faculdade. Os últimos dias de suas férias não foram agradáveis. A história de seu prêmio fora publicada nos jornais da ilha; e o Sr. William Blair tinha, no balcão de sua loja, uma enorme pilha de panfletos cor-de-rosa, verdes e amarelos, com a história e dava um deles a todos os clientes. Ele enviou um pacote de cortesia para Anne, que prontamente os jogou no fogão da cozinha. Sua humilhação foi consequência apenas de seus próprios ideais, pois o pessoal de Avonlea achou esplêndido que ela tivesse ganhado o prêmio. Seus muitos amigos a consideravam com admiração honesta; seus poucos inimigos, com inveja desdenhosa. Josie Pye disse que acreditava que Anne Shirley tinha plagiado a história; ela tinha certeza de que se lembrava de tê-la lido em um jornal anos antes. Os Sloanes, que descobriram ou adivinharam que Charlie havia sido "recusado", disseram que não achavam muito do que se orgulhar; quase qualquer um poderia ter feito isso se tentasse. Tia Atossa disse a Anne que lamentava muito saber que ela havia escrito romances; ninguém nascido e criado em Avonlea faria isso; era isso o que acontecia quando se adotavam órfãos de onde só Deus sabia, de pais sobre os quais só Deus sabia. Até a Sra. Rachel Lynde estava em dúvida sobre a propriedade de escrever ficção, embora estivesse quase convencida disso com o cheque de vinte e cinco dólares.

– É perfeitamente incrível o preço que eles pagam por essas mentiras, isso sim – disse ela, meio orgulhosa e meio crítica.

No fim das contas, foi um alívio quando chegou a hora da partida. E foi muito alegre estar de volta a Redmond, uma aluna de segundo ano experiente e sábia, com muitos amigos para cumprimentar no primeiro dia de aula.

Pris, Stella e Gilbert estavam lá; Charlie Sloane, parecendo mais importante do que um aluno de segundo ano poderia parecer; Phil, com a pergunta de Alec e Alonzo ainda em aberto; e Moody Spurgeon MacPherson. Moody Spurgeon estava lecionando desde que deixara a Queen's, mas sua mãe concluiu que já era hora de ele desistir e voltar sua atenção para aprender a ser ministro. O pobre Moody Spurgeon teve má sorte no começo de sua carreira na faculdade. Meia dúzia de implacáveis alunos de segundo ano, que estavam entre seus colegas de bordo, atacaram-no uma noite e rasparam metade de sua cabeça. Dessa maneira, o infeliz Moody Spurgeon teve que andar até seu cabelo crescer novamente. Ele disse a Anne amargamente que havia momentos em que ele tinha dúvidas, sem saber se realmente deveria ser ministro.

Tia Jamesina só foi até as meninas quando a Casa da Patty estava pronta para ela. Patty havia enviado a chave para Anne, com uma carta na qual dizia que Gog e Magog estavam guardados em uma caixa debaixo da cama do quarto de hóspedes, mas que poderiam ser retirados quando elas quisessem. Em uma observação posterior, ela acrescentou que esperava que as meninas tivessem cuidado ao pendurar quadros. A sala havia sido revestida de papel de parede cinco anos antes, e ela e a Srta. Maria não queriam mais buracos no novo papel do que era absolutamente necessário. Quanto ao resto, confiava tudo a Anne.

Como as meninas se divertiram colocando o ninho em ordem! Como Phil disse, era quase tão bom quanto se casar. Você se divertia em casa sem o incômodo de um marido. Todas levaram algo para enfeitar ou deixar a casinha mais confortável. Pris, Phil e Stella tinham bugigangas e quadros em abundância, que depois foram pendurados de acordo com o gosto, com imprudente descaso com o papel de parede da Srta. Patty.

– Vamos fechar os buracos quando partirmos, querida. Ela nunca saberá – disseram elas protestando contra Anne.

Diana dera a Anne uma almofada de agulha de pinho, e a Srta. Ada dera a ela e a Priscilla uma maravilhosamente bordada. Marilla enviou uma grande caixa de conservas e sugeriu uma cesta de Ação de Graças, e a Sra. Lynde deu a Anne uma colcha de retalhos e emprestou-lhe mais cinco.

– Você pode pegá-las – disse ela com autoridade. – É melhor que sejam usadas do que guardadas naquele baú no sótão para que as mariposas roam.

Nenhuma mariposa jamais teria se aventurado perto daquelas mantas, pois cheiravam a bolas de naftalina a tal ponto que precisaram ser penduradas no pomar da Casa de Patty uma quinzena inteira antes que pudessem ser suportadas dentro de casa. Na verdade, a aristocrática avenida Spofford raramente via esse tipo de exibição. O velho e grosseiro milionário que morava "ao lado" se aproximou e queria comprar a linda colcha com estampa de tulipa, vermelha e amarela que a Sra. Rachel havia dado a Anne. Ele disse que sua mãe costumava fazer colchas assim e ele queria que algo o lembrasse dela. Anne não a vendeu, para grande decepção dele, mas escreveu tudo para a Sra. Lynde. Aquela senhora altamente satisfeita enviou a notícia de que ela tinha apenas uma de sobra. Então o rei do tabaco pegou sua colcha, afinal, e insistiu em esticá-la em sua cama, para desgosto de sua elegante esposa.

As mantas da Sra. Lynde serviram a um propósito muito útil naquele inverno. A Casa de Patty, com todas as suas muitas virtudes, também tinha suas falhas. Era realmente uma casa bastante fria e, quando chegaram as noites geladas, as meninas ficaram muito felizes em se aconchegar sob as colchas da Sra. Lynde, e esperavam que ela fosse recompensada por aquilo.

Anne ficou com o quarto azul que ela desejava. Priscilla e Stella pegaram o grande. Phil estava contente com o pequeno em cima da cozinha; e tia Jamesina ganhou o do andar de baixo da sala de estar. Rusty, a princípio, dormia na soleira da porta.

Anne, voltando para casa de Redmond alguns dias após sua chegada, percebeu que as pessoas que ela conheceu a examinavam com um sorriso disfarçado e indulgente. Anne se perguntou, desconfortável, qual seria o problema. Seu chapéu estava torto? O cinto estava solto? Estendendo o pescoço para investigar, Anne, pela primeira vez, viu Rusty.

Trotando atrás dela, perto de seus calcanhares, estava o espécime mais lastimável dos gatos que ela já vira. O animal já não era filhote, magro, fraco e de má aparência. Faltavam pedaços das duas orelhas, um olho estava em péssimo estado, e um lado da face estava muito inchado. Quanto à cor, se um gato preto tivesse sido bem e completamente chamuscado, o resultado teria parecido com a tonalidade do pelo fino, desbotado e sujo.

Anne o "enxotou", mas o gato não saiu. Enquanto ela ficava de pé, ele se sentava e olhava para ela com reprovação com um único olho bom; quando ela retomava a caminhada, ele a seguia. Anne se resignou à companhia dele até chegar ao portão da Casa da Patty, que ela fechou friamente na cara dele, supondo que ela o tivesse visto pela última vez. Mas quando, quinze minutos depois, Phil abriu a porta, lá estava o gato marrom enferrujado no degrau. Além disso, ele rapidamente entrou e pulou no colo de Anne, dando um "miau" meio implorante e meio triunfante.

– Anne – disse Stella severamente – você é a dona desse animal?

– Não, eu *não* – protestou Anne enojada. – A criatura me seguiu até aqui, vinda de algum lugar. Eu não conseguia me livrar dele. Ai, desça. Eu gosto de gatos razoavelmente descentes; mas eu não gosto de feras como você.

O gatinho, no entanto, recusou-se a descer. Ele friamente se enrolou no colo de Anne e começou a ronronar.

– Ele evidentemente adotou você – Priscilla riu.

– Eu não serei adotada – disse Anne com teimosia.

– A pobre criatura está morrendo de fome – disse Phil, com pena. – Ora, seus ossos estão quase saindo pela pele.

– Bem, vou dar algo para ele comer e então ele deve voltar para o lugar de onde saiu – disse Anne resolutamente.

O gato foi alimentado e colocado para fora. De manhã, ele ainda estava na porta. Na porta, ele continuou sentado, aparecendo sempre que ela era aberta. Nenhuma frieza de boas-vindas tinha o menor efeito sobre ele; de ninguém, exceto de Anne, que ele notava um pouco. Por compaixão, as meninas o alimentaram, mas quando uma semana se passou, elas decidiram que algo deveria ser feito. A aparência do gato havia melhorado. Seus olhos e suas faces haviam retomado sua aparência normal. Ele não estava tão magro e tinha sido visto lavando o rosto.

– Mas, apesar de tudo, não podemos ficar com ele – disse Stella. – Tia Jimsie está chegando na próxima semana e ela trará a gata Sarah. Não podemos manter dois gatos e, se fizermos isso, este Casaco Enferrujado lutaria o tempo todo com Sarah. Ele é um lutador por natureza. Ele teve uma batalha campal na noite passada com o gato do rei do tabaco e o derrotou, como um soldado.

– Precisamos nos livrar dele – concordou Anne, olhando sombriamente para o assunto da discussão, que ronronava no tapete da lareira como um cordeiro manso. – Mas a pergunta é: como? Como quatro mulheres desprotegidas podem se livrar de um gato que não vai embora?

– Precisamos dar clorofórmio para ele – disse Phil rapidamente. – Essa é a maneira mais humana.

– Quem de nós sabe alguma coisa sobre dar clorofórmio a um gato? – perguntou Anne com seriedade.

– Eu sei, querida. É uma das minhas, infelizmente, poucas realizações úteis. Já me livrei de vários em casa. Você pega o gato de manhã e dá a ele um bom café da manhã. Depois, pega um velho saco de estopa – tem um na varanda dos fundos. Coloque o gato sobre ele e vire uma caixa de madeira para ele. Depois, pegue uma garrafa de duas onças de clorofórmio, abra-a e coloque-a sob a borda da caixa. Coloque um peso sobre a caixa e deixe até a noite. O gato vai morrer, enrolado pacificamente como se estivesse dormindo. Sem dor, sem luta.

– Parece fácil – disse Anne, duvidosa.

– É fácil. Deixe comigo. Vou cuidar disso – disse Phil, tranquilizando.

Consequentemente, o clorofórmio foi adquirido e, na manhã seguinte, Rusty foi atraído para o seu destino. Tomou o café da manhã, lambeu os bigodes e subiu no colo de Anne. O coração de Anne foi tocado. Aquela pobre criatura a amava, confiava nela. Como ela poderia fazer parte dessa destruição?

– Aqui, leve-o – disse ela às pressas para Phil. – Eu me sinto como uma assassina.

– Ele não vai sofrer, você sabe – confortou Phil, mas Anne fugiu.

A ação fatal foi feita na varanda dos fundos. Ninguém chegou perto dali naquele dia. Mas, ao entardecer, Phil declarou que Rusty deveria ser enterrado.

– Pris e Stella devem cavar a cova no pomar – declarou Phil – e Anne deve vir comigo para tirar a caixa. Essa é a parte que eu sempre odeio.

As duas conspiradoras andaram na ponta dos pés relutantemente até a varanda dos fundos. Phil cuidadosamente ergueu a pedra que colocara na caixa. De repente, fraco, mas distinto, soou um miado inconfundível sob a caixa.

– Ele... ele não está morto – suspirou Anne, sentando-se inexpressivamente na porta da cozinha.

– Ele deveria estar – disse Phil, incrédula.

Outro pequeno miado provou que ele não estava. As duas garotas se entreolharam.

– O que faremos? – questionou Anne.

– Por que vocês não vêm? – exigiu saber Stella, aparecendo na porta. – Nós preparamos o túmulo. "Ainda calados, todos calados?" – ela disse provocativamente.

– "Ah, não, as vozes dos mortos soam como a queda da torrente distante" – prontamente citou Anne, apontando solenemente para a caixa.

Uma explosão de risadas quebrou a tensão.

– Devemos deixá-lo aqui até de manhã – disse Phil, substituindo a pedra. – Ele não mia há cinco minutos. Talvez os miados que ouvimos tenham sido os gemidos moribundos dele. Ou talvez nós apenas os tenhamos imaginado sob o peso de nossas consciências culpadas.

Mas quando a caixa foi levantada pela manhã, Rusty saltou com um pulo alegre para o ombro de Anne, onde começou a lamber o rosto dela carinhosamente. Não existia gato mais vivo do que ele.

– Tem um buraco na caixa – gemeu Phil. – Eu não o vi. É por isso que ele não morreu. Agora, temos que fazer tudo de novo.

– Não, não temos – declarou Anne de repente. – Rusty não vai ser morto novamente. Ele é meu gato... e vocês têm que aceitar.

– Oh, bem, se você se contentar com a tia Jimsie e a gata Sarah – disse Stella, com o ar de alguém lavando as mãos.

Desde então, Rusty se tornou da família. Ele dormia à noite em uma almofada na varanda dos fundos e vivia na terra. Quando tia Jamesina chegou, ele estava rechonchudo, lustroso e respeitável. Mas, como o gato de Kipling, ele "andava sozinho". Ele era diferente de todos os gatos, e todos os gatos diferentes dele. Um a um, ele venceu os felinos aristocráticos da avenida Spofford. Quanto aos seres humanos, ele amava Anne e só Anne. Ninguém mais ousava acariciá-lo. Ele reagia mal com um som que mais parecia um palavrão quando alguém tinha a ousadia de tentar.

– O jeito desse gato é totalmente intolerável – declarou Stella.

– Ele é um bom e velho bichano, ele é – jurou Anne, abraçando seu animal de estimação em tom desafiador.

– Bem, eu não sei como ele e a gata Sarah vão viver juntos – disse Stella com pessimismo. – As brigas de gatos no pomar são ruins o suficiente. Mas brigas de gatos aqui na sala são impensáveis.

Em pouco tempo, tia Jamesina chegou. Anne, Priscilla e Phil esperavam sua chegada um pouco em dúvida, mas quando tia Jamesina se sentou na cadeira de balanço diante do fogo aberto, elas se curvaram figurativamente e a adoraram.

Tia Jamesina era uma senhora pequena, com um rosto delicado e levemente triangular e com grandes olhos azuis e suaves, iluminados por uma juventude insaciável e cheia de esperanças como as de uma menina. Ela tinha bochechas rosadas e cabelos brancos como a neve, que usava em pequenos tufos sobre as orelhas.

– É uma maneira muito antiquada – disse ela, tricotando diligentemente algo tão delicado e rosa como uma nuvem do pôr do sol. – Mas *eu* sou antiquada. Minhas roupas são, e é lógico que minhas opiniões também. Eu não digo que eles são melhores nisso, veja bem. Na verdade, eu acho que eles são muito piores. Mas eles se vestiram bem e com facilidade. Os sapatos novos são melhores do que os velhos, mas os velhos são mais confortáveis. Tenho idade suficiente para me preocupar com os sapatos e as opiniões. Eu pretendo facilitar as coisas aqui. Eu sei que vocês esperam que eu cuide de vocês e as mantenham adequadas, mas não vou fazer isso. Vocês têm idade suficiente para saber como se comportar se alguma vez decidir. Então, no que me diz respeito – concluiu tia Jamesina, com um brilho nos olhos joviais –, todas podem ser destruídas à sua maneira.

– Oh, alguém separará esses gatos? – implorou Stella, estremecendo.

Tia Jamesina trouxe com ela não apenas a gata Sarah, mas Joseph. Joseph, ela explicou, pertencia a uma amiga querida que fora morar em Vancouver.

– Ela não pôde levar Joseph com ela, então me implorou para cuidar dele. Eu realmente não pude recusar. Ele é um gato lindo, isto é, sua maneira de ser é linda. Ela o chamou de Joseph, porque seu pelo é de muitas cores.

Certamente. Joseph, como disse a enojada Stella, parecia um trapo ambulante. Era impossível dizer qual era sua cor dominante. Suas pernas eram brancas com manchas pretas. Suas costas eram cinza com uma enorme mancha amarela de um lado e uma preta do outro. Seu rabo era amarelo com uma ponta cinza. Uma orelha era preta, e a outra, amarela. Uma mancha preta sobre um olho lhe dava um aspecto terrivelmente desleixado. Na realidade, ele era manso e inofensivo, de comportamento sociável. Em um aspecto, se não em outro, Joseph era como um lírio do campo. Ele não se mexia nem pegava ratos. No entanto, Salomão em toda a sua glória não dormia em almofadas mais macias nem se deleitava mais com coisas gordas.

Joseph e a gata Sarah chegaram expressamente em caixas separadas. Depois de libertados e alimentados, Joseph escolheu a almofada e o canto que lhe interessava, e a gata Sarah sentou-se seriamente diante do fogo e limpou a cara. Ela era uma gata grande, elegante, cinza e branca, com uma enorme dignidade que não era afetada por nenhuma consciência de sua origem plebeia. Ela tinha sido entregue a tia Jamesina por sua lavadeira.

– O nome dela era Sarah, então meu marido sempre chamou a gata de Sarah – explicou tia Jamesina. – Ela tem oito anos e adora ratos. Não se preocupe, Stella. A gata Sarah nunca briga, e Joseph raramente.

– Eles terão que lutar aqui em legítima defesa – disse Stella.

Nesse momento, Rusty chegou ao local. Ele saltou alegremente no meio da sala antes de ver os intrusos. Então ele parou, seu rabo se expandiu até o tamanho de três caudas. O pelo nas costas se ergueu em um arco desafiador. Rusty abaixou a cabeça, soltou um grito assustador de ódio e desafio, e investiu contra a gata Sarah.

O animal imponente parou de lavar a cara e ficou olhando para ele com curiosidade. Ela rebateu o ataque dele com uma varredura desdenhosa de sua pata ágil. Rusty rolou impotente no tapete e se levantou atordoado. Que tipo de gato era esse que havia lhe atingido? Ele olhou em dúvida para a gata Sarah. Ele iria ou não? A gata Sarah deliberadamente lhe deu as costas e retomou as operações de limpeza. Rusty decidiu que não. Nunca atacaria. A partir daquele momento, a gata Sarah passou a mandar no galinheiro. Rusty nunca mais se meteu com ela.

Mas Joseph sentou-se precipitadamente e bocejou. Rusty, ardendo para vingar sua desgraça, desceu sobre ele. Joseph, pacífico por natureza, poderia lutar de vez em quando e lutar bem. O resultado foi uma série de batalhas. Todos os dias, Rusty e Joseph brigavam à vista. Anne tomou o partido de Rusty e detestou Joseph. Stella estava em desespero. Mas tia Jamesina apenas riu.

– Deixe-os lutar – disse ela com tolerância. – Eles se tornarão amigos depois de um tempo. Joseph precisa de algum exercício, ele estava ficando muito gordo. E Rusty tem que aprender que não é o único gato do mundo.

Eventualmente, Joseph e Rusty aceitaram a situação e, de inimigos, passaram a amigos. Eles dormiam na mesma almofada com as patas um sobre o outro e lavavam a cara um do outro.

– Todos nós nos acostumamos – disse Phil. – E eu aprendi a lavar a louça e varrer o chão.

– Mas você não precisa tentar nos fazer acreditar que sabe dar clorofórmio a um gato – riu Anne.

– Foi tudo culpa do buraco – protestou Phil.

– Ainda bem que havia esse buraco – disse tia Jamesina com seriedade. – Admito que os gatinhos precisam ser afogados ou o mundo seria tomado por eles. Mas nenhum gato adulto decente deve ser morto, a menos que ele quebre ovos.

– A senhora não consideraria Rusty muito decente se o tivesse visto quando ele chegou aqui – disse Stella. – Ele parecia o velho Nick.

– Não acredito que o velho Nick possa ser tão feio – disse tia Jamesina, pensativa. – Ele não faria tanto mal se fosse. *Eu* sempre penso nele como um cavalheiro bastante bonito.

CAPÍTULO 17

UMA CARTA DE DAVY

– Está começando a nevar, meninas – disse Phil, chegando em uma noite de novembro – e há as estrelinhas mais bonitas e cruzadas por todo o jardim. Eu nunca tinha notado antes como os flocos de neve são deliciosos. Temos tempo para notar coisas assim na vida simples. Que vocês sejam abençoados por me permitirem viver. É realmente delicioso me sentir preocupada porque a manteiga subiu cinco centavos de libra.

– Subiu? – perguntou Stella, que mantinha as contas domésticas.

– Subiu... e aqui está a sua manteiga. Estou ficando bem especialista em marketing. É mais divertido do que flertar – concluiu Phil com seriedade.

– Tudo está subindo escandalosamente – suspirou Stella.

– Não importa. Graças a Deus, o ar e a salvação ainda estão livres – disse tia Jamesina.

– E o riso também – acrescentou Anne. – Ainda não há imposto, e isso é bom, porque todas vocês vão rir agora. Vou ler a carta de Davy. A ortografia dele melhorou imensamente no último ano, embora ele não seja muito bom com apóstrofos. Davy certamente possui o dom de escrever uma carta interessante. Ouçam e riam antes de nos acomodarmos à rotina de estudos da noite.

A carta de Davy começava assim:

"Querida Anne,

Pego minha caneta para dizer que estamos todos muito bem e espero que você também. Está nevando um pouco hoje, e Marilla diz que a velha no céu está sacudindo seus colchões de penas. A velha mulher que está no céu é esposa de Deus, Anne? Eu quero saber.

A Sra. Lynde andou muito doente, mas está melhor agora. Caiu nas escadas do porão na semana passada. Quando caiu, agarrou a prateleira com todos os baldes de leite e 'cassarolas', que cedeu e caiu em cima dela, foi uma baita queda. Marilla pensou que era um terremoto, a princípio.

Uma das 'cassarolas' ficou toda amassada, e a Sra. Lynde machucou as costelas. O médico veio e deu remédio para esfregar nas costelas, mas ela não entendeu e tomou tudo. O médico disse que ficou surpreso por ela não ter morrido, mas não morreu e curou suas costelas. A Sra. Lynde diz que os médicos não sabem muito, mas, de qualquer maneira, não conseguimos consertar a 'cassarola'. Marilla teve que jogá-la fora.

O dia de ação de graças foi na semana passada, tivemos um ótimo jantar. Eu pedi torta e peru assado, bolo de frutas, rosquinhas, queijo, geleia e bolo. Marilla disse que eu morreria, mas eu não morri. Dora sentiu dor no 'olvido', mas não era no 'olvido', mas sim no 'estomago'. Eu não senti dor em lugar nenhum.

Nosso novo professor é um homem. Ele faz piada de tudo. Na semana passada, ele fez todos nós, meninos da terceira classe, escrever uma 'composissão' sobre o tipo de esposa que gostaríamos de ter, e as meninas, sobre o tipo de marido. Ele riu quase de se matar quando leu a minha. Eu achei que você gostaria de ver.

'O tipo de esposa que eu gostaria de ter.

Ela deve ter boas maneiras, fazer minhas refeições na hora certa, fazer o que eu digo a ela e sempre ser muito educada comigo. Ela deve ter 15 anos. Ela deve ser boa com os pobres, manter a casa arrumada, ser bem-humorada e ir à igreja sempre. Ela deve ser muito bonita e ter cabelos encaracolados. Se eu conseguir uma esposa que seja exatamente o que eu gosto, serei um marido ótimo para ela. Acho que uma mulher deve ser ótima para o marido. Algumas mulheres pobres não têm maridos.

Fim.

Fui ao velório da Sra. Isaac Wrights, em White Sands, na semana passada. O marido da morta estava bem triste. A Sra. Lynde diz que o avô da Sra. Wrights roubou uma ovelha, mas Marilla diz que não devemos falar mal dos mortos. Por que não devemos, Anne, eu quero saber, é bem seguro, não é?

A Sra. Lynde ficou muito brava no outro dia, porque eu perguntei se ela já tinha nascido no tempo de Noé. Eu não queria magoar seus sentimentos. Eu só queria saber. Ela já tinha nascido, Anne?

O Sr. Harrison queria se livrar do cachorro. Então ele o enforcou uma vez, mas o bicho ressuscitou e correu para o celeiro enquanto o Sr. Harrison estava cavando a cova. Então o enforcou novamente e ficou morto naquele tempo. O Sr. Harrison tem um novo homem trabalhando para ele. Ele é péssimo. O Sr. Harrison diz que ele é canhoto nos dois pés. O homem contratado do Sr. Barry é preguiçoso. A Sra. Barry diz isso, mas o Sr. Barry diz que não é preguiçoso exatamente, só acha mais fácil orar pelas coisas do que trabalhar por elas.

O porco que a Sra. Harmon Andrews ganhou e sobre o qual falamos teve um ataque. A Sra. Lynde diz que foi um *castigo pelo orgulho dela*. Mas acho que foi difícil para o porco.

Milty Boulter ficou doente. O médico deu remédio para ele, e o gosto era horrível. Eu me ofereci para tomar o remédio por ele por umas moedas, mas os Boulter são mesquinhos. Milty diz que ele prefere tomá-lo e economizar seu dinheiro. Perguntei à Sra. Boulter como uma mulher pesca um homem, e ela ficou brava e disse que não sabia, porque nunca tinha pescado homens.

A Sociedade Beneficente vai pintar o salão novamente. Eles estão cansados de vê-lo azul.

O novo ministro esteve aqui, ontem à noite, *para tomar chá.* Ele pegou três pedaços de torta. Se eu fizesse isso, a Sra. Lynde me chamaria de guloso. E ele é rápido e dá grandes mordidas, e Marilla está sempre me dizendo para não fazer isso. Por quê? Os ministros podem fazer o que os meninos não podem? Eu quero saber.

Não tenho mais notícias. Aqui estão seis beijos: beijo beijo beijo beijo beijo beijo. Dora manda um. *Aqui está o dela.* beijo.

Seu amigo amoroso, *David Keith*

PS: Anne, quem era o pai do diabo? Eu quero saber."

CAPÍTULO 18

A SENHORA JOSEPHINE SE LEMBRA DA PEQUENA ANNE

Quando chegaram as férias de Natal, as meninas de Casa da Patty foram para suas respectivas casas, mas tia Jamesina optou por ficar onde estava.

– Eu não podia ir a nenhum dos lugares ao qual fui convidada e levar esses três gatos – disse ela. – E não vou deixar as pobres criaturas aqui por quase três semanas. Se tivéssemos vizinhos decentes que os alimentariam, eu poderia, mas não há nada além de milionários nesta rua. Então, ficarei aqui e cuidarei da Casa da Patty. Eu a manterei aquecida para vocês.

Anne foi para casa com as expectativas de alegria de sempre – que não foram totalmente concretizadas. Ela encontrou Avonlea nas garras de um inverno tão precoce, frio e tempestuoso que nenhum habitante mais velho conseguia se lembrar de um igual.

Green Gables estava literalmente cercada por enormes nevascas. Quase todos os dias daquelas férias estreladas, elas atacavam ferozmente; e, mesmo em dias bons, a neve flutuava incessantemente. Assim que as estradas eram liberadas, voltavam a ser interditadas. Era quase impossível se mexer. A Sociedade Beneficente tentou, em três noites, fazer uma festa em homenagem aos estudantes universitários, mas, em todas elas, a tempestade era tão violenta que ninguém podia ir. Então desistiram de tentar, desesperados.

Anne, apesar de seu amor e lealdade a Green Gables, não pôde deixar de pensar com saudade na Casa da Patty, na sua lareira aconchegante, nos olhos tristes de tia Jamesina, nos três gatos, na conversa alegre das garotas, e no prazer das noites de sexta-feira, quando os amigos da faculdade chegavam para falar de coisas triviais e divertidas.

Anne estava sozinha. Diana, durante todo o feriado, ficou presa em casa com um ataque grave de bronquite. Ela não podia ir a Green Gables, e raramente era possível Anne chegar à Orchard Slope, pois o caminho antigo através da Floresta Assombrada era intransitável com os desvios, e o longo caminho sobre o lago congelado das Águas Brilhantes era quase igualmente ruim. Ruby Gillis estava repousando no cemitério de lápides brancas. Jane Andrews lecionava em uma escola nas pradarias a Oeste.

Gilbert, com certeza, ainda era fiel nas visitas e andava até Green Gables todas as noites possíveis, mas as visitas dele não eram como antes. Anne quase as temia. Era muito desconcertante olhar para cima no meio de um silêncio repentino e encontrar os olhos castanhos de Gilbert fixados nela com uma expressão bastante inconfundível. E ainda era mais desconcertante se ver corando calorosa e desconfortavelmente sob o olhar dele, como se – como se... – bem, era muito embaraçoso.

Anne queria voltar à Casa da Patty, onde sempre havia mais alguém para superar uma situação delicada. Em Green Gables, Marilla ia prontamente para os domínios da Sra. Lynde quando Gilbert chegava e insistia em levar os gêmeos com ela. O significado disso era inconfundível, e Anne ficava furiosa.

Davy, no entanto, estava perfeitamente feliz. Ele se divertia ao sair de manhã e escavar os caminhos para o poço e o galinheiro. Ele se deliciava com os quitutes da época de Natal que Marilla e a Sra. Lynde disputavam em preparar para Anne. Ele estava lendo uma história fascinante de um livro da biblioteca da escola, sobre um herói maravilhoso que parecia abençoado com uma habilidade milagrosa de conseguir sair de situações difíceis, geralmente em meio a um terremoto ou uma explosão vulcânica que o lançavam para longe dos problemas, levando-o ao seu destino e fechando a história com um belo fim.

– Eu lhe digo que é uma história boa, Anne – disse ele em êxtase. – Eu preferiria ler isso do que a Bíblia.

– Não acredito – disse Anne, sorrindo.

Davy olhou curiosamente para ela:

– Você não parece nem um pouco chocada, Anne. A Sra. Lynde ficou muito chocada quando eu disse isso a ela.

– Não, não estou chocada, Davy. Acho bastante natural que um garoto de nove anos leia uma história de aventura mais cedo do que a Bíblia. Mas quando você for mais velho, espero e acho que você vai se dar conta de como a Bíblia é um bom livro.

– Ah, acho que algumas partes dela são boas – admitiu Davy. – Aquela história de Joseph, por exemplo, é uma intimidação. Mas, se eu fosse Joseph, eu não teria perdoado os irmãos. Não mesmo, Anne. Eu teria cortado todas as cabeças deles. A Sra. Lynde ficou muito brava quando eu disse isso, fechou a Bíblia e disse que ela nunca mais leria para mim se eu falasse isso. Portanto, não falo mais quando ela lê nas tardes de domingo. Eu só penso nas coisas e digo para Milty Boulter no dia seguinte na escola. Contei a ele a história sobre Elisha e os ursos, e isso o assustou, então ele nunca mais zombou da cabeça careca do Sr. Harrison. Há ursos na ilha, Anne? Eu quero saber.

– Hoje em dia, não – disse Anne, distraída, enquanto o vento soprava uma camada de neve contra a janela. – Oh, minha nossa, nunca mais vai parar de chover.

– Só Deus sabe – disse Davy alegremente, preparando-se para retomar a leitura.

Anne ficou chocada dessa vez.

– Davy! – ela exclamou em tom de reprovação.

– A Sra. Lynde diz isso – protestou Davy. – Uma noite, na semana passada, Marilla disse: "Ludovic Speed e Theodora Dix se casarão algum dia?" – E a Sra. Lynde disse: "Só Deus sabe", assim mesmo.

– Bem, não foi certo ela dizer isso – disse Anne, prontamente decidindo sobre qual rumo tomar naquela situação. – Não é certo que alguém tome o nome de Deus em vão ou o diga levianamente, Davy. Nunca faça isso de novo.

– Nem se eu disser lenta e solenemente, como o ministro? – perguntou Davy com seriedade.

– Não, nem assim.

– Bem, não falarei. Ludovic Speed e Theodora Dix moram no centro de Grafton, e a Sra. Rachel diz que ele a corteja há cem anos. Será que logo eles não terão idade para se casar, Anne? Espero que Gilbert não passe tanto tempo cortejando você. Quando você vai se casar, Anne? A Sra. Lynde diz que é uma certeza.

– A Sra. Lynde é uma... – começou Anne calorosamente e, então, parou.

– Fofoqueira velha e horrível – completou Davy calmamente. – É assim que todo mundo a chama. Mas é certeza, Anne? Quero saber.

– Você é um garotinho muito bobo, Davy – disse Anne, saindo furtivamente da sala.

A cozinha estava vazia e ela se sentou junto à janela no crepúsculo de inverno que caía rapidamente. O sol havia se posto, e o vento havia diminuído. Uma pálida lua fria olhava por trás de um banco de nuvens roxas no oeste. O céu desapareceu, mas a faixa amarela ao longo do horizonte ocidental ficou mais brilhante e mais feroz, como se todos os raios de luz dispersos estivessem concentrados em um ponto. As colinas distantes, cercadas por abetos, destacavam-se na escuridão distinta contra elas.

Anne olhou através dos campos quietos, brancos, frios e sem vida à luz daquele sombrio pôr do sol e suspirou. Sentia-se muito solitária e com o coração triste, pois estava imaginando se poderia voltar a Redmond no próximo ano. Não parecia provável. A única bolsa de estudos possível no segundo ano era um assunto muito pequeno. Ela não aceitaria o dinheiro de Marilla e parecia haver poucas chances de ganhar o suficiente nas férias de verão.

"Acho que vou ter que desistir no próximo ano", pensou tristemente, "e lecionar em uma escola pequena novamente até que eu ganhe o suficiente para terminar meu curso. E a essa altura toda a minha turma antiga terá se formado, e a Casa da Patty estará fora de questão. Mas ai! Eu não vou ser covarde. Sou grata por poder me sustentar se necessário."

– Ali está o Sr. Harrison subindo a rua – anunciou Davy, correndo. – Espero que ele tenha trazido o correio. Faz três dias que não o recebemos. Quero ver o que os irritantes liberais estão fazendo. Sou conservador, Anne. E digo: você precisa ficar de olho nos liberais.

O Sr. Harrison trouxe a correspondência, e as cartas alegres de Stella, Priscilla e Phil logo dissiparam a melancolia de Anne. Tia Jamesina também escrevera dizendo que mantinha acesa a lareira, que os gatos estavam bem, e as plantas da casa estavam bem cuidadas.

"O clima está muito frio", escreveu ela, "então deixei os gatos dormirem em casa – Rusty e Joseph no sofá da sala de estar e a gata Sarah no pé da minha cama. É uma companhia real ouvi-la ronronar quando acordo de noite e penso na minha pobre filha no estrangeiro. Se fosse outro lugar que não a Índia, eu não me preocuparia, mas eles dizem que as cobras lá são terríveis. Preciso do ronronar dos gatos para não pensar nas cobras. Tenho fé suficiente para tudo, menos para as cobras. Não consigo pensar por que a Providência *Divina* as fez. Às vezes não acho que sejam coisas de Deus. Eu estou inclinada a acreditar que sejam coisa do Satanás."

Anne havia deixado uma carta fina e datilografada para o fim, achando que não tinha importância. Quando ela leu, ficou muito quieta, com lágrimas nos olhos.

– Qual é o problema, Anne? – perguntou Marilla.

– Josephine Barry morreu – disse Anne, com a voz embargada.

– Então ela foi embora – disse Marilla. – Bem, ela estava doente há mais de um ano, e os Barry esperavam sua morte para qualquer momento. É bom que ela tenha descansado, pois sofreu terrivelmente, Anne. Ela sempre foi gentil com você.

– Ela foi gentil até o fim, Marilla. Esta carta é de seu advogado. Ela me deixou mil dólares em seu testamento.

– Que bom, é muito dinheiro! – exclamou Davy. – Ela é a mulher na qual você e Diana pularam em cima, no quarto de hóspedes, não é? Diana me contou essa história. Foi por isso que ela deixou tanto para você?

– Não diga besteiras, Davy – disse Anne gentilmente. Ela foi para o quarto com o coração apertado, deixando Marilla e a Sra. Lynde para falar sobre as notícias.

– Vocês acham que Anne vai se casar agora? – Davy especulou ansiosamente. – Quando Dorcas Sloane se casou no verão passado, ela disse que se tivesse dinheiro suficiente para viver nunca teria se incomodado com um homem, mas mesmo um viúvo com oito filhos era melhor do que viver com uma cunhada....

– Davy Keith, segure sua língua – disse a Sra. Rachel com seriedade. – A maneira como você fala é escandalosa para um garoto pequeno, isso sim.

CAPÍTULO 19

UM INTERLÚDIO

— Pensar que este é meu vigésimo aniversário e que deixei meus anos de adolescência para trás para sempre – disse Anne, que estava enrolada no tapete da lareira com Rusty no colo, para tia Jamesina, que estava lendo em sua poltrona preferida. Elas estavam sozinhas na sala de estar. Stella e Priscilla tinham ido a uma reunião do comitê, e Phil estava lá em cima se arrumando para uma festa.

— Acho que você se sente meio saudosa – disse tia Jamesina. – A adolescência é uma parte tão boa da vida. Fico feliz por nunca ter saído dela.

Anne riu.

— Você nunca vai sair, tia. Você ainda terá 18 anos quando deveria ter 100. Sim, desculpe-me, mas me sinto um pouco insatisfeita. A Srta. Stacy me disse há muito tempo que, quando eu tivesse 20 anos, meu caráter estaria formado, para o bem ou para o mal. Não acho que seja o que deveria ser. Está cheio de falhas.

— Todo mundo acha isso – disse tia Jamesina alegremente. – O meu está rachado em cem lugares. Sua Srta. Stacy provavelmente quis dizer que, quando você tem 20 anos, seu caráter pende mais permanentemente para uma direção ou outra e continuará se desenvolvendo nessa linha. Não se preocupe, Anne! Faça sua obrigação para Deus, seu próximo e si mesma, e divirta-se. Essa é a minha filosofia e sempre funcionou muito bem. Para onde Phil vai hoje à noite?

– Ela vai a um baile, e vai com o vestido mais lindo – seda amarela cor de creme e renda de teia de aranha. Combina com a pele morena dela.

– Há mágica nas palavras "seda" e "renda", não é? – disse tia Jamesina. – O próprio som dessas palavras me dá vontade de pular e dançar. E seda amarela. Faz pensar em um vestido de sol. Eu sempre quis um vestido de seda amarelo, mas primeiro minha mãe, e depois meu marido, não me ouviam. A primeira coisa que vou fazer quando chegar ao céu é comprar um vestido de seda amarelo.

Em meio às gargalhadas de Anne, Phil desceu as escadas, arrastando nuvens de glória, e se observou no espelho oval comprido na parede.

– Um espelho lisonjeiro é um promotor de amabilidade – disse ela. – O que está no meu quarto certamente me deixa estranha. Estou bonita, Anne?

– Você tem ideia de quão bonita você é, Phil? – perguntou Anne, com admiração sincera.

– É claro que sim. Para que servem os óculos e os homens? Não foi isso que eu quis dizer. Todas as pontas estão dobradas? A minha saia está reta? E essa rosa ficaria melhor mais embaixo? Acho que está muito alta, isso me fará parecer desequilibrada. Mas eu odeio coisas que fazem cócegas nas minhas orelhas.

– Está tudo certo, e essa sua covinha é adorável.

– Anne, há uma coisa em particular que eu gosto em você. Você é tão simples. Não há nada de inveja em você.

– Por que ela deveria sentir inveja? – exigiu saber tia Jamesina. – Ela não é tão bonita quanto você, talvez, mas tem um nariz muito mais bonito.

– Eu sei – admitiu Phil.

— Meu nariz sempre foi um grande conforto para mim — confessou Anne.

— E eu amo o jeito que seus cabelos crescem na sua testa, Anne. E aquele cacho pequenino, sempre parecendo que ia cair, mas nunca caindo, é adorável. Mas, quanto aos narizes, o meu é uma terrível preocupação para mim. Eu sei que quando eu tiver 40 anos será o nariz de um Byrney. Como você acha que ficarei quando tiver 40 anos, Anne?

— Como uma velha, matrona e casada — brincou Anne.

— Não vou — disse Phil, sentando-se confortavelmente para esperar seu acompanhante. — Joseph, seu bichinho maluco, não se atreva a pular no meu colo. Não vou a um baile com pelos de gato. Não, Anne, não vou parecer matronal. Mas, sem dúvida, vou me casar.

— Com Alec ou Alonzo? — perguntou Anne.

— Com um deles, suponho — suspirou Phil —, se eu puder decidir qual.

— Não deve ser difícil decidir — repreendeu tia Jamesina.

— Eu nasci em uma gangorra, tia, e nada pode me impedir de balançar.

— Você deveria ser mais equilibrada, Philippa.

— É melhor ser equilibrada, é claro — concordou Philippa —, mas com equilíbrio perde-se muita diversão. Quanto a Alec e Alonzo, se você os conhecesse, entenderia por que é difícil escolher entre eles. Eles são igualmente agradáveis.

— Então escolha alguém que seja melhor — sugeriu tia Jamesina. — Tem aquele aluno do último ano que é tão dedicado a você, Will Leslie. Ele tem olhos tão agradáveis, grandes e gentis.

— Eles são um pouco grandes e gentis demais, como os de uma vaca — disse Phil cruelmente.

— O que você diz sobre George Parker?

— Não há nada a dizer sobre ele, exceto que ele sempre parece ter acabado de ser engomado e passado a ferro.

– Marr Holworthy então. Você não poderá encontrar uma falha nele.

– Não, ele seria bom se não fosse pobre. Preciso me casar com um homem rico, tia Jamesina. Isso. E boa aparência é um requisito indispensável. Eu me casaria com Gilbert Blythe se ele fosse rico.

– Oh, você se casaria? – perguntou Anne, bastante cruel.

– Não gostamos nem um pouco dessa ideia, embora não desejemos Gilbert, oh, não – zombou Phil. – Mas não vamos falar de assuntos desagradáveis. Acho que vou ter que me casar em algum momento, mas vou adiar o dia do mal o quanto puder.

– Você não deve se casar com alguém que não ama, Phil, no fim das contas – disse tia Jamesina.

– *"Oh, corações que amam à moda antiga estão fora de moda"* – Phil disse zombando. – Ali está a carruagem. Estou indo, queridas antiquadas!

Quando Phil se foi, tia Jamesina olhou solenemente para Anne.

– Essa garota é bonita, doce e de bom coração, mas você acha que ela é certa da cabeça, Anne?

– Oh, acho que não há nada com a mente de Phil – disse Anne, escondendo um sorriso. – É apenas o jeito de ela falar.

Tia Jamesina balançou a cabeça.

– Bem, espero que sim, Anne. Espero que sim, porque eu a amo. Mas *eu* não consigo entendê-la, ela me vence. Ela não é como nenhuma das garotas que eu já conheci nem como nenhuma das garotas que eu fui.

– Quantas garotas você foi, tia?

– Cerca de meia dúzia, minha querida.

CAPÍTULO 20

GILBERT FALA

— Hoje foi um dia chato e deprimente – bocejou Phil, esticando-se à toa no sofá, tendo anteriormente ignorado dois gatos muito indignados.

Anne desviou os olhos de *"As aventuras do Sr. Pickwick"*. Agora que os exames da primavera haviam terminado, ela estava lendo Dickens.

— Foi um dia difícil para nós – disse ela, pensativa –, mas, para algumas pessoas, foi um dia maravilhoso. Alguém foi arrebatadoramente feliz hoje. Talvez uma grande ação tenha sido feita em algum lugar hoje, ou um grande poema tenha sido escrito, ou um grande homem tenha nascido. E algum coração foi partido, Phil.

— Por que você estragou seu belo pensamento marcando a última frase, querida? – resmungou Phil. – Não gosto de pensar em corações partidos ou em algo desagradável.

— Você acha que poderá se esquivar de coisas desagradáveis a vida toda, Phil?

— Minha nossa, não. Não estou contra elas agora? Você não chama Alec e Alonzo de coisas agradáveis, quando simplesmente atormentam minha vida?

— Você nunca leva nada a sério, Phil.

— Por que eu deveria? Existem pessoas suficientes que o fazem. O mundo precisa de pessoas como eu, Anne, apenas para se divertir. Seria um lugar terrível se todos fossem intelectuais, sérios, profundos e mortais. Minha missão é, como Josiah Allen diz, "encantar e seduzir". Confesse agora. A vida na Casa da Patty não foi realmente muito mais agradável e prazerosa no inverno passado, porque eu estive aqui para divertir vocês?

– Sim – disse Anne.

– E todas vocês me amam, até tia Jamesina, que pensa que eu sou completamente louca. Então, por que eu deveria tentar ser diferente? Oh, querida, estou com tanto sono. Fiquei acordada até uma hora na noite passada, lendo uma história de fantasmas angustiante. Eu li na cama e, depois de terminar, você acha que eu consegui sair da cama para apagar a luz? Não! E se Stella, felizmente, não tivesse chegado tarde, aquele abajur teria permanecido aceso até de manhã. Quando ouvi Stella, eu a chamei, expliquei minha situação e pedi que ela apagasse a luz. Se eu tivesse saído para apagar, sabia que algo me agarraria pelos pés quando voltasse para a cama. A propósito, Anne, tia Jamesina decidiu o que fazer neste verão?

– Sim, ela vai ficar aqui. Eu sei que ela está fazendo isso pelo bem daqueles gatos abençoados, embora ela diga que é muito difícil abrir sua própria casa, e ela odeia fazer visitas.

– O que você está lendo?

– Pickwick.

– Esse é um livro que sempre me deixa com fome – disse Phil. – Há tanta coisa boa para comer descrita nele. Os personagens parecem sempre se deliciar com presunto, ovos e ponche de leite. Geralmente, vou mexer no armário depois de ler *Pickwick*. Isso me fez lembrar que estou morrendo de fome. Tem alguma coisa para comer na despensa, rainha Anne?

– Fiz uma torta de limão hoje de manhã. Você pode comer um pedaço.

Phil correu para a despensa, e Anne foi para o pomar acompanhada por Rusty. Era uma noite úmida e de perfume agradável no início da primavera. A neve não tinha desaparecido completamente do parque. Um pequeno banco sujo ainda jazia sob os pinheiros da estrada do porto, protegido da influência dos sóis de abril que mantinham a estrada do porto enlameada e refrescava o ar da tarde. Mas a grama estava ficando verde em locais protegidos, e Gilbert havia encontrado alguns medronheiros em um canto escondido. Ele veio do parque com as mãos cheias.

Anne estava sentada na grande pedra cinza do pomar, olhando um galho nu de bétula pendurado no pôr do sol vermelho pálido com a perfeição da graça. Ela estava sonhando com uma mansão, cujos pátios ensolarados e salões imponentes estavam mergulhados em perfumes árabes e onde ela reinava como rainha castelã. Ela franziu o cenho ao ver Gilbert atravessando o pomar. Ultimamente, não conseguira ficar sozinha com Gilbert. Mas ele a pegara desprevenida naquele momento, e até Rusty a abandonara.

Gilbert sentou-se ao lado dela na pedra e lhe deu flores de maio.

– Isso não lembra você de casa e nossos velhos piqueniques de escola, Anne?

Anne as pegou e enterrou o rosto nelas.

– Estou nos campos do Sr. Silas Sloane neste exato momento – disse ela, extasiada.

– Suponho que você estará lá de fato em alguns dias?

– Não, só daqui a duas semanas. Vou visitar Phil em Bolingbroke antes de ir para casa. Você estará em Avonlea antes de mim.

– Não, eu não estarei em Avonlea nesse verão, Anne. Ofereceram-me um emprego no escritório do *Daily News* e eu vou aceitar.

– Oh – disse Anne vagamente. Ela tentou imaginar como seria um verão inteiro em Avonlea sem Gilbert. De alguma forma, não gostou da perspectiva. – Bem – ela concluiu categoricamente –, é uma coisa boa para você, é claro.

– Sim, eu esperava conseguir. Isso vai me ajudar no próximo ano.

– Você não deve trabalhar demais – disse Anne, sem nenhuma ideia muito clara do que estava dizendo. Ela desejou desesperadamente que Phil aparecesse. – Você estudou muito neste inverno. Não está uma noite agradável? Sabe, eu encontrei um grupo de violetas brancas debaixo daquela velha árvore retorcida ali hoje. Senti como se tivesse descoberto uma mina de ouro.

– Você está sempre descobrindo minas de ouro – disse Gilbert também distraidamente.

– Vamos ver se conseguimos encontrar um pouco mais – sugeriu Anne ansiosamente. – Vou chamar Phil e...

– Não se preocupe com Phil e as violetas agora, Anne – disse Gilbert calmamente, pegando sua mão sem que ela pudesse se soltar. – Há algo que eu quero lhe dizer.

– Oh, não diga – exclamou Anne, suplicante. – Não... por favor, Gilbert.

– Preciso. As coisas não podem mais continuar assim. Anne, eu amo você. Você sabe que amo. Eu não sei lhe dizer quanto. Você me promete que algum dia será minha esposa?

– Eu... eu não posso – disse Anne com tristeza. – Oh, Gilbert, você, você estragou tudo.

– Você não gosta nem um pouco de mim? – Gilbert perguntou depois de uma pausa terrível, durante a qual Anne não ousou erguer os olhos.

– Não... não dessa maneira. Eu gosto muito de você como amigo. Mas eu não amo você, Gilbert.

– Mas você não pode me dar alguma esperança de que você ainda pode amar?

– Não, não posso – exclamou Anne desesperadamente. – Eu nunca, nunca posso amar você, dessa maneira, Gilbert. Você nunca deve falar disso comigo novamente.

Houve outra pausa, tão longa e terrível que Anne finalmente foi levada a olhar para cima. O rosto de Gilbert estava pálido, e também os lábios. E os olhos dele... mas Anne estremeceu e desviou o olhar. Não havia nada de romântico naquilo. Os pedidos de casamento devem ser grotescos ou horríveis? Ela poderia esquecer o rosto de Gilbert?

– Existe outra pessoa? – ele perguntou finalmente, em voz baixa.

– Não... não – disse Anne ansiosamente. – Eu não gosto de ninguém, e eu gosto de você mais do que de qualquer outra pessoa no mundo, Gilbert. E nós devemos... devemos continuar sendo amigos.

Gilbert deu uma risadinha amargurada.

– Amigos! Sua amizade não pode me satisfazer, Anne. Eu quero o seu amor, e você me diz que eu nunca posso ter isso.

– Desculpe. Desculpe-me, Gilbert – era tudo o que Anne podia dizer. Onde, oh, onde estavam todos os discursos graciosos e educados com os quais, na imaginação, ela costumava dispensar pretendentes rejeitados?

Gilbert soltou a mão dela gentilmente.

– Não há nada a perdoar. Houve momentos em que pensei que você se importava. Eu me enganei, só isso. Adeus, Anne.

Anne foi para o quarto, sentou-se no assento da janela atrás dos pinheiros e chorou amargamente. Ela sentiu como se algo incalculavelmente precioso tivesse saído de sua vida. Era a amizade de Gilbert, é claro. Oh, por que ela devia perdê-lo dessa maneira?

– Qual é o problema, querida? – perguntou Phil, entrando pela escuridão iluminada pelo luar.

Anne não respondeu. Nesse momento, ela desejou que Phil estivesse a milhares de quilômetros de distância.

– Suponho que você recusou Gilbert Blythe. Você é uma idiota, Anne Shirley!

– Você considera idiota me recusar a casar com um homem que eu não amo? – disse Anne friamente, instigada a responder.

– Você não conhece o amor quando o vê. Você criou algo em sua imaginação que acha que é o amor e espera que a coisa real se pareça com isso. Puxa, essa é a primeira coisa sensata que eu já disse em minha vida. Gostaria de saber como consegui...

– Phil – implorou Anne –, por favor, vá embora e me deixe em paz por um tempo. Meu mundo se desfez em pedaços. Quero reconstruí-lo.

– Sem Gilbert nele? – disse Phil, saindo.

"Um mundo sem nenhum Gilbert!", Anne repetiu as palavras tristemente. Não seria um lugar muito solitário e abandonado? Bem, tudo foi culpa de Gilbert. Ele havia estragado a bela amizade deles. Ela devia apenas aprender a viver sem isso.

CAPÍTULO 21

ROSAS DE ONTEM

A quinzena que Anne passou em Bolingbroke foi muito agradável, com um pouco de dor e insatisfação, sempre que pensava em Gilbert. No entanto não havia muito tempo para pensar nele. Mount Holly, a bela e antiga fazenda da família Gordon, era um lugar muito alegre, tomado por amigos de Phil de ambos os sexos. Houve uma sucessão desconcertante de passeios, danças, piqueniques e festas de barco, todos expressamente organizados por Phil com o pretexto de "comemorar". Alec e Alonzo estavam tão constantemente atentos que Anne se perguntou se eles faziam alguma coisa que não fosse ficar perto de Phil. Os dois eram bons, másculos, mas Anne não sabia dizer qual era o melhor.

– E eu dependia muito de você para me ajudar a decidir a qual deles prometer casamento – lamentou Phil.

– Você deve fazer isso por si mesma. Você é especialista em decidir com quem as outras pessoas devem se casar – respondeu Anne, de forma bastante causal.

– Oh, isso é uma coisa muito diferente – disse Phil, com sinceridade.

Porém o mais doce incidente da permanência de Anne em Bolingbroke foi a visita ao seu local de nascimento – a casinha amarela velha em uma rua afastada com a qual tantas vezes sonhava. Ela olhou com olhos encantados, quando ela e Phil entraram pelo portão.

– É quase exatamente como eu imaginei – disse ela. – Não há madressilva sobre as janelas, mas há uma árvore lilás perto do portão e, sim, há cortinas de musselina nas janelas. Como estou feliz! Ainda está pintada de amarelo.

Uma mulher muito alta e muito magra abriu a porta.

– Sim, os Shirleys moraram aqui há vinte anos – disse ela em resposta à pergunta de Anne. – Eles a alugaram. Lembro-me deles. Ambos morreram de febre. Foi muito triste. Eles deixaram um bebê. Acho que está morto há muito tempo. Foi uma coisa triste. O velho Thomas e sua esposa o pegaram, como se não tivessem filhos que bastassem.

– Não morreu – disse Anne, sorrindo. – Eu era aquele bebê.

– Não acredito! Como você cresceu! – exclamou a mulher como se estivesse muito surpresa por Anne ainda não ser um bebê. – Olhando para você, eu vejo a semelhança. Você tem o rosto do seu pai. Ele tinha cabelos ruivos. Mas você tem os olhos e a boca de sua mãe. Ela era muito bela. Minha filha era aluna dela, era louca por ela. Eles estão enterrados em uma mesma cova, e o Conselho Escolar colocou uma lápide para eles como recompensa pelo serviço fiel. Você vai entrar?

– A senhora me deixa andar pela casa? – perguntou Anne ansiosamente.

– Claro que sim, você pode se quiser. Não demore muito, não há muita coisa. Fico pedindo para o meu marido construir uma nova cozinha, mas ele não tem muita pressa. Tem uma sala e dois quartos no andar de cima. Podem andar. Eu tenho que cuidar do bebê. O quarto do lado esquerdo foi onde você nasceu. Lembro-me de sua mãe dizendo que ela adorava ver o nascer do sol, e eu me recordo de ter ouvido que você nasceu ao amanhecer, e a luz do sol em seu rosto foi a primeira coisa que sua mãe viu.

Anne subiu as escadas estreitas e entrou naquele pequeno quarto com o coração cheio. Era como um santuário para ela. Ali, sua mãe tivera os sonhos felizes e requintados da maternidade precoce; ali, aquela luz vermelha do nascer do sol caíra sobre as duas na hora sagrada do nascimento; ali, sua mãe morreu. Anne olhou em volta com reverência, os olhos marejados. Foi para ela uma das horas preciosas da vida que brilha radiante para sempre na memória.

– Pensando agora, minha mãe era mais nova do que eu sou agora quando nasci – ela sussurrou.

Quando Anne desceu, a dona da casa a encontrou no corredor. Ela estendeu um saquinho empoeirado amarrado com fita azul desbotada.

– Aqui está um monte de cartas antigas que encontrei naquele armário no andar de cima quando cheguei aqui – disse ela. – Não sei o que são, nunca me preocupei em olhar, mas no topo está escrito "Srta. Bertha Willis", e esse era o nome de solteira de sua mãe. Você pode ficar com elas se quiser.

– Oh, obrigada, obrigada – exclamou Anne, apertando o pacote com entusiasmo.

– Era tudo o que havia na casa – disse a anfitriã. – Os móveis foram todos vendidos para pagar as contas do médico, e a Sra. Thomas pegou as roupas da sua mãe e as poucas coisas. Eu acho que elas não duraram muito entre aquele grupo de crianças dos Thomas. Elas eram feras destruidoras na minha opinião.

– Não tenho nada que tenha pertencido à minha mãe – disse Anne, com a voz embargada. – Eu... eu não poderei agradecer o suficiente por essas cartas.

– De nada. Olha, mas seus olhos são como os de sua mãe. Ela podia conversar com os olhos. Seu pai era muito acolhedor, muito legal. Eu gosto de ouvir as pessoas dizerem que, quando eles se casaram, não existiam duas pessoas mais apaixonadas uma pela outra. Pobres *criatura*, eles não *vivero* muito; mas *foro* muito felizes enquanto estavam vivos, e acho que isso conta bastante.

Anne desejava chegar em casa para ler suas preciosas cartas, mas fez uma pequena peregrinação primeiro. Ela foi sozinha para o canto verde do antigo cemitério de Bolingbroke, onde seu pai e sua mãe estavam enterrados, e deixou no túmulo as flores brancas que carregava. Então voltou apressadamente para Mount Holly, trancou-se no quarto e leu as cartas. Algumas tinham sido escritas por seu pai, outras por sua mãe. Não havia muitas, apenas uma dúzia no total, pois Walter e Bertha Shirley não passaram muito tempo separados durante o namoro. As cartas eram amareladas, desbotadas e com as letras claras, borradas com o toque dos anos que se passaram. Nenhuma palavra profunda de sabedoria foi traçada nas páginas manchadas e amassadas, apenas linhas de amor e confiança. A doçura das coisas esquecidas se agarrava a elas – a imaginação distante e carinhosa daqueles amantes. Bertha Shirley possuía o dom de escrever cartas que incorporavam a personalidade encantadora da escritora em palavras e pensamentos que mantinham sua beleza e fragrância após o lapso de tempo. As cartas eram ternas, íntimas, sagradas. Para Anne, a mais doce de todas foi a escrita após seu nascimento ao pai em uma breve ausência. Estava cheia dos relatos orgulhosos de uma jovem mãe orgulhosa de seu "bebê" – sua esperteza, seu brilho, suas mil doçuras.

"Eu a amo quando ela está dormindo e mais ainda quando está acordada", escreveu Bertha Shirley em uma observação. Provavelmente foi a última frase que ela escreveu. O fim estava muito próximo para ela.

– Este foi o dia mais bonito da minha vida – disse Anne a Phil naquela noite. – Encontrei meu pai e minha mãe. Essas cartas os tornaram reais para mim. Não sou mais órfã. Sinto como se tivesse aberto um livro e encontrado rosas de ontem, doces e amadas, entre suas folhas.

CAPÍTULO 22

A PRIMAVERA E A VOLTA DE ANNE A GREEN GABLES

As sombras da luz do fogo da lareira dançavam sobre as paredes da cozinha de Green Gables, pois a noite de primavera era fria. Através da janela aberta do lado esquerdo, entravam as vozes sutilmente doces da noite. Marilla estava sentada perto da lareira – pelo menos fisicamente. Em espírito, ela estava vagando por caminhos antigos com os pés jovens. Ultimamente, Marilla passava muitas horas assim, quando pensava que deveria estar tricotando para os gêmeos.

– Acho que estou ficando velha – disse ela.

No entanto, Marilla havia mudado pouco nos últimos nove anos, apenas estava mais magra e mais angular. Seus cabelos estavam um pouco mais grisalhos no coque, que ela sempre usava preso com dois grampos – eram os *mesmos* grampos? Mas sua expressão era muito diferente. Algo na boca que sugeria um senso de humor se desenvolvera maravilhosamente. Seus olhos estavam mais gentis e suaves. Seu sorriso mais frequente e terno.

Marilla estava pensando em toda a sua vida; na sua infância difícil, mas não infeliz; nos sonhos zelosamente ocultos; nas esperanças desagradáveis de sua infância; nos longos, cinzentos, estreitos e monótonos anos de meia-idade que se seguiu. E a chegada de Anne, a criança vívida, criativa e impetuosa com seu coração amoroso e seu mundo de fantasia, trazendo consigo cor, calor e esplendor, até que o deserto da existência floresceu como a rosa. Marilla sentiu que, de seus 60 anos, vivera apenas os 9 que se seguiram à chegada de Anne. E Anne chegaria no dia seguinte à noite.

A porta da cozinha se abriu. Marilla levantou os olhos esperando ver a Sra. Lynde. Anne estava diante dela, alta e de olhos brilhantes, com as mãos cheias de flores da primavera e violetas.

– Anne Shirley! – Marilla exclamou. Pela primeira vez na vida, ela foi surpreendida sem reservas. Ela abraçou a moça e a apertou, com suas flores, contra o coração, beijando o cabelo brilhante e o rosto doce calorosamente. – Eu não a esperava antes de amanhã à noite. Como você chegou de Carmody?

– Vim caminhando, querida Marilla. Não fiz isso várias vezes nos tempos na Queen's? O carteiro vai trazer minha mala amanhã. Fiquei com saudades de casa de repente e vim um dia antes. E oh! Fiz uma caminhada tão adorável no crepúsculo de maio: parei nos campos, peguei essas flores de primavera e passei pelo Vale das Violetas; é apenas um grande canteiro de violetas agora – as belezas pintadas pelo céu! Cheire-as, Marilla, sinta o perfume.

Marilla cheirou delicadamente, mas estava mais interessada em Anne do que em cheirar violetas.

– Sente-se, menina. Você deve estar muito cansada. Vou trazer o jantar.

– A linda lua está surgindo detrás das colinas hoje, Marilla, e oh, como as rãs coaxaram enquanto eu caminhava vindo de Carmody! Eu amo o coaxar das rãs. Parece algo ligado a todas as minhas lembranças mais felizes das antigas noites de primavera. E isso sempre me lembra a noite em que cheguei aqui pela primeira vez. Você se lembra, Marilla?

– Bem, sim – disse Marilla com ênfase. – Provavelmente nunca me esquecerei disso.

– Elas costumavam cantar tão loucamente no pântano e no riacho naquele ano. Eu ouvia na minha janela, no crepúsculo, e me perguntava como elas podiam parecer tão felizes e tão tristes ao mesmo tempo. Oh, mas é bom estar em casa novamente! Redmond é esplêndida, e Bolingbroke, encantadora, mas Green Gables é meu lar!

– Gilbert não vai voltar para casa neste verão, fiquei sabendo – disse Marilla.

– Não. – Algo no tom de Anne fez Marilla olhar para ela bruscamente, mas Anne estava aparentemente concentrada arrumando suas violetas em um vaso. – Veja, eles não são doces? – ela continuou apressadamente. – O ano é um livro, não é, Marilla? As páginas da primavera estão escritas em flores de maio e violetas; as do verão, em rosas; as do outono, em folhas de bordo vermelhas; e as do inverno, em azevinho e sempre-verde.

– Gilbert foi bem em seus exames? – persistiu Marilla.

– Excelentemente bem. Ele é o melhor da turma. Mas onde estão os gêmeos e a Sra. Lynde?

– Rachel e Dora estão na casa do Sr. Harrison. Davy está na casa dos Boulters. Eu acho que o ouvi vindo agora.

Davy entrou correndo, viu Anne, parou e então correu até ela com um grito de alegria.

– Oh, Anne, como estou feliz em vê-la! Olhe, Anne, eu cresci cinco centímetros desde o outono passado. A Sra. Lynde me mediu com a fita hoje e me disse. Anne, veja meu dente da frente. A Sra. Lynde amarrou a ponta de um barbante nele e a outra ponta à porta, e depois fechou a porta. Eu o vendi ao Milty por dois centavos. Milty está colecionando dentes.

– Para que diabos ele quer dentes? – perguntou Marilla.

– Para fazer um colar para ser o chefe índio – explicou Davy, subindo no colo de Anne. – Ele já tem quinze, e todo mundo já prometeu, então não adianta o resto de nós começar a colecionar também. Digo a você que os Boulters são ótimos empresários.

– Você se comportou bem na casa da Sra. Boulter? – perguntou Marilla com seriedade.

– Sim, mas, Marilla, estou cansado de ser bonzinho.

– Você se cansaria de ser mau muito antes, Davyzinho – disse Anne.

– Bem, seria divertido enquanto durasse, não seria? – persistiu Davy. – Eu poderia me arrepender depois, não podia?

– Lamentar não eliminaria as consequências de ser mau, Davy. Você não se lembra do domingo do verão passado, quando fugiu da Escola Dominical? Você me disse que ser mau não valia a pena. O que você e Milty fizeram hoje?

– Oh, nós pescamos e perseguimos o gato, caçamos ovos e gritamos com o eco. Há um grande eco no mato atrás do celeiro dos Boulters. Diga, o que é eco, Anne? Eu quero saber.

– Eco é uma linda ninfa, Davy, que vive longe na floresta e ri de todo mundo entre as colinas.

– Como ela é?

– Os cabelos e os olhos dela são escuros, mas o pescoço e os braços são brancos como a neve. Nenhum mortal pode ver como ela é bela. Ela é mais veloz que um cervo, e sua voz zombeteira é tudo o que podemos saber dela. Você pode ouvi-la chamando à noite; você pode ouvi-la rindo sob as estrelas. Mas você nunca pode vê-la. Ela voa para longe se você a seguir e ri de você logo depois da próxima colina.

– Isso é verdade, Anne? Ou é mentira? – perguntou Davy, olhando fixamente.

– Davy – disse Anne em desespero –, você não tem senso suficiente para distinguir entre um conto de fadas e uma mentira?

– Então, o que é que sai do mato dos Boulters? Quero saber – insistiu Davy.

– Quando você for um pouco mais velho, Davy, vou explicar tudo para você.

A menção da idade evidentemente deu uma nova reviravolta aos pensamentos de Davy, pois, após alguns momentos de reflexão, ele sussurrou solenemente:

– Anne, vou me casar.
– Quando? – perguntou Anne, igualmente séria.
– Oh, só quando eu crescer, é claro.
– Bem, isso é um alívio, Davy. Quem é a dama?
– Stella Fletcher, ela está na minha classe na escola. E olha, Anne, ela é a garota mais bonita que eu já vi. Se eu morrer antes de crescer, você ficará de olho nela, não é?
– Davy Keith, pare de falar coisas sem sentido – disse Marilla severamente.
– Não é sem sentido – protestou Davy com um tom magoado. – Ela é minha esposa prometida, e, se eu morresse, ela seria minha viúva prometida, não seria? E ela não tem ninguém para cuidar dela, exceto sua velha avó.
– Venha jantar, Anne – disse Marilla –, e não incentive essa criança com esses assuntos absurdos.

CAPÍTULO 23

PAUL NÃO ENCONTRA OS HOMENS DE PEDRA

A vida foi muito agradável em Avonlea naquele verão, embora Anne, em meio a todas as alegrias de suas férias, fosse assombrada por uma sensação de "algo que está faltando". Ela não admitiria, mesmo em suas reflexões mais íntimas, que isso se devia à ausência de Gilbert. Mas quando tinha que voltar para casa sozinha das reuniões de oração e das reuniões da Sociedade Beneficente, enquanto Diana e Fred – e muitos outros casais felizes – andavam pelas estradas rurais sombrias e estreladas, havia uma dor estranha e solitária em seu coração que ela não conseguia explicar.

Gilbert nem sequer escreveu para ela como ela pensou que faria. Anne sabia que ele escrevia para Diana ocasionalmente, mas não quis saber sobre ele, e Diana, supondo que Anne tivesse notícias dele, não ofereceu nenhuma informação. A mãe de Gilbert, que era uma senhora alegre, franca e de bom coração, mas sem muito tato, tinha o hábito muito embaraçoso de perguntar a Anne, sempre com uma voz dolorosamente diferente e sempre na presença de uma multidão, se ela tivera notícias de Gilbert ultimamente. A pobre Anne só conseguia corar muito e murmurar "não nos últimos tempos", o que era tido por todos, inclusive pela Sra. Blythe, como apenas uma maneira de a moça disfarçar.

Além disso, Anne aproveitou o verão. Priscilla chegou para uma alegre visita em junho; e, quando ela se foi, o Sr. e a Sra. Irving, Paul e Charlotta IV chegaram em casa em julho e agosto.

Echo Lodge foi palco de alegrias mais uma vez, e os ecos sobre o rio foram mantidos ocupados, imitando as risadas que ecoavam no antigo jardim atrás dos abetos.

A "Srta. Lavendar" não havia mudado, apenas tornou-se mais doce e bonita. Paul a adorava, e o companheirismo deles era lindo de se ver.

– Mas eu não a chamo de "mãe" exatamente – explicou ele a Anne. – Veja, esse nome pertence apenas à minha própria mãe e não posso dá-lo a mais ninguém. Você sabe, professora. Mas eu a chamo de "Mãe Lavendar" e é quem mais amo, depois de meu pai. Eu... eu até a amo um pouco mais do que amo a senhora, professora.

– O que é exatamente como deveria ser – respondeu Anne.

Paul tinha 13 anos agora e era muito alto para sua idade. Seu rosto e seus olhos estavam tão bonitos como sempre, e sua imaginação ainda era como um prisma, separando tudo o que caía sobre ele em raios de muitas cores. Ele e Anne faziam maravilhosas caminhadas pela floresta, pelo campo e pela praia. Nunca houve duas almas tão afins.

Charlotta IV havia se transformado na juventude. Ela agora mantinha o cabelo em um enorme penteado pomposo e havia descartado os laços de fita azul de antes, mas seu rosto era muito sardento, o nariz muito empinado, e a boca e o sorriso estavam mais largos do que nunca.

– Você não acha que eu falo com sotaque ianque, Srta. Shirley? – perguntou ela, ansiosamente.

– Não notei, Charlotta.

– Estou muito feliz com isso. Eles disseram em casa que sim, mas pensei que provavelmente só queriam me irritar. Não quero sotaque ianque. Não que eu tenha uma palavra a dizer contra os ianques, Srta. Shirley. Eles são realmente civilizados. Mas me lembro da velha ilha de Prince Edward todas as vezes.

Paul passou sua primeira quinzena com a avó Irving, em Avonlea. Anne estava lá para encontrá-lo quando ele chegou, e o viu louco de vontade de chegar à praia, onde veria Nora, a Dama Dourada e os Marinheiros Gêmeos. Mal podia esperar para jantar. Ele poderia ver o rosto élfico de Nora espiando de canto, observando-o melancolicamente? Mas foi um Paul muito sóbrio que voltou da costa no crepúsculo.

– Você não encontrou seus homens de pedra? – perguntou Anne.

Paul sacudiu os cachos castanhos com tristeza.

– Os Marinheiros Gêmeos e a Dama Dourada não vieram – disse ele. – Nora estava lá, mas Nora não é a mesma, professora. Ela mudou.

– Oh, Paul, é você quem mudou – disse Anne. – Você ficou velho demais para os homens de pedra. Eles gostam apenas de crianças como companheiros de brincadeira. Receio que os Marinheiros Gêmeos nunca mais venham a você no barco perolado e encantado com a vela do luar, e a Dama Dourada não tocará mais sua harpa de ouro para você. Nem mesmo Nora o encontrará por muito mais tempo. Você deve pagar a pena de crescer, Paul. Você deve deixar o mundo da fantasia.

– Vocês dois falam muitas tolices, como sempre – disse a Sra. Irving, meio indulgente, meio reprovadora.

– Oh, não, não falamos – disse Anne, balançando a cabeça gravemente. – Estamos ficando muito, muito sábios, e é uma pena. Nunca somos tão interessantes quando aprendemos que a linguagem nos é dada para permitir que ocultemos nossos pensamentos.

– Mas não é... ela nos é dada para que troquemos pensamentos – disse a Sra. Irving seriamente. Ela nunca ouvira falar de Talleyrand e não entendia os epigramas.

Anne passou quinze dias felizes no Echo Lodge, no auge de agosto. Lá, ela acidentalmente conseguiu apressar Ludovic Speed em seu cortejo de Theodora Dix. Arnold Sherman, um velho amigo dos Irving, estava lá ao mesmo tempo e contribuiu muito para tornar a estadia mais agradável.

– Que período divertido tem sido – disse Anne. – Sinto-me como um gigante renovado. E faltam apenas duas semanas para voltar a Kingsport e Redmond e para a Casa da Patty. A Casa da Patty é o lugar mais querido, Srta. Lavendar. Sinto como se tivesse dois lares – uma em Green Gables e uma na Casa da Patty. Mas para onde foi o verão? Não parece que se passou um dia desde que cheguei em casa naquela noite de primavera com as flores. Quando eu era pequena, não conseguia ver o fim do verão. Estendia-se diante de mim como uma estação interminável. Agora, é curto, uma fábula.

– Anne, você e Gilbert Blythe são tão bons amigos como costumavam ser? – perguntou a Srta. Lavendar discretamente.

– Eu sou tão amiga de Gilbert como sempre, Srta. Lavendar. – A Srta. Lavendar balançou a cabeça.

– Vejo que algo deu errado, Anne. Vou ser impertinente e perguntar o que é. Vocês brigaram?

– Não, é só que Gilbert quer mais do que amizade, e eu não posso dar mais do que isso a ele.

– Você tem certeza disso, Anne?

– Certeza absoluta.

– Eu sinto muitíssimo.

– Eu me pergunto por que todo mundo parece pensar que eu deveria me casar com Gilbert Blythe – disse Anne de modo petulante.

– Porque vocês foram feitos um para o outro, Anne, é por isso. Não é muito complicado de ver. É um fato.

CAPÍTULO 24

JONAS APARECE

"Prospect Point, 20 de agosto.

Querida Anne com E, devo manter minhas pálpebras abertas tempo suficiente para escrever para você. Eu a negligenciei vergonhosamente neste verão, querida, mas todos os meus outros correspondentes também foram negligenciados. Tenho uma pilha enorme de cartas para responder, então devo cingir os lombos da minha mente. Desculpe minhas metáforas confusas. Estou com muito sono. Ontem à noite, a prima Emily e eu fomos visitar um vizinho. Havia várias pessoas lá e, assim que aquelas criaturas infelizes saíram, nossa anfitriã e suas três filhas as criticaram. Eu sabia que elas viriam falar com a prima Emily e comigo assim que a porta se fechasse. Quando chegamos em casa, a Sra. Lilly nos informou que o garoto contratado do vizinho mencionado deveria estar com febre escarlate. A Sra. Lilly sempre diz coisas alegres assim. Eu tenho horror à febre escarlate. Eu não conseguia dormir quando fui para a cama por estar pensando nisso. Fiquei me revirando na cama, tendo sonhos terríveis quando consegui dormir por um minuto e, às três horas, acordei com febre alta, dor de garganta e dor de cabeça forte. Eu sabia que estava com escarlatina. Entrei em pânico e procurei o livro de medicina da prima Emily para ler os sintomas. Anne, eu tinha todos eles. Então voltei para a cama e, sabendo do pior, dormi como uma pedra pelo resto da noite. Embora nunca tenha conseguido entender por que uma pedra dormiria mais profundamente do que qualquer pessoa. Mas, nesta manhã, eu estava muito bem, então não posso ter tido a febre. Suponho que se a peguei ontem à noite, não poderia ter se desenvolvido tão cedo. Lembro-me disso durante o dia, mas, às três da madrugada, nunca conseguiria ser lógica.

Suponho que você se pergunte o que estou fazendo em Prospect Point. Bem, eu sempre gosto de passar um mês de verão na praia, e meu pai insiste que eu vá até a 'pensão seleta' de Emily em Prospect Point. Quinze dias atrás, eu vim como de costume e, como sempre, o velho 'tio Mark Miller' me trouxe da estação com seu antigo buggy – o que ele chama de cavalo de 'propósito generoso'. Ele é um velho simpático e me deu um punhado de balas de hortelã, que sempre me parecem um tipo sagrado de doce – suponho que seja porque, quando eu era pequena, minha avó Gordon sempre me dava algumas na igreja. Uma vez perguntei, referindo-me ao cheiro de hortelã-pimenta: 'É esse o cheiro de santidade?'. Eu não gostava de comer balas de hortelã do tio Mark, porque ele as pescava do bolso e tinha que pegá-las entre pregos enferrujados e outras coisas para me dar, mas eu não feriria seus sentimentos por nada. Então fui jogando-as pelo caminho aos poucos. Quando a última se foi, o tio Mark disse, com repreensão: 'A sinhorita não devia de tê comido as bala tudo de uma vez. Agora é capaz de tê dor de barriga'.

A prima Emily tem apenas cinco pensionistas além de mim, quatro velhinhas e um rapaz. Minha vizinha do lado direito é a Sra. Lilly. Ela é uma daquelas pessoas que parecem ter um prazer horrível em detalhar todas as suas muitas dores e males. Você não pode mencionar nenhuma doença, que ela diz, balançando a cabeça: 'Ah, eu sei muito bem o que é isso' e, então, você recebe todos os detalhes. Jonas contou que ele falou uma vez de ataxia locomotora no ouvido e ela disse que sabia muito bem o que era: ela sofreu por dez anos e finalmente foi curada por um médico viajante.

Quem é Jonas? Espere, Anne Shirley. Você saberá tudo sobre Jonas no tempo e no lugar apropriados. Ele não deve ser misturado com estimadas velhinhas.

Minha vizinha do lado esquerdo é a Sra. Phinney. Ela sempre fala com uma voz lamentosa e dolorosa – você espera nervosamente que ela comece a chorar a qualquer momento. Ela lhe dá a impressão de que a vida para ela é realmente um vale de lágrimas, e que um sorriso, sem falar uma risada, é uma futilidade verdadeiramente repreensível. Ela tem uma opinião pior sobre mim do que tia Jamesina e não me ama tanto para expiar isso, como a tia J.

Maria Grimsby está sentada na diagonal em relação a mim. No primeiro dia em que cheguei, comentei com a Srta. Maria que parecia que ia chover, e ela riu. Eu disse que a estrada saindo da estação era muito bonita, e a Srta. Maria riu. Eu falei que parecia haver alguns mosquitos ainda, e a Srta. Maria riu. Eu contei que Prospect Point estava mais bonita do que nunca, e a Srta. Maria riu. Se eu dissesse à Srta. Maria: 'Meu pai se enforcou, minha mãe tomou veneno, meu irmão está na penitenciária, e eu estou nos últimos estágios da tuberculose', a Srta. Maria riria também. Ela não pode evitar, nasceu assim; mas é muito triste e horrível.

A quinta velha senhora é a Sra. Grant. Ela é uma velhinha doce, mas nunca diz nada além de bom das pessoas e, portanto, é uma conversadora muito desinteressante.

E agora falemos de Jonas, Anne.

No primeiro dia em que cheguei, vi um jovem sentado à minha frente à mesa, sorrindo para mim como se me conhecesse do berço. Eu sabia, pelo que tio Mark me disse, que seu nome era Jonas Blake, que ele era um estudante de teologia de St. Columbia e que havia assumido o comando da Igreja de Missão de Point Prospect durante o verão.

Ele é um jovem muito feio, realmente, o jovem mais feio que eu já vi. Ele tem uma figura grande, de articulações soltas, com pernas absurdamente longas. Seu cabelo é loiro claro e bem liso, os olhos são verdes, a boca é grande e as orelhas... melhor não pensar nas orelhas dele se puder evitar.

Ele tem uma voz adorável – se você fechar os olhos, ele é adorável – e certamente possui alma e disposição bonitas.

Nós nos tornamos bons amigos logo. É claro que ele se formou em Redmond, e isso é um elo entre nós. Fomos pescar e navegar de barco juntos, e andamos nas areias ao luar. Ele não parecia tão caseiro ao luar e ah, ele era bom, a gentileza exalava dele. As senhoras, exceto a Senhora Grant, não aprovam Jonas, porque ele ri, brinca e evidentemente gosta mais da minha companhia frívola do que da deles.

De alguma forma, Anne, eu não quero que ele me julgue frívola. Isso é ridículo. Por que eu deveria me importar com o que uma pessoa de cabelos grisalhos chamada Jonas, que eu nunca vi antes, pensa de mim? No domingo passado, Jonas pregou na igreja da vila. Eu fui, é claro, mas eu não conseguia me convencer de que Jonas iria pregar. O fato de ele ser ministro, ou de que vai ser um, continuou parecendo uma grande piada para mim.

Bem, Jonas pregou. E, depois de pregar por dez minutos, eu me senti tão pequena e insignificante que pensei que devia ser invisível a olho nu. Jonas nunca disse uma palavra sobre mulheres e nunca olhou para mim. Mas percebi então que ali eu era uma pequena borboleta lamentável, frívola e de alma pequena, e devia ser terrivelmente diferente da mulher ideal de Jonas. Ela seria grande, forte e nobre. Ele era tão sincero, terno e verdadeiro. Ele era tudo o que um ministro deveria ser. Eu me perguntei como eu poderia tê-lo achado feio, mas ele realmente é! Com aqueles olhos inspiradores e aquela sobrancelha intelectual que os cabelos caídos escondiam nos dias de semana.

Foi um sermão esplêndido e eu poderia ouvi-lo para sempre, e isso me fez sentir totalmente miserável. Oh, eu gostaria de ser como você, Anne.

Ele me alcançou no caminho de casa e sorriu tão alegremente como de costume. Mas o sorriso dele nunca mais me enganaria. Eu tinha visto o verdadeiro Jonas. Gostaria de saber se ele poderia ver o verdadeiro Jonas – a quem ninguém, nem mesmo você, Anne, já viu.

'Jonas', eu disse, eu esqueci de chamá-lo de Sr. Blake. Não foi terrível? Mas há momentos em que coisas assim não importam. 'Jonas, você nasceu para ser ministro. Você não poderia ser mais nada.'

'Não, não poderia', disse ele, sóbrio. 'Tentei ser outra coisa por muito tempo. Eu não queria ser ministro. Mas acabei vendo que era minha vocação, e Deus me ajudando, tentarei cumpri-la.'

Sua voz era grave e reverente. Pensei que ele faria seu trabalho e o faria de maneira bem e nobre, e feliz a mulher preparada pela natureza e pelo treinamento para ajudá-lo a fazer isso. Ela não seria pluma, soprada por todo vento instável. Ela sempre saberia qual chapéu vestir. Provavelmente ela teria apenas um. Os ministros nunca teriam muito dinheiro. Mas ela não se importaria de ter um chapéu ou nenhum, porque ela teria Jonas.

Anne Shirley, não se atreva a dizer, sugerir ou pensar que me apaixonei pelo Sr. Blake. Posso gostar de um teólogo esguio, pobre e feio chamado Jonas? Como o tio Mark diz: 'É impossível e, além do mais, é improvável!'.

Boa noite, Phil.

PS: É impossível, mas estou com muito medo de que seja verdade. Estou feliz, miserável e assustada. Ele *nunca* se apaixonaria por mim, eu sei. Você acha que eu poderia me tornar a esposa aceitável de um ministro, Anne? E eles esperariam que eu liderasse as orações? P.G."

CAPÍTULO 25

ENTRA O PRÍNCIPE ENCANTADO

— Estou comparando as reivindicações de ambientes internos e externos – disse Anne, olhando da janela de Casa da Patty para os distantes pinheiros do parque.

— Tenho uma tarde para passar sem fazer nada, tia Jimsie. Devo passá-la aqui onde há um fogo aconchegante, um prato cheio de bolinhos deliciosos, três gatos ronronando em harmonia e dois cachorros de porcelana impecáveis com nariz verde? Ou devo ir ao parque, onde há a atração de bosques e de água cinzentos lambendo as rochas do porto?

— Se eu fosse tão jovem quanto você, decidiria a favor do parque – disse tia Jamesina, fazendo cócegas na orelha amarela de Joseph com uma agulha de tricô.

— Eu pensei que você afirmava ser tão jovem quanto qualquer uma de nós, tia – brincou Anne.

— Sim, na alma. Mas admito que minhas pernas não são tão jovens quanto as suas. Vá tomar um ar fresco, Anne. Você anda pálida ultimamente.

— Acho que vou ao parque – disse Anne, inquieta. – Não me sinto calma e alegre hoje. Quero me sentir sozinha, livre e selvagem. O parque estará vazio, pois todos estarão no jogo de futebol.

— Por que você não foi ao jogo?

– "Ninguém me deixou, senhor, ela disse." Pelo menos, ninguém além daquele horrível Dan Ranger. Eu não iria a lugar nenhum com ele; mas, em vez de magoar seus pobres e delicados sentimentos, eu disse que não iria ao jogo. Não me importo. Não estou com disposição para o futebol hoje de jeito nenhum.

– Vá tomar um ar fresco – repetiu tia Jamesina –, mas pegue seu guarda-chuva, pois acredito que vá chover. Tenho reumatismo na perna.

– Apenas os idosos deveriam ter reumatismo, tia.

– Qualquer pessoa é suscetível ao reumatismo nas pernas, Anne. Porém, são apenas os idosos que devem ter reumatismo nas almas. Graças a Deus, eu nunca tive. Quando você tem reumatismo na alma, é melhor providenciar o caixão.

Era novembro, o mês do pôr do sol carmesim, dos pássaros que se separavam, dos hinos profundos e tristes do mar, das canções de vento apaixonadas nos pinheiros. Anne vagou pelas alamedas de pinheiros no parque e, como ela disse, deixou que aquele grande vento soprasse a névoa de sua alma. Ela não costumava se incomodar com isso, mas, de alguma forma, desde seu retorno a Redmond naquele terceiro ano, a vida não havia espelhado aquela clareza antiga, perfeita e cintilante em seu espírito.

Externamente, a Casa da Patty seguia ritmo normal: agradável e rodada de trabalho, estudo e lazer nos fins de semana. Nas noites de sexta-feira, a grande sala iluminada pelo fogo ficava lotada de visitantes, e ecoavam sons de brincadeiras e risadas intermináveis, enquanto tia Jamesina sorria radiante para todos eles. O tal Jonas das cartas de Phil aparecia com frequência, saindo de St. Columbia no primeiro trem e partindo no último. Ele era o favorito de todas da Casa da Patty, embora tia Jamesina sacudisse a cabeça e opinasse que os estudantes de teologia não eram o que costumavam ser.

– Ele é gentil em excesso, minha querida – disse ela a Phil –, mas os ministros deveriam ser mais sérios e mais dignos.

– Um homem não pode rir, fazer brincadeiras e continuar sendo cristão? – perguntou Phil.

– Ah, os homens, sim. Mas eu estava falando de ministros, minha querida – disse tia Jamesina, repreendendo. – E você não deveria flertar com o Sr. Blake, você realmente não deveria.

– Não estou flertando com ele – protestou Phil, tímida.

Ninguém acreditava nela, exceto Anne. As outras pensaram que ela estava se divertindo, como sempre, e disseram-lhe abertamente que ela estava se comportando muito mal.

– O Sr. Blake não é do tipo Alec e Alonzo, Phil – disse Stella com seriedade. – Ele leva as coisas a sério. Você pode partir o coração dele.

– Você realmente acha que eu poderia fazer isso? – perguntou Phil. – Eu adoraria pensar assim.

– Philippa Gordon! Eu nunca pensei que você fosse totalmente insensível. A ideia de você dizer que adoraria partir o coração de um homem!

– Eu não disse isso, querida. Entenda o que digo. Eu disse que gostaria de pensar que eu seria capaz de fazer isso. Eu gostaria de saber que tenho o poder de fazer isso.

– Eu não a entendo, Phil. Você está incentivando esse homem deliberadamente, e você sabe que não quer dizer nada com isso.

– Quero fazer com que ele me peça em casamento, se eu puder – disse Phil calmamente.

– Eu desisto de você – disse Stella desesperadamente.

Gilbert vinha ocasionalmente nas noites de sexta-feira. Parecia sempre de bom humor e se sustentava nos gracejos e críticas que fazia sem parar. Ele não procurou nem evitou Anne. Quando as circunstâncias os colocaram em contato, ele conversou com ela de maneira agradável e cortês, como com qualquer conhecido recente. A velha amizade se foi por completo. Anne sentiu profundamente, mas disse a si mesma que estava muito feliz e agradecida por Gilbert ter superado tão completamente sua decepção com relação a ela. Ela de fato teve medo, naquela noite de abril no pomar, de tê-lo machucado terrivelmente e de que a ferida demorasse muito a cicatrizar. Agora ela viu que não precisava se preocupar. Homens morriam, e os vermes os comiam, mas não morriam de amor. Gilbert evidentemente não corria risco de dissolução imediata. Ele estava gostando da vida e estava cheio de ambição e entusiasmo. Para ele, não havia como desperdiçar desespero por uma mulher ser justa e fria. Enquanto ouvia a incessante brincadeira que acontecia entre ele e Phil, Anne se perguntava se ela apenas havia imaginado aquele olhar nos olhos dele quando dissera que nunca poderia amá-lo.

Não faltavam aqueles que de bom grado teriam entrado no lugar vago de Gilbert. Mas Anne os desprezava sem medo e sem censura. Se o verdadeiro príncipe encantado nunca viesse, não teria substituto. Assim ela disse severamente a si mesma naquele dia cinzento e ventoso no parque.

De repente, a chuva da profecia da tia Jamesina veio com um zunido e um alarde. Anne levantou o guarda-chuva e correu ladeira abaixo. Quando ela chegou à estrada do porto, uma rajada forte de vento ocorreu. Instantaneamente, seu guarda-chuva virou do lado errado. Anne agarrou-o desesperada. E, então, ouviu uma voz perto dela.

– Desculpe-me, posso lhe oferecer o abrigo do meu guarda-chuva?

Anne olhou para a frente. Alto, bonito e de aparência distinta: olhos escuros, melancólicos e inescrutáveis; voz tocante, musical e compreensiva. Sim, o próprio herói de seus sonhos estava diante dela em carne e osso. Ele não teria como ser mais parecido com o ideal dela se tivesse sido mandado.

– Obrigada – disse ela de modo confuso.

– É melhor nos apressarmos nesse pequeno pavilhão – sugeriu o desconhecido. – Podemos esperar lá até que esta chuva passe. Não deve chover por muito tempo.

As palavras eram muito comuns, mas ah, o tom! E o sorriso que as acompanhou! Anne sentiu seu coração bater estranhamente.

Juntos, eles correram para o pavilhão e sentaram-se sem fôlego sob o telhado protetor. Anne riu erguendo o guarda-chuva estragado.

— É quando meu guarda-chuva se vira do avesso que me convenço da depravação total de coisas inanimadas — disse ela alegremente.

As gotas de chuva reluziram em seus cabelos brilhantes. Os cachos soltos se enrolavam em volta do pescoço e na testa. Suas bochechas estavam vermelhas; os olhos, grandes e brilhantes. Seu companheiro olhou para ela com admiração. Ela sentiu-se corar sob o olhar dele. Quem ele poderia ser? Ora, havia um pouco de branco e escarlate de Redmond preso na lapela do casaco. No entanto, ela pensou que conhecia, pelo menos de vista, todos os estudantes de Redmond, exceto os novos. E aquele jovem cortesão certamente não era calouro.

— Imagino que sejamos colegas de faculdade — disse ele, sorrindo para Anne. — Isso deve ser apresentação suficiente. Meu nome é Royal Gardner. E você é a Srta. Shirley que leu o jornal *Tennyson* na Philomathic noite dessas, não é?

— Sim, mas não reconheço você — disse Anne, francamente. — Por favor, de onde você é?

— Sinto como se ainda não fosse de lugar algum. Vivi meu ano de calouro e o segundo ano em Redmond, há dois anos. Estou na Europa desde então. Agora voltei para terminar meu curso de artes.

— Este também é o meu terceiro ano — disse Anne.

— Portanto, somos colegas de classe e colegas de faculdade. Estou tentando entender a perda dos anos que os gafanhotos comeram — disse o rapaz, com um mundo de significado naqueles olhos maravilhosos.

A chuva caiu constantemente durante quase uma hora. Mas o tempo parecia realmente muito curto. Quando as nuvens se abriram, uma rajada de sol pálido de novembro caiu sobre o porto e os pinheiros pelos quais Anne e seu companheiro passaram para voltar para casa juntos. Quando chegaram ao portão de Casa da Patty, ele pediu permissão para entrar e recebeu. Anne entrou com as bochechas coradas e o coração batendo na ponta dos dedos. Rusty, que subiu em seu colo e tentou beijá-la, recebeu uma recepção muito distraída. Anne, com a alma cheia de emoções românticas, naquele momento não tinha atenção de sobra para um gato de orelhas caídas.

Naquela noite, um pacote foi deixado na Casa da Patty para a Srta. Shirley. Era uma caixa contendo uma dúzia de rosas magníficas. Phil atacou impertinentemente o cartão que caiu dela e leu o nome e a citação poética escrita no verso.

– Royal Gardner! – ela exclamou. – Anne, eu não sabia que você conhecia Roy Gardner!

– Eu o conheci no parque hoje à tarde na chuva – explicou Anne apressadamente. – Meu guarda-chuva virou do avesso e ele foi em meu socorro com o dele.

– Oh! – Phil olhou curiosamente para Anne. – E esse incidente extremamente comum é razão para ele enviar rosas de cabos longos às dúzias, com uma rima muito sentimental? Ou motivo para você corar rosa avermelhada quando viu o cartão dele? Anne, seu rosto a trai.

– Não fale bobagem, Phil. Você conhece o Sr. Gardner?

– Conheci as duas irmãs e conheço ele. O mesmo vale para todo mundo em Kingsport. Os Gardners estão entre os mais ricos e nobres de Bluenoses. Roy é adoravelmente bonito e inteligente. Dois anos atrás, sua mãe ficou doente e ele teve que deixar a faculdade e ir para o exterior com ela, seu pai faleceu. Ele deve ter ficado muito desapontado por ter que desistir do curso, mas dizem que ele foi perfeitamente gentil com relação a isso. *Fee-fi-fo-fum*,

Anne. Isso cheira a romance. Quase a invejo, mas não completamente. Afinal, Roy Gardner não é Jonas.

– Sua tola! – disse Anne orgulhosamente. Mas ela ficou muito acordada naquela noite nem desejou dormir. Suas fantasias despertas eram mais atraentes do que qualquer visão da terra dos sonhos. Finalmente o verdadeiro príncipe chegara? Recordando aqueles gloriosos olhos escuros que olhavam tão profundamente nos seus, Anne se sentia muito inclinada a pensar que sim.

CAPÍTULO 26

ENTRA CHRISTINE

As meninas de Casa da Patty estavam se vestindo para a recepção que os alunos do terceiro ano davam aos alunos do quarto ano em fevereiro. Anne se examinou no espelho da sala azul com satisfação feminina. Ela usava um vestido particularmente bonito. Originalmente, era apenas um pedacinho simples de seda creme com um vestido de chiffon. Mas Phil insistira em levá-lo para casa com ela nas férias de Natal e bordar minúsculos botões de rosa por todo o tecido. Os dedos de Phil eram hábeis, e o resultado foi um vestido que despertava a inveja de toda garota de Redmond. Até Allie Boone, cujos vestidos vieram de Paris, costumava olhar com olhos ansiosos para a mistura de botões de rosa enquanto Anne subia a escada principal da universidade.

Anne estava testando o efeito de uma orquídea branca em seus cabelos ruivos – Roy Gardner havia enviado suas orquídeas brancas para a recepção, e ela sabia que nenhuma outra garota de Redmond as teria naquela noite – quando Phil entrou com um olhar de admiração.

– Anne, esta é certamente a sua noite para ser linda. Nove em cada dez noites, eu posso ofuscar você facilmente. Na décima, você floresce repentinamente em algo que me ofusca por completo. Como você administra isso?

– É o vestido, querida. Belas penas.

– Não é. Na última noite em que você estava linda, usava sua velha camisa de flanela azul que a Sra. Lynde fez para você. Se Roy já não tivesse perdido a cabeça e o coração com você, certamente o faria nesta noite. Mas não gosto de ver as orquídeas em você, Anne. Não, não é inveja. As orquídeas não parecem combinar com você. Elas são muito exóticas, tropicais demais, insolentes demais. Não as coloque no cabelo, de qualquer maneira.

– Bem, não vou fazer isso. Admito que não gosto de orquídeas. Não acho que elas combinem comigo. Roy nem sempre as envia – ele sabe que gosto de flores com as quais possa viver. Orquídeas são apenas coisas que podemos visitar.

– Jonas me enviou alguns lindos botões de rosa para a noite, mas ele não virá. Ele disse que tinha que liderar uma reunião de oração nas favelas! Não acho que ele quisesse vir. Anne, receio que Jonas não se importe comigo. E estou tentando decidir se vou me afastar e morrer ou se posso conseguir meu bacharelado e ser sensata e útil.

– Você não pode ser sensata e útil, Phil, então é melhor você se afastar e morrer – disse Anne com crueldade.

– Anne sem coração!

– Phil, sua tola! Você sabe muito bem que Jonas a ama.

– Mas ele não me *diz* isso. E eu não posso fazer com que ele me ame. Ele *parece* me amar, eu admito. Mas falar apenas comigo com seus olhos não é uma razão realmente confiável para bordar guardanapos e toalhas de mesa cheias de bainhas. Não quero começar esse trabalho enquanto não estiver noiva de fato. Seria brincar com o destino.

– O Sr. Blake tem medo de pedir que você se case com ele, Phil. Ele é pobre e não pode oferecer uma casa como você sempre teve. Você sabe que é a única razão pela qual ele já não pediu há muito tempo.

– Suponho que sim – concordou Phil com tristeza. – Bem – animando-se –, se ele não me pedir em casamento, eu pedirei, e pronto! Então, está certo. Não vou me preocupar. A propósito, Gilbert Blythe está constantemente com Christine Stuart. Você sabia?

Anne estava tentando prender uma pequena corrente de ouro ao redor do pescoço. De repente, ela achou o fecho difícil de controlar. *Qual* era o problema com ele ou com seus dedos?

– Não – ela disse distraidamente. – Quem é Christine Stuart?

– A irmã de Ronald Stuart. Ela está em Kingsport neste inverno estudando música. Eu não a vi, mas eles dizem que ela é muito bonita e que Gilbert é louco por ela. Quão zangada fiquei quando você recusou Gilbert, Anne. Mas Roy Gardner estava predeterminado para você. Eu posso ver isso agora. Você estava certa, afinal.

Anne não corou como costumava fazer quando as meninas supunham que seu eventual casamento com Roy Gardner era algo certo. De repente, ela se sentiu um pouco aborrecida. A conversa de Phil parecia trivial, e a recepção, um tédio. Ela acariciou as orelhas do pobre Rusty.

– Saia dessa almofada agora, seu gato danado! Por que você não fica onde deve ficar?

Anne pegou suas orquídeas e desceu as escadas, onde tia Jamesina estava diante de uma fileira de casacos pendurados diante do fogo para esquentar. Roy Gardner estava esperando por Anne e brincando com a gata Sarah enquanto isso. A gata Sarah não gostava dele. Ela sempre dava as costas para ele. Mas todo mundo na Casa da Patty gostava muito dele. Tia Jamesina, empolgada por sua cortesia infalível e respeitosa e seus tons suplicantes de sua voz encantadora, declarara que ele era o jovem mais legal que ela já tinha conhecido e que Anne era uma garota muito afortunada. Tais comentários deixaram Anne inquieta. A corte de Roy certamente tinha sido tão romântica quanto o coração de uma garota poderia desejar, mas ela desejava que tia Jamesina e as meninas não aceitassem as coisas como garantidas. Quando Roy murmurou um elogio poético enquanto a ajudava com o casaco, ela não corou nem se emocionou como de costume. Ele a achou bastante silenciosa em sua breve caminhada até Redmond. Pensou que ela parecia um pouco pálida quando saiu do vestiário, mas, quando eles entraram na sala de recepção, sua cor e seu brilho subitamente voltaram. Ela se virou para Roy com sua expressão mais alegre. Ele sorriu de volta para ela com o que Phil chamava de "seu sorriso profundo, sombrio e aveludado". No entanto, ela não viu Roy de fato. Ela estava profundamente consciente de que Gilbert estava parado sob as palmeiras do outro lado da sala conversando com uma garota que devia ser Christine Stuart.

Ela era muito bonita, no estilo imponente destinado a se tornar bastante maciço na meia-idade. Uma garota alta, com grandes olhos azuis-escuros, contornos de marfim e cabelo liso escuro e brilhoso.

"Ela é exatamente como eu sempre quis ser", pensou Anne com tristeza. "Tez de folhas de rosas, olhos azuis brilhantes, cabelos negros, sim, ela tem tudo. É uma maravilha que o nome dela não seja Cordelia Fitzgerald! Mas eu não acredito que a figura dela seja tão boa quanto a minha, e o nariz com certeza não é."

Anne sentiu-se um pouco confortada com essa conclusão.

CAPÍTULO 27

CONFIDÊNCIAS MÚTUAS

Março chegou naquele inverno como o mais manso e suave dos cordeiros, trazendo dias que eram frescos, dourados e animados, cada um seguido de um crepúsculo gelado e rosa que gradualmente se perdia ao fraco luar.

Sobre as meninas na Casa da Patty estava caindo a sombra dos exames de abril. Elas estavam estudando muito, até Phil havia decidido usar textos e livros com uma obstinação que não era comum a ela.

– Vou ganhar a bolsa Johnson de matemática – ela anunciou calmamente. – Eu poderia conseguia uma de grego facilmente, mas prefiro a de matemática, porque quero provar a Jonas que sou realmente muito inteligente.

– Jonas gosta mais de você por seus grandes olhos castanhos e seu sorriso torto do que por toda a inteligência que você carrega embaixo desses cachos – disse Anne.

– Quando eu era menina, não era considerado coisa de dama saber matemática – disse tia Jamesina. – Mas os tempos mudaram. Não sei se tudo é para melhor. Você sabe cozinhar, Phil?

– Não, eu nunca cozinhei nada na minha vida, exceto um pão de gengibre e foi um fracasso – embatumado no meio e estufado nas bordas. Você sabe como é. Mas, tia, quando eu começar a aprender a cozinhar, você não acha que a capacidade intelectual que me permite ganhar uma bolsa de matemática também me permitirá aprender a cozinhar?

– Talvez – disse tia Jamesina cautelosamente. – Não estou desacreditando o ensino superior das mulheres. Minha filha é mestranda. Ela também sabe cozinhar. Mas eu a ensinei a cozinhar *antes* de deixar um professor universitário lhe ensinar matemática.

Em meados de março, chegou uma carta da Senhorita Patty Spofford, dizendo que ela e Maria haviam decidido permanecer no exterior por mais um ano.

"Então vocês podem continuar na Casa da Patty no próximo inverno", escreveu ela. "Maria e eu vamos explorar o Egito. Eu quero ver a Esfinge uma vez antes de morrer."

– Imagine aquelas duas senhoras "explorando o Egito"! Eu me pergunto se elas vão olhar para a Esfinge e tricotar – disse Priscilla rindo.

– Estou tão feliz que podemos ficar na Casa da Patty por mais um ano – disse Stella. – Eu tinha medo de que elas voltassem. E então nosso pequeno e alegre ninho aqui seria desfeito, e nós, pobres coitadinhas, jogadas fora no mundo cruel das pensões novamente.

– Estou indo passear no parque – anunciou Phil, deixando o livro de lado. – Eu acho que quando tiver 80 anos, ficarei feliz por ter saído para passear hoje à noite no parque.

– Como assim? – perguntou Anne.

– Venha comigo e vou te explicar, querida.

Eles capturaram em seu passeio todos os mistérios e mágicas de uma noite de março. Estava muito calma e suave, envolta em um grande e branco silêncio, um silêncio que ainda estava entremeado por muitos pequenos sons prateados possíveis de se ouvir se escutássemos com a alma e também com os ouvidos.

As meninas vagavam por um longo corredor de pinheiros que parecia levar direto ao coração de um pôr do sol transbordante de inverno vermelho-escuro.

– Eu voltaria para casa e escreveria um poema neste minuto abençoado se soubesse como – declarou Phil, fazendo uma pausa em um espaço aberto, onde uma luz rosada manchava as pontas verdes dos pinheiros. – É tudo tão maravilhoso aqui, nesse imenso silêncio branco e aquelas árvores escuras que sempre parecem estar pensando.

– "Os bosques foram os primeiros templos de Deus" – citou Anne delicadamente. – Não se pode deixar de se sentir reverente e adorar um lugar assim. Sempre me sinto muito perto d'Ele quando ando entre os pinheiros.

– Anne, eu sou a garota mais feliz do mundo – confessou Phil de repente.

– Então, o Sr. Blake pediu você em casamento, afinal? – perguntou Anne com calma.

– Sim. E espirrei três vezes enquanto ele fazia o pedido. Não foi horrível? Mas eu disse "sim" quase antes de ele terminar. Eu estava com medo de que ele pudesse mudar de ideia e parar. Estou incrivelmente feliz, realmente não acreditava que Jonas gostasse de mim, tão frívola.

– Phil, você não é frívola – disse Anne com seriedade. – No fundo, sob seu exterior frívolo, você tem uma alma pequena, leal e feminina. Por que você a esconde tanto?

– Não consigo evitar, rainha Anne. Você tem razão, não sou frívola de coração. Mas há uma espécie de pele frívola sobre minha alma e não posso tirar isso. Como diz a Sra. Poyser, eu teria que nascer de novo e nascer diferente para poder mudar isso, mas Jonas conhece o meu verdadeiro eu e me ama, com frivolidade e tudo. E eu o amo. Nunca fiquei tão surpresa em minha vida como quando descobri que o amava. Eu nunca pensei que fosse possível me apaixonar por um homem feio. Eu nunca me imaginei com um único e solitário namorado. E um chamado Jonas! Mas eu quero chamá-lo de Jo. Esse é um nome bonito. Eu não poderia apelidar Alonzo.

– E Alec e Alonzo?

– Oh, eu disse a eles no Natal que nunca poderia me casar com nenhum deles. Parece tão engraçado agora lembrar que eu já pensei que seria possível. Eles se sentiram tão mal que eu chorei por ambos... aos berros. Mas eu sabia que havia apenas um homem no mundo com quem eu poderia me casar. Eu decidi de cara e foi muito fácil também. É muito prazeroso ter tanta certeza, estar segura e saber que a pessoa escolhida é a certa, e mais ninguém.

– Você acha que conseguirá continuar assim?

– Decidida, você quer dizer? Eu não sei, mas Jo me ensinou uma regra esplêndida. Ele diz, quando estou perplexa, apenas para fazer o que eu gostaria de ter feito quando, aos 80 anos, pensasse no passado. De qualquer forma, Jo pode se decidir rápido, e seria desconfortável morar na mesma casa se nós dois fôssemos decididos.

– O que seu pai e sua mãe dirão?

– Meu pai não fala muito. Ele acha que tudo o que faço é certo. Mas a minha mãe fala. Ah, a língua dela é tão dos Byrneys quanto o nariz. Mas, no fim, vai dar tudo certo.

– Você terá que desistir de muitas coisas que sempre teve quando se casar com o Sr. Blake, Phil.

– Mas eu *vou* tê-lo. Não sentirei falta das outras coisas. Vamos nos casar daqui a um ano a partir de junho. Jo se forma em St. Columbia nesta primavera, você sabe. Então ele vai tomar uma pequena igreja missionária na rua Patterson, nas favelas. Imagine-me nas favelas! Mas eu iria para lá ou para as montanhas geladas da Groenlândia com ele.

– E esta é a garota que *nunca* se casaria com um homem que não fosse rico – comentou Anne como se conversasse com um jovem pinheiro.

– Oh, não confunda as loucuras da minha juventude comigo. Serei tão feliz pobre quanto seria rica. Você verá. Vou aprender a cozinhar e fazer vestidos. Já aprendi a fazer compras desde que vim morar na Casa da Patty e já lecionei na escola dominical por um verão inteiro. Tia Jamesina diz que vou arruinar a carreira de Jo se me casar com ele, mas não vou. Não tenho muito senso ou sobriedade, mas tenho o que há de melhor: o jeito de fazer as pessoas gostarem de mim. Há um homem em Bolingbroke que cerceia e sempre testemunha nas reuniões de oração. Ele diz: "*Si* você não consegue brilhar como uma *istrela*, brilhe como um candelabro". Serei o candelabro de Jo.

— Phil, você é incorrigível. Bem, eu a amo tanto que não posso fazer pequenos discursos agradáveis, leves e de felicitações. Mas estou feliz com sua felicidade.

— Eu sei. Esses seus grandes olhos cinzentos estão transbordando de verdadeira amizade, Anne. Um dia eu vou olhar da mesma maneira para você. Você vai se casar com Roy, não é, Anne?

— Minha querida Philippa, você já ouviu falar da famosa Betty Baxter, que recusou um homem antes que ele a escolhesse? Eu não vou imitar aquela dama famosa recusando ou aceitando qualquer um antes que ele me "escolha".

— Todos em Redmond sabem que Roy é louco por você — disse Phil com sinceridade. — E você o ama, não é, Anne?

— Eu... creio que sim — disse Anne com relutância. Ela sentiu que deveria estar corando enquanto fazia essa confissão, mas não estava. Por outro lado, ela sempre corava calorosamente quando alguém dizia alguma coisa sobre Gilbert Blythe ou Christine Stuart em sua presença. Gilbert Blythe e Christine Stuart não eram nada para ela, absolutamente nada. Mas Anne desistiu de tentar analisar o motivo de seus rubores. Quanto a Roy, é claro que ela estava apaixonada por ele — loucamente. Como poderia evitar? Ele não era o ideal dela? Quem resistiria àqueles gloriosos olhos escuros e àquela voz envolvente? Metade das moças de Redmond não morria de inveja? E que soneto encantador ele lhe enviou, com uma caixa de violetas, no aniversário dela! Anne lembrava todas as palavras de cor. Também era muito bom esse tipo de coisa. Não exatamente um Keats ou Shakespeare. Nem mesmo Anne não estava tão apaixonada a ponto de pensar isso. Mas era verso de revista muito aceitável. E foi endereçado a *ela,* não a Laura, Beatrice ou à dama de Atenas, mas a ela, Anne Shirley. Ser informada em cadências rítmicas que seus olhos eram estrelas da manhã, que sua face tinha o rubor que roubava o nascer do sol e que seus lábios eram mais vermelhos que as rosas do Paraíso era emocionantemente romântico. Gilbert nunca teria sonhado em escrever um soneto sobre suas sobrancelhas. Mas Gilbert entendia piadas. Uma vez, ela havia contado a Roy uma história engraçada – e ele não tinha entendido o motivo. Lembrou-se da gargalhada que ela e Gilbert deram da mesma história, e se perguntou com desconforto se a vida com um homem que não tinha senso de humor poderia não ser algo desinteressante a longo prazo. Mas quem poderia esperar que um herói melancólico e inescrutável visse o lado humorístico das coisas? Seria claramente irracional.

CAPÍTULO 28

UMA NOITE DE JUNHO

— Fico tentando imaginar como seria viver em um mundo onde sempre fosse junho – disse Anne, enquanto voltava do pomar florescido e subia os degraus da porta da frente, onde Marilla e a Sra. Rachel estavam sentadas, conversando sobre o velório da Sra. Samson Coates, ao qual elas tinham comparecido naquele dia. Dora sentou-se entre elas, estudando diligentemente suas lições, mas Davy estava sentado quietinho na grama, parecendo tão quieto e deprimido até onde sua única covinha permitia.

— Você se cansaria disso – disse Marilla com um suspiro.

— Ouso dizer, mas agora sinto que demoraria muito tempo para me cansar se tudo fosse tão encantador quanto hoje. Tudo em junho é bom. Davyzinho, por que essa cara de melancolia de novembro nessa época bonita?

— Estou cansado de viver – disse o jovem pessimista.

— Aos 10 anos? Querido, que triste!

— Não estou de verdade, só de brincadeira – disse Davy com dignidade. – Eu estou des-desa-desanimado – expressando a palavra grande com um valente esforço.

— Por que e como? – perguntou Anne, sentando-se ao lado dele.

— Porque a nova professora que veio substituir o Senhor Holmes, que ficou doente, deu-me 10 somas para entregar na segunda-feira. Levarei o dia todo para fazê-las. Não é justo ter que estudar aos sábados. Milty Boulter disse que não faria isso, mas Marilla diz que preciso fazer. Não gosto da Srta. Carson nem um pouco.

– Não fale assim sobre sua professora, Davy Keith – disse a Senhora Rachel severamente. – A Sra. Carson é uma moça muito boa. Não há bobagem com ela.

– Isso não parece muito atraente – riu Anne. – Gosto que as pessoas tenham um pouco de bobagem nelas. Mas estou inclinada a ter uma opinião melhor da Srta. Carson do que você. Eu a vi em uma reunião de oração ontem à noite e ela tem um par de olhos que não parece sensato. Agora, Davyzinho, tenha paciência. "Amanhã é outro dia" e eu vou ajudá-lo com as somas tanto quanto puder. Não desperdice essa hora adorável do dia preocupando-se com a aritmética.

– Bem, não vou – disse Davy, animando-se. – Se você me ajudar com as somas, eu as terei feito a tempo de pescar com Milty. Eu gostaria que o velório da tia Atossa fosse amanhã em vez de hoje. Eu queria ir para lá, porque Milty falou que a mãe dele garantiu que a tia Atossa certamente entraria em seu caixão e diria coisas sarcásticas para as pessoas que fossem acompanhar o enterro dela. Mas Marilla disse que não.

– A pobre Atossa estava em seu caixão em paz – disse a Sra. Lynde solenemente. – Eu nunca a vi parecer tão tranquila antes, isso sim. Bem, não houve muitas lágrimas derramadas sobre ela, pobre e velha alma. Os Elishas Wrights são gratos por se livrarem dela, e não posso dizer que os culpo por isso.

– Parece-me uma coisa horrível ir embora do mundo e não deixar uma pessoa para trás que lamente sua partida – disse Anne, estremecendo.

– Ninguém, exceto os pais, jamais amou a pobre Atossa, isso é certo, nem mesmo o marido – afirmou Lynde. – Ela era sua quarta esposa. Ele meio que tinha o hábito de se casar. Ele viveu apenas alguns anos depois que se casou com ela. O médico disse que ele morreu de dispepsia, mas eu sempre afirmo que ele morreu devido à língua afiada de Atossa, isso sim. Pobre alma, ela sempre sabia tudo sobre os vizinhos, mas nunca se conheceu muito bem. Bem, ela se foi de qualquer maneira e suponho que a próxima emoção será o casamento de Diana.

– Parece engraçado e horrível pensar em Diana se casando – suspirou Anne, abraçando os joelhos e olhando através da brecha na Floresta Assombrada para a luz que brilhava no quarto de Diana.

– Não vejo o que é horrível se ela está indo tão bem – disse a Sra. Lynde enfaticamente. – Fred Wright tem uma bela fazenda e ele é um jovem modelo.

– Ele certamente não é o jovem selvagem, corajoso e perverso com quem Diana queria se casar – sorriu Anne. – Fred é extremamente bom.

– É exatamente o que ele deveria ser. Você gostaria que Diana se casasse com um homem mau? Ou você gostaria de se casar com um homem mau?

– Oh, não. Eu não gostaria de me casar com alguém que fosse malvado, mas acho que gostaria que ele pudesse ser malvado e não ser. Agora, Fred é bom, não tem jeito.

– Um dia você terá mais juízo, espero – disse Marilla.

Marilla falou com amargura. Ela ficou profundamente decepcionada. Ela sabia que Anne havia recusado Gilbert Blythe. As fofocas de Avonlea davam conta do fato, havia vazado e ninguém sabia como. Talvez Charlie Sloane tenha adivinhado e dito suas suposições, acertando. Talvez Diana tivesse contado para Fred, e Fred tivesse sido indiscreto. Em todo o caso, era sabido. A Sra. Blythe não perguntou mais a Anne, em público ou em privado, se ela tinha notícias de Gilbert, mas passava por ela com um frio desvio. Anne, que sempre gostou da mãe alegre e jovem de Gilbert, estava secretamente chateada por causa disso. Marilla não disse nada, mas a Sra. Lynde deu muitas explicações exasperadas a Anne, até que novas fofocas chegaram a essa dama digna, por meio da mãe de Moody Spurgeon MacPherson, dizendo que Anne tinha outro "namorado" na faculdade, que era rico, bonito e bom, tudo em um. Depois disso, a Sra. Rachel segurou a língua, embora ainda desejasse profundamente que Anne tivesse aceitado Gilbert. Riquezas eram algo bom, mas mesmo a Sra. Rachel, por mais prática que fosse sua alma, não as considerava essenciais. Se Anne "gostava" do Desconhecido Bonito mais do que de Gilbert, não havia mais nada a dizer, mas a Sra. Rachel tinha um medo terrível de que Anne cometesse o erro de se casar por dinheiro. Marilla conhecia Anne muito bem para temer isso, mas ela sentiu que algo no esquema universal das coisas tinha dado errado.

– O que deve ser, será – disse a Sra. Rachel, séria –, e o que não deve ser, acontece às vezes. Não posso deixar de acreditar que isso vai acontecer no caso de Anne, se a Providência não interferir, isso sim. – A Sra. Rachel suspirou. Ela estava com medo de que a Providência não interferisse e não ousou dizer.

Anne havia caminhado até a Bolha da Dríade e estava enroscada entre as samambaias na raiz da grande bétula branca onde ela e Gilbert tinham tantas vezes sentado nos verões passados. Ele entrou na redação do jornal novamente quando a faculdade terminou, e Avonlea parecia muito monótona sem ele. Ele nunca escreveu para ela, e Anne sentiu a falta das cartas que nunca chegaram. Por garantia, Roy escrevia duas vezes por semana; suas cartas eram composições requintadas que teriam ficado lindas em um livro de memórias ou biografia. Anne sentia-se mais profundamente apaixonada por ele do que nunca quando as lia, mas o coração dela nunca deu o pulo estranho, rápido e doloroso ao ver as cartas dele, como num dia em que a Sra. Hiram Sloane entregou a ela um envelope endereçado com a caligrafia preta e vertical de Gilbert. Anne correu para casa e a abriu ansiosamente, encontrando uma cópia datilografada de algum relatório da sociedade universitária. Só isso e nada mais. Frustrada, Anne jogou o inocente folheto no chão e sentou-se para escrever uma carta especialmente carinhosa para Roy.

Diana se casaria dentro de cinco dias. A casa cinzenta de Orchard Slope estava em meio a um turbilhão de assados, fermentação, fervura e ensopado, pois haveria um casamento grande e antigo. Anne, é claro, seria dama de honra, como havia sido combinado aos 12 anos de idade, e Gilbert vinha de Kingsport para ser padrinho. Anne estava gostando da emoção dos vários preparativos, mas por baixo disso tudo ela carregava um pouco de dor no coração. Ela estava, de certo modo, perdendo sua querida amiga. A nova casa de Diana ficava a três quilômetros de Green Gables, e a antiga amizade constante nunca mais poderia ser igual. Anne ergueu os olhos para a luz de Diana e pensou em como ela a iluminara por muitos anos, mas logo não brilharia mais através das luzes crepusculares do verão. Duas grandes e dolorosas lágrimas brotaram em seus olhos cinzentos.

– Oh – ela pensou – é horrível que as pessoas tenham que crescer e se casar... e *mudar*!

CAPÍTULO 29

O CASAMENTO DE DIANA

– Afinal, as únicas rosas de verdade são as rosas cor-de-rosa – disse Anne, enquanto amarrava a fita branca ao redor do buquê de Diana no quarto a oeste, em Orchard Slope. – São as flores do amor e da fé.

Diana estava nervosa no meio da sala, vestida de branco nupcial, seus cachos pretos cobertos com o fino véu de noiva. Anne havia disposto esse véu de acordo com o pacto sentimental de anos antes.

– É tudo como eu imaginava há muito tempo, quando chorei por seu casamento inevitável e nossa consequente separação – ela riu. – Você é a noiva dos meus sonhos, Diana, com o "adorável véu enevoado", e eu sou *sua* dama de honra. Mas, infelizmente, não tenho mangas bufantes – embora essas de renda curta sejam ainda mais bonitas. Meu coração também não está se quebrando completamente nem odeio o Fred, exatamente.

– Nós não estamos nos separando de verdade, Anne – protestou Diana. – Eu não vou longe. Vamos nos amar tanto quanto sempre. Sempre mantivemos esse "juramento" de amizade que fizemos há muito tempo, não é?

– Sim. Mantivemos fielmente. Tivemos uma bela amizade, Diana. Nunca a estragamos por uma briga, frieza ou palavra cruel e espero que seja sempre assim. Mas as coisas não podem ser assim depois disso. Você terá outros interesses. Ficarei do lado de fora. Mas "é a vida", como diz a Sra. Rachel. A Sra. Rachel deu a você uma de suas amadas mantas de tricô com listras cor de tabaco, e ela diz que quando eu me casar, ela também me dará uma.

– O ruim de você se casar é que eu não serei sua dama de honra – lamentou Diana.

– Eu serei a dama de honra de Phil em junho próximo, quando ela se casar com o Sr. Blake, e então devo parar, pois você conhece o provérbio "três vezes uma dama de honra, nunca uma noiva" – disse Anne, espiando pela janela por cima da estrutura rosa e branca do pomar em flor lá embaixo. – Aí vem o ministro, Diana.

– Oh, Anne – disse Diana, ofegante, subitamente ficando muito pálida e começando a tremer. – Oh, Anne, estou tão nervosa, não posso continuar com isso, Anne, eu sei que vou desmaiar.

– Se você fizer isso, vou arrastá-la até a água da chuva encharcada e deixá-la caída – disse Anne, antipática. – Anime-se, querida. Casar-se não pode ser tão terrível se tantas pessoas sobrevivem à cerimônia. Veja como eu estou calma e tenha coragem.

– Espere até a sua vez, Srta. Anne. Oh, Anne, eu ouço o pai subindo. Me dê meu buquê. Meu véu está certo? Estou muito pálida?

– Você está adorável. Di, querida, me dê um beijo de despedida pela última vez. Diana Barry nunca mais vai me beijar.

– Diana Wright vai, no entanto. Pronto, a mãe está chamando. Venha.

Seguindo a moda simples e antiquada, Anne foi até a sala de braço dado com Gilbert. Eles se encontraram no topo da escada pela primeira vez desde que deixaram Kingsport, pois Gilbert havia chegado apenas naquele dia. Gilbert apertou sua mão com cortesia. Ele estava muito bem, como Anne notou instantaneamente, um pouco magro. Ele não estava pálido, havia um rubor na bochecha que queimara quando Anne surgiu pelo corredor em sua direção, em seu vestido branco e macio com lírios do vale nas mechas brilhantes de seus cabelos. Quando eles entraram na sala lotada, um pequeno murmúrio de admiração percorreu a sala.

– Que par bonito eles formam – sussurrou a impressionável Sra. Rachel para Marilla.

Fred entrou sozinho, com um rosto muito vermelho, e Diana entrou de braço dado com seu pai. Ela não desmaiou e nada de ruim ocorreu para interromper a cerimônia. Festa e comemorações vieram; então, quando a noite avançou, Fred e Diana foram embora pela luz da lua para a sua nova casa, e Gilbert caminhou com Anne para Green Gables.

Algo da antiga amizade havia retornado durante a alegria informal da noite. Oh, era bom estar andando por aquela estrada conhecida com Gilbert novamente!

A noite estava tão quieta que se podia ouvir o sussurro de rosas em flor, o riso das margaridas, o toque das ervas, muitos sons doces, todos entrelaçados. A beleza do luar em campos familiares irradiava o mundo.

– Não podemos dar uma volta pela Travessa dos Amantes antes de você entrar? – perguntou Gilbert enquanto atravessavam a ponte sobre o lago das Águas Brilhantes, onde a lua jazia como uma grande flor de ouro afogada.

Anne consentiu prontamente. A Travessa dos Amantes era como um caminho em uma terra de fadas naquela noite – um lugar cintilante e misterioso, cheio de magia no encanto do tecido branco do luar. Houve um tempo em que uma caminhada com Gilbert pela Travessa dos Amantes seria perigosa demais. Mas Roy e Christine haviam tornado tudo muito seguro agora. Anne se viu pensando bastante em Christine enquanto conversava tranquilamente com Gilbert. Ela a vira várias vezes antes de deixar Kingsport e fora encantadora e gentil com ela. Christine também tinha sido encantadoramente doce. De fato, elas eram muito cordiais. Mas, apesar de tudo isso, a cordialidade não havia amadurecido em uma amizade. Evidentemente, Christine e ela não tinham grandes afinidades.

– Você vai ficar em Avonlea o verão inteiro? – perguntou Gilbert.

– Não. Vou para o leste até Valley Road na próxima semana. Esther Haythorne quer que eu lecione para ela até julho e agosto. Eles têm um período de verão naquela escola, e Esther não está se sentindo bem. Então, vou substituí-la. Você sabe, eu estou começando a me sentir meio como uma estranha em Avonlea agora. Desculpe-me, mas é verdade. É bastante assustador ver o número de crianças que cresceram e se tornaram meninos e meninas grandes, homens e mulheres jovens, nos últimos dois anos. Metade das minhas pupilas é adulta. Isso me faz sentir muito velha ao vê-las nos lugares que você e eu e nossos amigos costumávamos ocupar.

Anne riu e suspirou. Ela se sentia muito velha, madura e sábia – o que mostrava como ela era jovem. Disse a si mesma que ansiava muito voltar àqueles queridos dias felizes nos quais a vida era vista através de uma névoa rosada de esperança e ilusão, e tinha algo indefinível que se estendia para sempre. Onde estava agora a glória e o sonho?

– "Então abale o mundo", disse Gilbert rapidamente e um pouco distraído. Anne se perguntou se ele estava pensando em Christine. Ah, seria tão solitário em Avonlea agora – sem Diana!

CAPÍTULO 30

ROMANCE DA SENHORA SKINNER

Anne desceu do trem na estação de Valley Road e olhou para ver se alguém tinha vindo encontrá-la. Ela deveria encontrar com uma certa Srta. Janet Sweet, mas não viu ninguém que correspondesse à imagem que ela fazia daquela dama, como informada na carta de Esther. A única pessoa à vista era uma mulher idosa, sentada em uma carroça com malas empilhadas ao seu redor. Duzentos teria sido um palpite bondoso sobre seu peso. O rosto dela era redondo e vermelho como uma lua cheia e quase tão inexpressivo. Ela usava um vestido apertado, preto e de caxemira, feito à moda de dez anos atrás, um chapeuzinho preto empoeirado enfeitado com laços de fita amarela e luvas de renda pretas desbotadas.

– Ei, você – ela chamou, acenando com o chicote para Anne. – A senhorita é a nova professora de Valley Road?

– Sim.

– Bem, logo imaginei. Valley Road é conhecida por suas professoras bonitas, assim como Millersville é conhecida pelas feias. Janet Sweet me perguntou hoje de manhã se eu poderia levar a senhorita. Eu disse: "Posso fazer isso, se ela não se importar com as sacudidelas!". Esta minha carruagem é pequena para as malas de correio, e eu sou mais pesada que Thomas! Apenas espere, senhorita, até que eu mude um pouco essas malas e a acomode de alguma maneira. São apenas três quilômetros até a casa de

Janet. O garoto contratado de sua vizinha buscará seu baú hoje à noite. Meu nome é Skinner, Amelia Skinner.

Anne foi finalmente colocada na carruagem trocando sorrisos divertidos durante o processo.

– Vamos, égua negra – ordenou a Sra. Skinner, pegando as rédeas nas mãos gorduchas. – Esta é minha primeira viagem ao correio. Thomas queria comer nabos hoje, por isso me pediu para ir. Então, eu parei e tomei um lanche de pé e comecei. Eu até que gostei. É claro que é um pouco chato, porque na metade do tempo eu me sento e penso, e na outra, só fico sentada sem pensar. Vamos, égua negra. Quero chegar em casa logo. Thomas se sente sozinho quando estou fora. Veja bem, nós não nos casamos há muito.

– Oh! – disse Anne educadamente.

– Apenas há um mês, apesar de Thomas ter me cortejado por um longo período no entanto. Foi realmente romântico. – Anne tentou imaginar a Sra. Skinner falando sobre romance e não conseguiu.

– Oh? – ela repetiu.

– Sim. Havia outro homem atrás de mim, viu? Vamos, égua negra. Eu era uma viúva há tanto tempo que as pessoas desistiram de esperar que eu me casasse novamente. Mas quando minha filha, que é professora como você, saiu para lecionar, eu me senti bem sozinha e achei melhor não continuar. Thomas começou a surgir, e o outro companheiro também. William Obadiah Seaman, o nome dele era esse. Por um longo tempo, eu não consegui decidi qual deles escolher, e eles vinham e iam, e eu fiquei preocupada. Veja, WO era rico, tinha uma boa casa e um estilo considerável. Ele era de longe o melhor partido. Vamos, égua negra.

– Por que você não se casou com ele? – perguntou Anne.

– Bem, veja bem, ele não me amava – respondeu a Sra. Skinner, solenemente.

Anne arregalou e olhou para a Sra. Skinner. Mas não havia um brilho de humor no rosto daquela dama. Evidentemente, a Sra. Skinner não viu nada divertido em seu próprio caso.

– Ele era um homem viúvo há três anos, e sua irmã cuidava dele. Então ela se casou e ele só queria que alguém cuidasse de sua casa. Valia a pena cuidar também, lembre-se disso. É uma casa bonita. Vamos, égua negra. Quanto a Thomas, ele era pobre e, se sua casa não vazasse em tempo seco, era tudo o que poderia ser dito sobre isso, embora parecesse meio retratado. Veja, eu amei Thomas e não dava a mínima para o WO. Então discuti comigo mesma. "Sarah Crowe!", eu disse, meu primeiro marido era Crowe, "você pode se casar com seu homem rico, se quiser, mas você não será feliz. As pessoas não podem se dar bem neste mundo sem um pouco de amor. É melhor você se amarrar a Thomas, pois ele *a* ama, e você o ama, nada mais e pronto". Vamos, égua negra! Então, eu disse sim a Thomas. Todo o tempo em que eu estava me preparando, nunca ousei passar pela casa de WO por medo de que a bela casa dele me colocasse no caminho de novo. Eu nunca penso nisso, e estou tão confortável e feliz com Thomas. Vamos, égua negra!

– Como William Obadiah ficou? – perguntou Anne.

– Ah, ele ficou um pouco irritado. Mas ele tem saído com uma senhora em Millersville agora, e acho que ela o pegará logo, logo. Ela será para ele uma esposa melhor do que a primeira. WO nunca quis se casar. Ele apenas pediu que ela se casasse com ele, porque seu pai queria que ele se casasse, mas ele pediu sonhando que ela diria "não". Mas acredite: ela disse "sim". Havia uma situação difícil. Vamos, égua negra. Ela era uma ótima governanta, mas muito má. Ela usou o mesmo chapéu por dezoito anos. Depois, ganhou um novo, e WO a viu na estrada e não a reconheceu. Vamos, égua negra. Sinto que escapei de uma boa, pois teria sido infeliz se tivesse me casado com ele, como minha pobre prima, Jane Ann. Jane Ann se casou com um homem rico a quem ela não amava e agora vive em um inferno. Ela veio me ver na semana passada e disse: "Sarah Skinner, eu a invejo. Preferiria morar em uma cabana à beira da estrada com um homem de quem gosto do que na minha casa grande, com o homem que eu tenho.". O homem de Jane Ann não é tão ruim assim, embora seja tão do contra que vista seu casaco de pele quando o termômetro chega aos 32°C. A única maneira de convencê-lo a fazer qualquer coisa é convencê-lo a fazer o contrário. Não tem um amor para acalmar as coisas e é um modo de vida ruim. Corra, égua negra. Ali está a casa de Janet no vale. Ela chama o lugar de Wayside. Pitoresco, não é? Acredito que a senhora fique feliz longe daqui, com todas essas coisas amarradas ao seu redor.

– Sim, mas gostei muito do meu passeio com a senhora – disse Anne sinceramente.

– Ah, o que disse agora! – disse a Sra. Skinner, muito lisonjeada. – Espere até eu contar isso a Thomas. Ele sempre se sente feliz quando recebo um elogio. Vamos, égua negra. Bem, aqui estamos nós. Espero que a senhorita se dê bem na escola. Há um atalho atrás da casa de Janet. Se seguir esse caminho, fique atenta. Se pisar na lama negra, pode ficar presa e ninguém nunca mais vai ver a senhorita até o dia do juízo final, como foi com a vaca do Adam Palmer. Vamos, égua negra!

CAPÍTULO 31

DE ANNE PARA PHILIPPA

"De Anne Shirley para Philippa Gordon, Saudações!

Bem, querida, já é hora de eu escrever para você. Aqui estou eu, instalada mais uma vez como 'professora' do interior em Valley Road, hospedando-me em 'Wayside', a casa da Srta. Janet Sweet. Janet é uma alma querida e muito bonita. Alta, mas não excessivamente alta. Robusta, mas com um certo contorno sugestivo de alguém econômico que não é extravagante nem mesmo com o peso extra. Os cabelos são castanhos, macios e com fios grisalhos; rosto iluminado, com bochechas rosadas; e olhos grandes, gentis e azuis como miosótis. Além disso, é uma daquelas cozinheiras alegres e antiquadas que não se importam nem um pouco se vão arruinar sua digestão, desde que possam lhe dar banquetes de coisas gordas.

Eu gosto dela, e ela gosta de mim, principalmente, ao que parece, porque ela tinha uma irmã chamada Anne que morreu jovem.

'Estou muito feliz em vê-la', disse ela rapidamente, quando pisei em seu quintal. 'Meu Deus, você não é nada do que eu esperava. Tinha certeza de que era morena... minha irmã Anne era morena. E você tem cabelo vermelho!'

Por alguns minutos, pensei que não gostaria de Janet tanto quanto esperava gostar à primeira vista.

Então me lembrei de que realmente devia ser mais sensata e não ter preconceito contra alguém só porque esse alguém dissera que meu cabelo era vermelho. Provavelmente as palavras 'castanho-avermelhado' não faziam parte do vocabulário de Janet.

Wayside é uma espécie de localzinho querido. A casa é pequena e branca, situada em um pequeno e encantador vale no fim de uma estrada. Entre a estrada e a casa, há um pomar e um jardim de flores, todos misturados. A porta da frente é cercada por conchas de mariscos – 'pata de vaca', como Janet os chama. Há musgo em cima do telhado e uma trepadeira de folhagem avermelhada acima do pórtico. Meu quarto é um cantinho arrumado longe da sala, grande o suficiente para caber uma cama e eu. À cabeceira da minha cama tem uma foto de Robby Burns à frente do túmulo de Maria, sombreado por um enorme salgueiro-chorão. O rosto de Robby é tão lúgubre que não admira que eu tenha pesadelos. Ora, na primeira noite em que estive aqui, sonhei que não podia rir.

A sala é pequena e arrumada. Sua janela é tão sombreada por um enorme salgueiro que a sala tem um efeito de gruta de um brilho esmeralda. Há arrumações maravilhosas nas cadeiras, tapetes coloridos no chão, livros e cartões arrumados cuidadosamente sobre uma mesa redonda e vasos de plantas secas sobre a lareira. Entre os vasos, há uma decoração alegre de placas de caixão preservadas – cinco no total – pertencentes respectivamente ao pai e à mãe de Janet, um irmão, sua irmã Anne e um homem contratado que morreu aqui uma vez! Se de repente eu ficar louca qualquer dia desses, 'a todos informo por meio desta' que essas placas foram as culpadas.

Mas é tudo incrível e eu expressei isso. Janet me adorou por isso, assim como ela detestou a pobre Esther, porque Esther havia dito que tanta sombra era anti-higiênica e se opôs a dormir em uma cama de penas. Agora, eu adoro camas de penas, e quanto mais anti-higiênica e cheia de penas, melhor.

Janet diz que é um consolo me ver comer, pois ela tinha tanto medo que eu seria como a Srta. Haythorne, que não come nada além de frutas e água quente no café da manhã e tentou fazer com que Janet desistisse de fritar coisas. Esther é realmente uma garota querida, mas dada a modismos. O problema é que ela não tem imaginação suficiente e tem uma tendência à indigestão.

Janet me disse que eu poderia usar a sala quando algum jovem me visitar! Acho que não há muitos pelos quais ser visitada. Ainda não vi um jovem em Valley Road, exceto o garoto contratado da vizinha... Samuel Toliver, um jovem muito alto, magro e de cabelos compridos, veio recentemente uma noite e ficou sentado por uma hora na cerca do jardim, perto da varanda onde Janet e eu estávamos fazendo trabalhos de fantasia. Durante todo esse tempo, os únicos comentários dele foram: 'Qué bala di hortelã, senhora? É muito boa pra curá catarro, por causa da hortelã' e 'Olha o mato daqui, minha nossa!'.

Mas tem um caso de amor aqui. Parece ser meu destino unir, mais ou menos ativamente, com pessoas mais velhas. O Sr. e a Sra. Irving sempre dizem que eu possibilitei o casamento deles. Sra. Stephen Clark, da Carmody, persiste em ser muito grata a mim por uma sugestão que alguém provavelmente teria feito se não tivesse sido eu.
Eu realmente acho que Ludovic Speed nunca teria chegado mais longe do que o namoro plácido se eu não tivesse ajudado ele e Theodora Dix a saírem.

No presente caso, sou apenas uma espectadora passiva. Tentei uma vez ajudar as coisas e fiz uma bagunça horrível. Portanto, não vou me intrometer novamente. Vou contar tudo a você quando nos encontrarmos."

CAPÍTULO 32

CHÁ COM A SENHORA DOUGLAS

Na primeira noite de quinta-feira da estada de Anne em Valley Road, Janet pediu que ela fosse à reunião de oração. Janet se abriu como uma rosa para participar daquela reunião de oração. Ela usava um vestido de musselina azul-pálido e coberto de amores-perfeitos com mais babados do que se poderia imaginar que Janet pudesse incluir, além de um chapéu branco de palha trançada com rosas e três penas de avestruz. Anne ficou muito impressionada. Mais tarde, ela descobriu o motivo de Janet se arrumar de maneira tão arrogante – um motivo tão antigo quanto o Éden.

As reuniões de oração da Valley Road pareciam ser essencialmente femininas. Havia trinta e duas mulheres presentes, dois meninos crescidos e um homem solitário, ao lado do ministro. Anne se viu observando esse homem. Ele não era bonito, jovem ou gracioso; tinha pernas notavelmente longas – tanto tempo que ele precisava mantê-las enroladas embaixo da cadeira para tirá-las do caminho – e mantinha os ombros caídos. Suas mãos eram grandes, seus cabelos precisavam ser cortados e seu bigode era desleixado. Mas Anne achou que gostava do rosto dele. Era gentil, honesto e terno. Também havia algo mais – exatamente o que Anne achou difícil de definir. Ela finalmente concluiu que esse homem havia sofrido e sido forte, e isso se manifestou em seu rosto. Havia uma espécie de resistência paciente e bem-humorada em sua expressão que indicava que ele iria para a estaca, se necessário, mas continuaria parecendo agradável até que realmente tivesse que começar a se contorcer.

Quando a reunião de oração terminou, esse homem aproximou-se de Janet e disse:

– Posso acompanhá-la até sua casa, Janet?

Janet pegou o braço dele "tão timidamente como se ela não tivesse mais de 16 anos, sendo levada para casa pela primeira vez", disse Anne às garotas em Casa da Patty, mais tarde.

– Srta. Shirley, permita-me apresentar o Sr. Douglas – disse ela rigidamente.

O Sr. Douglas assentiu e disse:

– Eu estava olhando para você em uma reunião de oração e pensando que a senhorita é muito bonitinha.

Tal discurso de 99 pessoas em cada 100 teria irritado Anne amargamente, mas a maneira como o Sr. Douglas disse aquilo fez com que ela sentisse que havia recebido um elogio muito real e agradável. Ela sorriu agradecendo a ele e seguiu pela estrada enluarada.

Então Janet tinha um namorado! Anne ficou encantada. Janet seria um modelo de esposa – alegre, econômica, tolerante e muito boa cozinheira. Seria um desperdício flagrante da parte da natureza fazer dela uma velha empregada permanentemente.

– John Douglas me pediu para levá-la até a mãe dele – disse Janet no dia seguinte. – Ela fica na cama a maior parte do tempo e nunca sai de casa. Mas ela gosta muito de companhia e sempre quer ver meus inquilinos. Você pode ir hoje à noite?

Anne concordou, porém, mais tarde, Douglas apareceu em nome de sua mãe para convidá-los para o chá no sábado à tarde.

– Oh, por que você não vestiu seu lindo vestido? – perguntou Anne, quando elas saíram de casa. Era um dia quente, e a pobre Janet, entre sua excitação e seu pesado vestido preto de caxemira, parecia estar sendo grelhada viva.

– A velha Sra. Douglas acha terrível, frívolo e inadequado, eu acho. John gosta desse vestido, no entanto – ela acrescentou melancolicamente.

A velha fazenda de Douglas ficava a 800 metros de Wayside, no topo de uma colina ventosa. A casa em si era grande e confortável, com idade suficiente para ser digna e cercada de bosques e pomares. Havia grandes celeiros por trás e tudo indicava prosperidade. Independentemente do que indicasse a paciência no rosto do Sr. Douglas, não significava, refletiu Anne, dívidas e cobranças.

John Douglas as encontrou na porta e as levou para a sala de estar, onde sua mãe estava acomodada em uma poltrona.

Anne esperava que a Sra. Douglas fosse alta e magra, porque o Sr. Douglas o era. Em vez disso, era uma mulher pequena, com bochechas rosadas e suaves, olhos azuis suaves e boca como a de um bebê. Usando um lindo vestido de seda preto da moda, com um xale branco macio sobre os ombros e cabelos grisalhos encimados por um gorro de renda delicado, ela poderia ser confundida com uma boneca da avó.

– Como vai, Janet, querida? – ela disse docemente. – Estou tão feliz em vê-la novamente, querida. – Ela inclinou o rosto bonito para ser beijada. – E esta é a nossa nova professora. É um prazer conhecê-la. Meu filho tem cantado seus louvores até me deixar com ciúmes, e tenho certeza que Janet deve se sentir assim.

A pobre Janet corou. Anne disse algo educado e convencional e então todos se sentaram e conversaram. Foi um trabalho duro, mesmo para Anne, porque ninguém parecia à vontade, exceto a velha Sra. Douglas, que certamente não teve dificuldade em falar. Ela fez Janet sentar ao lado dela e acariciava sua mão ocasionalmente. Janet sentou-se e sorriu, parecendo terrivelmente desconfortável com seu vestido horrível, e John Douglas sentou-se sem sorrir.

À mesa do chá, a Sra. Douglas pediu graciosamente a Janet para servir o chá. Janet ficou mais vermelha do que nunca, mas conseguiu. Anne fez uma descrição dessa refeição para Stella.

"Tivemos língua e frango frios, conservas de morango, torta de limão e tortinhas, além de bolo de chocolate, biscoitos de passas, pão-de-ló e bolo de frutas – e algumas outras coisas, incluindo mais torta – torta de caramelo, acho que era. Depois de comer o dobro do que *eu deveria*, a Sra. Douglas suspirou e disse que sentia por não ter nada para agradar ao meu paladar."

– Receio que a comida da querida Janet tenha estragado seu paladar, impedindo-o de gostar de qualquer outra – disse ela docemente. – É claro que ninguém na Valley Road aspira a rivalizar com *ela*. Não quer outra fatia de torta, Srta. Shirley? Não comeu *nada*.

"Stella, eu tinha comido uma porção de língua e uma de frango, três biscoitos, uma generosa porção de conservas, um pedaço de torta, uma tortinha e um quadrado de bolo de chocolate!"

Depois do chá, a Sra. Douglas sorriu com benevolência e disse a John para levar a "querida Janet" para o jardim e pegar algumas rosas para ela.

– A senhorita Shirley vai me fazer companhia enquanto você estiver fora, não vai? – ela disse queixosa. Ela se sentou na poltrona com um suspiro.

– Sou uma mulher idosa muito frágil, Srta. Shirley. Há mais de vinte anos que sofro muito. Por vinte longos e cansados anos, venho morrendo aos poucos.

– Que doloroso! – disse Anne, tentando ser compreensiva e conseguindo apenas se sentir idiota.

– Houve dezenas de noites em que eles pensaram que eu não estaria viva quando o dia nascesse – continuou a Sra. Douglas solenemente. – Ninguém sabe o que eu passei. Ninguém pode saber além de mim mesma. Bem, isso não pode durar muito mais agora. Minha cansada peregrinação logo terminará, Srta. Shirley.

É um grande consolo para mim que John tenha uma esposa tão boa para cuidar dele quando sua mãe se for, um grande conforto, Srta. Shirley.

– Janet é uma mulher adorável – disse Anne calorosamente.

– Adorável! Uma bela pessoa – concordou a Sra. Douglas. – E uma governanta perfeita, algo que eu nunca fui. Minha saúde não permitiria, Srta. Shirley. Estou realmente agradecida por John ter feito uma escolha tão sábia. Espero e acredito que ele será feliz. Ele é meu único filho, Srta. Shirley, e sua felicidade me é muito importante.

– Claro – disse Anne estupidamente. Pela primeira vez em sua vida, ela era estúpida. No entanto, não conseguia imaginar o porquê. Ela parecia não ter absolutamente nada a dizer para aquela doce, sorridente e angelical senhora que estava dando tapinhas em suas mãos com tanta gentileza.

– Venha me ver em breve novamente, querida Janet – disse a Sra. Douglas com carinho, quando elas foram embora. – Você não vem com frequência suficiente. Mas então suponho que John a trará aqui para ficar o tempo todo um dia desses. – Anne, olhando para John Douglas, enquanto sua mãe falava, começou a parecer consternada. Ele parecia um homem torturado, recebendo dos carrascos a última rodada de agressões. Ela tinha certeza de que ele devia estar doente e apressou-se a sair com Janet.

– A velha Sra. Douglas não é uma mulher doce? – perguntou Janet, enquanto desciam a estrada.

– Mmm – respondeu Anne distraidamente. Ela estava tentando entender por que John Douglas havia adotado aquela expressão.

– Ela tem sofrido muito – disse Janet, emocionada. – Sofre de crises terríveis. Deixa John todo preocupado. Ele está com medo de sair de casa por medo de que sua mãe sofra uma crise e não haja ninguém ali além da empregada para socorrer.

CAPÍTULO 33

"ELE SEMPRE VINHA"

Três dias depois, Anne chegou da escola e encontrou Janet chorando. Lágrimas e Janet pareciam tão incongruentes que Anne ficou sinceramente alarmada.

– Oh, qual é o problema? – ela perguntou ansiosamente.

– Estou fazendo... 40 anos hoje – soluçou Janet.

– Bem, você estava quase lá ontem e não doía – confortou Anne, tentando não sorrir.

– Mas... mas – continuou Janet arfando – John Douglas não me pede em casamento.

– Oh, mas ele vai fazer – disse Anne sem força. – Você deve dar tempo a ele, Janet.

– Tempo! – Janet disse com desprezo indescritível. – Ele teve 20 anos. Quanto tempo ele quer?

– Você quer dizer que John Douglas vem vê-la há vinte anos?

– Ele vem. E ele nunca mencionou casamento comigo. E eu não acredito que ele fará isso agora. Eu nunca disse uma palavra a um mortal sobre isso, mas preciso falar ou sinto que posso enlouquecer. John Douglas começou a me visitar há vinte anos, antes da minha mãe morrer. Ele continuou indo e vindo e, depois de uma crise, eu comecei a fazer mantas e outras coisas, mas ele nunca disse algo sobre se casar, apenas continuou indo e vindo. Não havia nada que eu pudesse fazer. Mamãe morreu quando estávamos juntos há oito anos. Eu pensei que ele talvez falasse naquela época, visto que eu fiquei sozinha. Ele era muito gentil e sensível, e fez tudo o que pôde por mim, mas nunca falou de casamento. E é assim que vem acontecendo desde então. As pessoas me culpam por isso. Dizem que não vou me casar com ele, porque sua mãe está muito doente e eu não quero cuidar dela. Puxa, eu adoraria cuidar da mãe de John! Mas eu deixo que eles pensem assim, prefiro que me culpem a terem pena de mim! É tão terrível e humilhante o fato de John não falar de casamento. E por que ele não faz isso? Acho que se soubesse o motivo, não me importaria tanto.

– Talvez a mãe dele não queira que ele se case com ninguém – sugeriu Anne.

– Oh, ela quer. Ela me disse várias vezes que adoraria ver John encaminhado antes de sua hora chegar. Ela está sempre dando indiretas para ele. Você mesma a ouviu outro dia. Eu pensei que o chão me engoliria.

– Não consigo entender – disse Anne, impotente. Ela pensou em Ludovic Speed. Mas os casos não foram iguais. John Douglas não era um homem como Ludovic.

– Você deve ser mais incisiva, Janet – ela continuou de modo resoluto. – Por que você não mandou ele se decidir há muito tempo?

– Eu não pude – disse a pobre Janet pateticamente. – Veja bem, Anne, eu sempre gostei muito de John. Ele poderia continuar vindo ou não, pois nunca houve mais ninguém que eu quisesse, então não importava.

– Mas poderia ter feito ele falar como um homem – insistiu Anne.

Janet sacudiu a cabeça.

– Não, acho que não. Eu estava com medo de tentar, de qualquer maneira, com medo de que ele achasse que eu falava sério e fosse embora. Suponho que sou uma criatura de espírito pobre, mas é assim que me sinto. E eu não consigo.

— Ah, você conseguiria, Janet. Ainda não é tarde demais. Tome uma posição firme. Mostre para esse homem que você não vai suportar mais a demora. Eu vou apoiá-la.

— Eu não sei — disse Janet desesperada. — Eu não sei se eu conseguiria coragem suficiente. As coisas fugiram do controle há tanto tempo. Mas eu vou pensar sobre isso.

Anne sentiu que estava decepcionada com John Douglas. Ela gostava tanto dele e não o considerava o tipo de homem que brincaria com os sentimentos de uma mulher por vinte anos. Ele certamente deveria aprender uma lição, e Anne sentiu que ela gostaria de acompanhar o processo. Por isso, ficou encantada quando Janet disse a ela, quando foram se reunir em oração na noite seguinte, que ela pretendia mostrar "decisão".

— Vou mostrar a John Douglas que não aceitarei mais ser pisada.

— Você está perfeitamente certa — disse Anne enfaticamente.

Quando a reunião de oração terminou, John Douglas apresentou seu pedido de sempre. Janet parecia assustada, mas resoluta.

— Não, obrigada — ela disse friamente. — Conheço o caminho de casa muito bem sozinha. Deveria, visto que o tenho percorrido há 40 anos. Então você não precisa se preocupar, Sr. Douglas.

Anne estava olhando para John Douglas e, naquele brilhante luar, ela viu a situação mudar. Sem uma palavra, ele se virou e caminhou pela rua.

— Para, para! — Anne o chamou loucamente, indo atrás dele, sem se importar nem um pouco com os outros espectadores estupefatos. — Sr. Douglas, pare! Volte.

John Douglas parou, mas não voltou. Anne atravessou a rua, pegou o braço dele e o arrastou de volta para Janet.

— Você deve voltar — disse ela, implorando. — É tudo um engano, Sr. Douglas. Tudo minha culpa. Eu fiz Janet fazer isso. Ela não queria, mas está tudo bem agora, não é Janet?

Sem uma palavra, Janet pegou o braço dele e se afastou. Anne os seguiu mansamente até em casa e entrou pela porta dos fundos.

– Bem, você é uma boa pessoa para me apoiar – disse Janet sarcasticamente.

– Eu não pude evitar, Janet – disse Anne, arrependida. – Eu apenas senti que tinha feito a coisa errada. Eu *tive* que correr atrás dele.

– Ah, estou tão feliz que você fez isso. Quando vi John Douglas saindo por esse caminho, senti como se cada pedacinho de alegria e felicidade que restasse em minha vida estivesse indo com ele. Foi um sentimento terrível.

– Ele perguntou por que você fez isso? – perguntou Anne.

– Não, ele não disse uma palavra sobre aquilo – respondeu Janet, sem expressão.

CAPÍTULO 34

JOHN DOUGLAS FINALMENTE FALA

Anne tinha uma leve esperança de que algo pudesse acontecer depois de tudo. Mas nada aconteceu. John Douglas veio e acompanhou Janet que já andava, e voltou com ela da reunião de oração, como fazia há vinte anos e como parecia que faria por outros vinte.

O verão estava passando. Anne lecionou, escreveu cartas e estudou um pouco. Seus passeios indo e voltando da escola eram agradáveis. Ela sempre passava pelo pântano; era um lugar encantador: um solo pantanoso, verde com o mais verde das colinas cobertas de musgo; um riacho prateado serpenteava através dele; além de pinheiros altos e seus galhos com musgo verde-acinzentado, com raízes cobertas de todo tipo de beleza das florestas.

No entanto, Anne achou a vida em Valley Road um pouco monótona. Como esperava, houve um incidente de desvio.

Ela não via o Samuel esganiçado, com cabelos desgrenhados, desde a noite de sua visita, exceto por encontros casuais na estrada. Mas, em uma noite quente de agosto, ele apareceu e sentou-se solenemente no banco rústico ao lado da varanda. Ele usava suas roupas habituais de trabalho, uma calça toda remendada, uma camisa jeans azul desgastada nos cotovelos e um chapéu de palha esfarrapado. Ele estava mastigando um canudo e continuou mastigando enquanto olhava solenemente para Anne.

Anne deixou o livro de lado com um suspiro e pegou a toalha. A conversa com Sam estava realmente fora de questão.

Depois de um longo silêncio, Sam falou de repente.

– Tô saindo para lá – disse ele abruptamente, acenando com a palha na direção da casa vizinha.

– Ah, é? – disse Anne educadamente.

– É.

– E para onde você está indo agora?

– Bão, tô pensando em arranjá um lugar para mim. Tem um que me convém em Millersville. Mas, se eu alugá, vou querê uma mulher.

– Acho que sim – disse Anne vagamente. – Sim.

Houve outro longo silêncio. Finalmente, Sam retirou o canudo novamente e disse:

– Você vai me ajudá?

– Em quê? – Anne ofegou.

– Você vai me ajudá?

– Você quer dizer *me casar* com você? – perguntou a pobre Anne sem forças.

– Sim.

– Bem, mal conheço você – exclamou Anne, indignada.

– Mas você se familiarizaria comigo depois que nos casásse – disse Sam.

Anne reuniu sua pobre dignidade.

– Certamente não vou me casar com você – disse ela, arrogante.

– Bão, você pode se dá mal – disse Sam. – Sou um bom trabalhador e tenho um dinheiro no banco.

– Não fale disso comigo novamente. O que colocou essa ideia em sua cabeça? – disse Anne com seu senso de humor maior do que sua ira. Era uma situação tão absurda.

– Você me parece o tipo de garota que aceitaria e tem um jeito isperto de se portar – disse Sam. – Não quero mulhé preguiçosa.

Pense bem. Não vou mudá de ideia por um tempo. Bom, preciso ir e tirá leite das vacas.

As ilusões de Anne com relação aos pedidos de casamento haviam sofrido tanto nos últimos anos que restavam poucas. Então ela conseguia rir daquilo tudo, sem sentir uma pontada. Ela imitou o pobre Sam para Janet naquela noite, e as duas riram sem controle do modo com que ele abordava seus sentimentos.

Uma tarde, quando a estada de Anne na Valley Road estava chegando ao fim, Alec Ward chegou de charrete, com pressa, chamando Janet.

– Estão chamando você na casa de Douglas rapidamente – disse ele. – Eu acho que a velha Sra. Douglas vai finalmente morrer depois de fingir fazer isso por vinte anos.

Janet correu para pegar seu chapéu. Anne perguntou se a Sra. Douglas estava pior do que o normal.

– Ela não está nem um pouco ruim – disse Alec solenemente –, e é isso o que me faz pensar que é sério. Outras vezes, ela gritava e se jogava de um lado a outro. Desta vez, ela está quieta e imóvel. Quando a Sra. Douglas está imóvel, ela está muito doente, pode apostar.

– Você não gosta da velha Sra. Douglas? – perguntou Anne, curiosa.

– Eu gosto de gatos como os gatos. Não gosto de gatos como as mulheres – foi a resposta enigmática de Alec.

Janet voltou para casa na madrugada.

– A senhora Douglas está morta – disse ela, cansada. – Ela morreu logo depois que cheguei lá. Ela só falou comigo uma vez: "Acho que você vai se casar com John agora?". Isso me deixou comovida, Anne. Pensar que a mãe de John pensava que eu não me casaria com ele por causa dela! Eu também não soube dizer nada – havia outras mulheres lá. Fiquei feliz por John não estar ali.

Janet começou a chorar tristemente. Mas Anne preparou um chá quente de gengibre para o conforto dela. Na verdade, Anne descobriu mais tarde que usara pimenta branca em vez de gengibre, mas Janet não notou a diferença.

Na noite seguinte ao enterro, Janet e Anne estavam sentadas nos degraus da varanda de frente ao pôr do sol. O vento havia adormecido nas terras do pinheiro, e os relâmpagos brilhavam nos céus do norte. Janet usava seu feio vestido preto e parecia péssima, seus olhos e seu nariz vermelhos de tanto chorar. Elas conversaram pouco, pois Janet parecia se ressentir um pouco dos esforços de Anne para animá-la. Janet claramente preferia ser infeliz.

De repente, a trava do portão se abriu, e John Douglas entrou no jardim. Ele caminhou em direção a elas diretamente sobre o canteiro de gerânio. Janet se levantou. Anne também. Anne era uma garota alta e usava um vestido branco; mas John Douglas não a viu.

– Janet – disse ele –, quer se casar comigo?

As palavras explodiram como se estivessem querendo ser ditas por vinte anos e *tinham que* ser ditas agora, antes de qualquer outra coisa.

O rosto de Janet estava tão vermelho de tanto chorar que não podia ficar mais vermelho. Então ele ganhou um tom roxo muito incomum.

– Por que não fez esse pedido antes? – perguntou ela, lentamente.

– Não pude. Ela me fez prometer que não... a mãe me fez prometer que não pediria. Dezenove anos atrás, ela teve uma crise terrível. Achamos que ela não poderia sobreviver a isso. Ela me implorou para eu prometer não pedir você em casamento enquanto ela estivesse viva. Eu não queria prometer tal coisa, mesmo que todos pensássemos que ela não poderia viver por muito tempo – o médico só lhe deu seis meses –, mas ela implorou de joelhos, doente e sofrendo. Eu tive que prometer.

– O que sua mãe tinha contra mim? – Janet gritou.

– Nada... nada. Ela simplesmente não queria outra mulher, qualquer que fosse, por lá enquanto estivesse viva. Ela disse que se eu não prometesse, ela morreria ali, e eu a teria matado. Então eu prometi. E ela me cobrou essa promessa desde então, embora eu tenha me ajoelhado na frente dela para implorar que ela me deixasse voltar atrás na promessa.

– Por que você não me contou isso? – perguntou Janet, com a voz embargada. – Se eu soubesse! Por que você não me contou?

– Ela me fez prometer que não contaria a ninguém – disse John com voz rouca. – Ela me fez jurar sobre a Bíblia. Janet, eu nunca faria isso se tivesse sonhado que duraria tanto tempo. Janet, você nunca saberá o que sofri nesses dezenove anos. Eu sei que eu fiz você sofrer também, mas você quer se casar comigo, Janet? Ah, Janet, por favor? Eu vim assim que pude perguntar.

Nesse momento, Anne, estupefata, recuperou o juízo e percebeu que não deveria estar lá. Ela se afastou e só viu Janet na manhã seguinte, quando ouviu o resto da história.

– Aquela velha cruel, implacável e enganosa! – Anne gritou.

– Calma, ela está morta – disse Janet com seriedade. – Se ela não estivesse... mas está. Então, não devemos falar mal dela. Mas finalmente estou feliz, Anne. E não me importaria em esperar tanto tempo se soubesse o porquê.

– Quando vocês vão se casar?

– Mês que vem. É claro que vai ser muito discreto. Suponho que as pessoas falem mal. Dirão que eu corri para arrebatar John assim que sua pobre mãe saiu do caminho. John queria contar a verdade, mas eu disse: "Não, John; afinal, ela era sua mãe, e manteremos o segredo entre nós, e não lançaremos sombra em sua memória. Não me importo com o que as pessoas digam, agora que eu mesma sei a verdade. Não importa nem um pouco. Que tudo seja enterrado com os mortos", eu disse a ele. Então eu o convenci a concordar comigo.

– Você consegue perdoar muito mais do que eu poderia – disse Anne, contrariada.

– Você se sentirá diferente sobre muitas coisas quando chegar à minha idade – disse Janet com tolerância. – Essa é uma das coisas que aprendemos à medida que envelhecemos, como perdoar. É mais fácil aos 40 do que aos 20.

CAPÍTULO 35

COMEÇA O ÚLTIMO ANO EM REDMOND

– Aqui estamos nós, todos de volta, muito bronzeados e nos regozijando como um maratonista – disse Phil, sentando-se em uma mala com um suspiro de prazer. – Não é alegre ver essa velha e querida Casa da Patty de novo, e a tia, e os gatos? Rusty perdeu outro pedaço de orelha, não é?

– Rusty seria o gato mais bonito do mundo mesmo se ele não tivesse orelhas – declarou Anne lealmente do porta-malas, enquanto Rusty se contorcia em seu colo em um frenesi de boas-vindas.

– Você não está feliz em nos ver de volta, tia? – exigiu saber Phil.

– Sim. Mas eu gostaria que vocês arrumassem as coisas – disse tia Jamesina, melancolicamente, olhando para a bagunça de baús e malas pelas quais as quatro meninas risonhas e tagarelas estavam cercadas. – Vocês podem conversar mais tarde. "Primeiro a obrigação, depois a devoção" costumava ser o meu lema quando eu era menina.

– Oh, acabamos de reverter isso nesta geração, tia. Nosso lema é "Aproveitar e depois aproveitar mais". Você pode fazer seu trabalho muito melhor se tiver brincado primeiro.

– Se você vai se casar com um ministro – disse tia Jamesina, pegando Joseph e seu tricô, e resignando-se ao inevitável com a graça encantadora que a tornava a rainha das madrinhas –, você terá que desistir de expressões como "aproveitar".

– Por quê? – gemeu Phil. – Oh, por que a esposa de um ministro deve proferir apenas "ameixas secas e prismas"?[1] Eu não devo. Todo mundo na Patterson Street usa gírias – ou seja, linguagem metafórica – e, se eu não o fizesse, eles me considerariam insuportavelmente orgulhosa e chata.

– Você deu a notícia para sua família? – perguntou Priscilla, dando petiscos à Sarah, a gata.

Phil assentiu.

– Como reagiram?

– Oh, a mãe ficou enraivecida. Mas eu fiquei firme, até eu, Philippa Gordon, que nunca antes conseguia me apegar a nada. O pai estava mais calmo. O pai dele era ministro, então você vê que ele tem um fraquinho no coração pela batina. Eu levei Jo até Mount Holly depois que a mãe se acalmou, e os dois o adoraram, mas a mãe deu a ele algumas dicas assustadoras em todas as conversas sobre o que ela esperava para mim. Oh, o caminho das minhas férias não foi exatamente coberto com rosas, meninas queridas. Mas eu venci e tenho Jo. Nada mais importa.

– Para você – disse tia Jamesina sombriamente.

– Nem para Jo também – respondeu Phil. – Você continua com pena dele. Por quê? Eu queria saber. Eu acho que ele deve ser invejado. Ele tem inteligência, beleza e um coração de ouro.

– É bom sabermos como interpretar seus discursos – disse tia Jamesina pacientemente. – Espero que você não fale assim diante de estranhos. O que eles pensariam?

– Ah, não quero saber o que eles pensariam. Não quero me ver como os outros me veem. Tenho certeza de que seria terrivelmente desconfortável a maior parte do tempo. Não acredito que Burns tenha sido sincero naquela oração também.

---

1. Citação do livro A pequena Dorrit, de Charles Dickens, publicado em 1857. A frase era usada para indicar que as pessoas deviam falar com elegância e delicadeza.

– Oh, acho que todos rezamos por algumas coisas que realmente não queremos se formos honestos o suficiente para olhar em nossos corações – disse tia Jamesina com sinceridade. – Tenho a noção de que essas orações não aumentam muito. *Eu* costumava rezar para que pudesse perdoar uma certa pessoa, mas agora sei que realmente não queria perdoá-la. Quando finalmente entendi que eu poderia perdoá-la sem ter que rezar por isso.

– Não consigo imaginar você sendo implacável por muito tempo – disse Stella.

– Oh, eu costumava ser. Mas alimentar raiva não parece valer a pena quando você tem anos de amizade.

– Isso me lembra uma coisa – disse Anne, e ela contou a história de John e Janet.

– E agora conte-nos sobre a cena romântica que você sugeriu tão sombriamente em uma de suas cartas – pediu Phil.

Anne reencenou o pedido de Samuel com grande descontração. As garotas gritaram de rir e tia Jamesina sorriu.

– Não é de bom gosto zombar do seu pretendente – disse ela severamente. – Mas... – ela acrescentou com calma –, eu sempre fiz isso.

– Conte-nos sobre seus pretendentes, tia – implorou Phil. – Você deve ter tido muitos deles.

– Eles não estão no passado – respondeu tia Jamesina. – Eu ainda os tenho. Existem três viúvos velhos perto de casa que andam me olhando como cachorros caídos do caminhão de mudança há algum tempo. Vocês, filhas, não precisam pensar que possuem todo o romance do mundo.

– Os viúvos e cachorros caídos do caminhão de mudança não parecem algo muito romântico, tia.

– Bem, não, mas os jovens também nem sempre são românticos. Alguns dos meus homens certamente não eram. Eu ria deles escandalosamente, pobres meninos! Havia Jim Elwood – ele sempre estava sonhando acordado. Nunca parecia sentir o que estava acontecendo. Ele só se deu conta de que eu disse "não" um ano depois de dizer isso. Quando ele se casou, sua esposa caiu da carruagem na noite que eles estavam voltando da igreja, e ele nem se deu conta. E havia Dan Winston. Ele sabia demais. Ele sabia tudo neste mundo e quase tudo o que há no próximo. Ele poderia lhe dar uma resposta para qualquer pergunta, mesmo que você perguntasse quando seria o Dia do Julgamento Final. Milton Edwards era muito legal e eu gostava dele, mas não me casaria com ele. Por um lado, ele levava uma semana para fazer uma piada e, por outro, ele nunca me pediu em casamento. Horatio Reeve foi o namorado mais interessante que já tive, mas quando ele contava uma história, gostava de embelezá-la. Eu nunca sabia se ele estava mentindo ou apenas deixando sua imaginação se soltar...

– E os outros, tia?

– Vá embora e desfaça as malas – disse tia Jamesina, acenando para Joseph por engano com uma agulha. – Os outros eram legais demais para zombar. Eu respeitarei a memória deles. Há uma caixa de flores no seu quarto, Anne. Elas chegaram cerca de uma hora atrás.

Depois da primeira semana, as garotas de Casa da Patty se estabeleceram em uma rotina constante de estudos, pois aquele era o último ano em Redmond, e as honras da graduação devem ser disputadas com persistência. Anne se dedicou ao inglês, Priscilla debruçou-se sobre os clássicos, e Philippa mergulhou na matemática. Às vezes elas se cansavam, às vezes se sentiam desanimadas, às vezes nada parecia valer a pena.

Com esse humor, Stella caminhou até o quarto azul em uma noite chuvosa de novembro. Anne estava sentada no chão, em um pequeno círculo de luz lançado pela lâmpada ao lado dela, em meio a uma neve circundante de manuscrito amassado.

– O que diabos você está fazendo?

– Somente olhando alguns fios antigos do Clube de Histórias. Eu queria algo para me animar e inebriar. Estudei até o mundo parecer azul. Então eu vim aqui e tirei estes do meu porta-malas. Eles estão tão encharcados de lágrimas e tragédias que são terrivelmente engraçados.

– Estou triste e desanimada – disse Stella, jogando-se no sofá. – Nada parece valer a pena. Meus pensamentos são velhos. Já pensei em todos eles antes. Qual é a utilidade de viver afinal, Anne?

– Querida, é apenas a névoa mental que faz com que nos sintamos assim, e o clima. Uma noite chuvosa como essa, ocorrendo depois de um dia difícil, esmagaria qualquer um, menos um Mark Tapley. Você sabe que vale a pena viver.

– Oh, suponho que sim. Mas não posso provar isso para mim agora.

– Pense em todas as grandes e nobres almas que viveram e trabalharam no mundo – disse Anne sonhadora. – Não vale a pena ir atrás delas e herdar o que elas ganharam e ensinaram? Não vale a pena pensar que podemos compartilhar sua inspiração? E então, todas as grandes almas que virão no futuro? Não vale a pena? Trabalhar um pouco e preparar o caminho para ela? Facilitar apenas um passo no caminho?

– Oh, minha mente concorda com você, Anne. Mas minha alma permanece triste e sem inspiração. Estou sempre cansada e chata nas noites chuvosas.

– Algumas noites eu gosto da chuva, gosto de deitar na cama e ouvi-la batendo no telhado e caindo entre os pinheiros.

– Gosto quando a água fica no telhado – disse Stella. – Nem sempre isso acontece. Passei uma noite horrível em uma casa de campo antiga no verão passado. O teto vazou, e a chuva caiu na minha cama. Não havia poesia nisso. Tive que acordar à meia-noite e levantar para puxar a cama para longe do gotejamento – e era uma daquelas camas sólidas e antiquadas que pesam uma tonelada mais ou menos. Você não tem ideia do barulho estranho que uma grande gota de chuva caindo com um baque mole no chão vazio faz durante a noite. Parece passos fantasmagóricos e todo esse tipo de coisa. Do que você está rindo, Anne?

– Dessas histórias. Como Phil diria, elas são de matar – em mais de um sentido, pois todos morreram nelas. Que heroínas maravilhosamente encantadoras tínhamos – e como as vestimos! Sedas, cetim, veludo, joias, rendas... nunca usavam mais nada. Aqui está uma das histórias de Jane Andrews que descreve sua heroína dormindo com uma linda camisola de cetim branca enfeitada com pérolas.

– Vá em frente – disse Stella. – Começo a sentir que vale a pena viver desde que haja uma risada.

– Aqui está uma que eu escrevi. Minha heroína está se exibindo em um baile "brilhando da cabeça aos pés, com grandes diamantes da primeira água". Mas para que beleza bizarra ou trajes ricos? "Os caminhos da glória levam apenas à sepultura." Os personagens deviam ser assassinados ou morrer de coração partido. Não havia escapatória para eles.

– Deixe-me ler algumas de suas histórias.

– Bem, aqui está minha obra-prima. Observe seu título alegre, "Minhas covas". Eu chorei litros enquanto escrevia, e as outras garotas derramaram galões enquanto a liam. A mãe de Jane Andrews a repreendeu assustada, porque ela colocou muitos lenços para lavar naquela semana. É uma história angustiante das andanças da esposa de um ministro metodista. Eu a fiz metodista porque era necessário que ela perambulasse. Ela enterrou uma criança em todos os lugares em que viveu. Havia nove delas, e seus túmulos eram muito longe uns dos outros, variando de Terra Nova a Vancouver. Descrevi as crianças, retratei seus vários leitos de morte e detalhei suas lápides e epitáfios. Eu pretendia enterrar as nove, mas quando tinha oito, minha invenção de horrores cedeu e permiti que a nona vivesse como uma aleijada sem esperança.

Stella lia "Minhas covas", pontuando seus trágicos parágrafos com risadas. Rusty dormia o sono de um gato justo que ficou fora a noite toda, enrolado em um conto de Jane Andrews sobre uma bela donzela de 15 anos que foi cuidar de uma colônia de leprosos – é claro, morrendo finalmente da repugnante doença. Enquanto isso, Anne olhou para os outros manuscritos e relembrou os velhos tempos na escola de Avonlea, quando os membros do Clube de Histórias os escreveram, sentados sob os abetos ou entre as samambaias do riacho. Que diversão! Como o sol e a alegria daqueles verões antigos retornaram enquanto ela lia. Nem toda a glória que era a Grécia ou a grandeza que era Roma podiam tecer feitiçaria como aquelas histórias engraçadas e chorosas do Clube de Histórias. Entre os manuscritos, Anne encontrou um escrito em folhas de papel de embrulho. Uma onda de risada encheu seus olhos cinzentos ao recordar a hora e o local de sua gênese. Era o esboço que ela escrevera no dia em que caiu no telhado da casa dos patos Cobb, na estrada Tory.

Anne olhou por cima e depois começou a ler atentamente. Era um pequeno diálogo entre ásteres e ervilhas, canários selvagens no mato lilás e o espírito guardião do jardim. Depois de ler, sentou-se, olhando para o espaço; e quando Stella se foi, alisou o manuscrito amassado.

– Acredito que sim – disse ela resolutamente.

CAPÍTULO 36

A VISITA DAS GARDNERS

— Aqui está uma carta com um selo indiano para você, tia Jimsie – disse Phil. – Aqui estão três para Stella, e duas para Pris, e uma gloriosa e gorda para mim, de Jo. Não há nada para você, Anne, exceto uma circular.

Ninguém notou o rubor de Anne quando ela pegou a carta fina que Phil jogou para ela sem cuidado. Poucos minutos depois, Phil olhou para cima e viu uma Anne transfigurada.

— Querida, que coisa boa aconteceu?

— A *Amiga da Juventude* aceitou um pequeno rascunho que eu enviei a eles quinze dias atrás – disse Anne, tentando falar com força, como se estivesse acostumada a receber cartas de lugares aceitando seus esboços o tempo todo, mas sem sucesso.

— Anne Shirley! Que glorioso! O que foi? Quando será publicado? Eles pagaram por isso?

— Sim, eles enviaram um cheque de dez dólares, e o editor escreveu que gostaria de ver mais do meu trabalho. Minha nossa, ele vai ver! Foi um esboço antigo que encontrei na minha caixa. Reescrevi e o enviei, mas nunca pensei que pudesse ser aceito, porque não tinha enredo – disse Anne, lembrando a amarga experiência do "A expiação de Averil".

— O que você vai fazer com esses dez dólares, Anne? Vamos todos para a cidade para beber – sugeriu Phil.

– Eu vou desperdiçá-lo em uma diversão selvagem – declarou Anne alegremente. – Em todo caso, não é dinheiro duvidoso como o cheque que recebi por aquela horrível história do Rolling Reliable Fermentos em Pó. Gastei-o de maneira útil com roupas e as odiei toda vez que as vesti.

– Pense em termos uma verdadeira autora vivendo conosco na Casa da Patty – disse Priscilla.

– É uma grande responsabilidade – disse tia Jamesina solenemente.

– De fato é – concordou Pris de modo sério também. – Autores são difíceis de lidar. Você nunca sabe quando ou como eles vão sair. Anne pode nos transformar em personagens.

– Eu quis dizer que a capacidade de escrever para a imprensa é uma grande responsabilidade – disse a tia Jamesina com seriedade –, e espero que Anne perceba isso. Minha filha costumava escrever histórias antes de ir para o campo estrangeiro, mas agora voltou sua atenção para coisas mais altas. Ela costumava dizer que seu lema era "Nunca escreva uma linha que você teria vergonha de ler em seu próprio funeral". É melhor você levar isso para a sua vida, Anne, se você vai se dedicar à literatura. Embora, com certeza – acrescentou tia Jamesina perplexa –, Elizabeth sempre ria quando dizia isso. Ela ria tanto que eu não sei como ela chegou a decidir ser missionária. Sou grata por ela, rezei para que ela conseguisse, mas não queria que ela tivesse ido.

Então tia Jamesina se perguntou por que aquelas garotas vertiginosas riam.

Os olhos de Anne brilharam o dia todo; ambições literárias brotavam sem parar em seu cérebro; a alegria delas a acompanhou até a festa de Jennie Cooper; e nem mesmo a visão de Gilbert e Christine, andando à sua frente, enquanto ela estava com Roy, conseguiu subjugar o brilho de suas esperanças estreladas. No entanto, ela não era tão extasiada pelas coisas da terra que não conseguia notar que a caminhada de Christine era decididamente sem graça.

"Mas suponho que Gilbert olhe apenas para o rosto dela. Um homem de verdade", pensou Anne com desdém.

– Você vai estar em casa no sábado à tarde? – perguntou Roy.

– Sim.

– Minha mãe e minhas irmãs vão visitar você – disse Roy calmamente.

Algo aconteceu em Anne que pode ser descrito como uma emoção, mas não foi agradável. Ela não conhecia ninguém da família de Roy. Anne percebeu o significado dessa declaração e tinha, de alguma forma, uma irrevogabilidade sobre isso que a gelou.

– Ficarei feliz em vê-las – disse ela sem rodeios e se perguntou se realmente ficaria feliz.

Ela deveria estar, é claro. Mas não seria uma provação? As fofocas haviam chegado a Anne a respeito da luz sob a qual os Gardners viam a "paixão" de filho e irmão. Roy deve ter pressionado a questão da visita. Anne sabia que seria avaliada. Pelo fato de terem consentido em visitá-la, ela entendeu que a consideravam, de boa ou má vontade, como uma possível integrante do clã.

"Serei eu mesma. Não tentarei causar uma boa impressão", pensou Anne com veemência. Mas ela se perguntava que vestido seria melhor usar no sábado à tarde e se o novo penteado alto seria melhor do que o antigo. Assim, a festa perdeu um pouco a graça para ela. À noite, ela decidiu que usaria seu chiffon marrom no sábado, mas manteria os cabelos soltos.

Sexta à tarde, nenhuma das meninas teve aulas em Redmond. Stella aproveitou a oportunidade para escrever um artigo para a *Philomathic Society*. Estava sentada à mesa no canto da sala com uma pilha desarrumada de notas e manuscritos no chão ao seu redor. Stella sempre jurou que nunca poderia escrever nada, a menos que jogasse cada folha completa no chão. Anne, com a blusa de flanela e a saia de sarja, com os cabelos bastante despenteados devido à caminhada com vento para casa, estava sentada no meio do chão, provocando a gata Sarah com um osso da sorte. Joseph e Rusty estavam encolhidos no colo dela. Um cheiro quente enchia a casa inteira, pois Priscilla estava preparando algo na cozinha. Logo ela entrou, envolta em um imenso avental de trabalho, com uma mancha de farinha no nariz, para mostrar a tia Jamesina o bolo de chocolate que acabara de decorar.

Nesse momento auspicioso, a aldrava soou. Ninguém prestou atenção nela, exceto Phil, que surgiu e a abriu, esperando um garoto com o chapéu que ela havia comprado naquela manhã. Na porta, estavam a Senhora Gardner e suas filhas.

Anne ficou de pé de alguma maneira, tirando dois gatos indignados do colo enquanto deslocava mecanicamente o osso da mão direita para a esquerda. Priscilla, que precisaria atravessar a sala para chegar à porta da cozinha, perdeu a cabeça, enfiou o bolo de chocolate embaixo de uma almofada no sofá de madeira como uma louca e subiu correndo as escadas. Stella começou a recolher seu manuscrito desesperadamente. Apenas tia Jamesina e Phil continuaram normais. Graças a elas, todos logo estavam sentados à vontade, até Anne. Priscilla desceu, sem avental e sem manchas, Stella arrumou onde estava, e Phil salvou a situação falando amenidades sem parar.

A Sra. Gardner era alta, magra e bonita, elegantemente vestida, com uma cordialidade que parecia um pouco forçada. Aline Gardner era uma edição mais jovem de sua mãe, carente de cordialidade. Ela se esforçou para ser gentil, mas conseguiu apenas ser altiva e condescendente. Dorothy Gardner era magra, alegre e um tanto moleca. Anne sabia que ela era a irmã favorita de Roy e se apaixonou por ela. Ela teria se parecido muito com Roy se tivesse olhos escuros sonhadores em vez de olhos castanhos malandros. Graças a ela e Phil, a visita realmente começou muito bem, exceto por uma leve sensação de tensão no ar e dois incidentes bastante desagradáveis. Rusty e Joseph, deixados sozinhos, começaram um jogo de perseguição, saltaram loucamente no colo de seda da Sra. Gardner e saíram dele em sua correria selvagem. A Sra. Gardner ergueu o lorgnette e olhou para as formas voadoras como se nunca tivesse visto gatos antes, e Anne, sufocando uma risada levemente nervosa, pediu desculpas da melhor maneira que conseguiu.

– A senhorita gosta de gatos? – perguntou a Sra. Gardner, com uma leve entonação de estranheza tolerante.

Anne, apesar de seu carinho por Rusty, não gostava muito de gatos, mas o tom da Sra. Gardner a irritava. Consequentemente, lembrou-se de que a Sra. John Blythe gostava tanto de gatos que tinha tantos quantos o marido permitisse.

– Eles são animais adoráveis, não são? – ela disse maliciosamente.

– Eu nunca gostei de gatos – disse a Sra. Gardner de modo frio.

– Eu os amo – disse Dorothy. – Eles são tão bonitos e independentes. Os cães são *muito* bons e altruístas. Eles me fazem sentir desconfortável. Mas os gatos são gloriosamente humanos.

– Você tem dois lindos cachorros antigos de porcelana. Posso examiná-los de perto? – perguntou Aline, atravessando a sala em direção à lareira e, assim, tornando-se a causa inconsciente do outro acidente. Pegando Magog, sentou-se na almofada sob a qual estava escondido o bolo de chocolate de Priscilla. Priscilla e Anne trocaram olhares angustiados, mas não puderam fazer nada. A imponente Aline continuou sentada na almofada e discutindo cachorros de porcelana até a hora da partida.

Dorothy demorou um momento para apertar a mão de Anne e sussurrar impulsivamente.

– Eu sei que você e eu seremos amigas. Oh, Roy me contou tudo sobre você. Eu sou a única da família para quem ele conta, pobre garoto. Ninguém consegue confiar em mamãe e em Aline, sabe? Que horas gloriosas vocês devem ter aqui! Pode me deixar vir com frequência e participar delas?

– Venha quantas vezes quiser – respondeu Anne com sinceridade, agradecida por uma das irmãs de Roy ser simpática. Ela nunca iria gostar de Aline, tinha muita certeza; e Aline nunca iria gostar dela, embora a Sra. Gardner pudesse ser vencida. No total, Anne suspirou de alívio quando a provação terminou.

– "De todas as palavras tristes, faladas ou escritas, as mais tristes são: o que poderia ter sido?"[2] – citou Priscilla, erguendo a almofada de modo trágico. – Este bolo é agora o que você pode chamar de fracasso. E a almofada também está arruinada. Nunca me diga que sexta-feira não é um dia de azar.

– As pessoas que avisam que estão chegando no sábado não deveriam comparecer de surpresa na sexta – disse tia Jamesina.

– Acho que foi um engano de Roy – disse Phil. – Esse rapaz não pode ser responsabilizado pelo que ele diz quando fala com Anne. Onde está Anne, aliás?

Anne subiu as escadas. Sentia uma estranha vontade de chorar. Mas ela se forçou a rir em vez disso. Rusty e Joseph tinham se comportado *muito mal*! E Dorothy fora adorável!

---

2. Citação do poeta John Greenleaf Whittier.

CAPÍTULO 37

BACHARÉIS, FINALMENTE

— Eu queria estar morta ou que já fosse amanhã à noite – gemeu Phil.

— Se você viver o suficiente, ambos os desejos se tornarão realidade – disse Anne calmamente.

— É fácil para você ficar serena. Você está em casa na filosofia. Eu não estou e, quando penso naquele exame horrível amanhã, eu me arrepio. Se eu falhar, o que Jo diria?

— Você não falhará. Como você se saiu hoje em grego?

— Não sei. Talvez tenha sido um bom trabalho e talvez tenha sido ruim o suficiente para fazer Homer revirar-se em seu túmulo. Estudei e remei em cadernos até ser incapaz de formar uma opinião sobre qualquer coisa. Phil estará muito grata quando toda essa examinação terminar.

— Examinação? Eu nunca ouvi essa palavra.

— Bem, eu não tenho o direito de inventar uma palavra como qualquer outra pessoa? – perguntou Phil.

— As palavras não são inventadas, elas se desenvolvem – disse Anne.

— Não importa. Eu começo a discernir claramente a água limpa à frente, onde não há quebra de exames. Meninas, vocês... vocês conseguem perceber que nossa vida em Redmond está quase no fim?

– Não consigo – disse Anne, tristemente. – Parece que ontem eu e Pris estávamos sozinhas naquela multidão de calouros em Redmond. E agora somos alunas mais velhas em nossos exames finais.

– "Seniores potentes, sábias e respeitadas" – citou Phil. – Você acha que realmente somos mais sábias do que quando chegamos a Redmond?

– Você não age como se fosse – disse tia Jamesina severamente.

– Oh, tia Jimsie, não fomos garotas muito boas, de modo geral, nesses três invernos que você cuidou de nós? – perguntou Phil.

– Vocês foram quatro das meninas mais queridas, doces e boas que já passaram pela faculdade – afirmou tia Jamesina, que nunca economizava em elogios. – Mas desconfio que vocês ainda não tenham muito senso. Não é de se esperar, é claro. A experiência ensina sentido. Não se pode aprender isso em um curso universitário. Você estuda há quatro anos, e eu nunca estudei, mas eu sei muito mais do que você, jovens senhoras.

– Há muitas coisas que nunca seguem regras. Há uma pilha poderosa de conhecimento que você se obtém na faculdade. Há um monte de coisas que você nunca aprende na escola – citou Stella.

– Você aprendeu alguma coisa em Redmond, exceto línguas mortas, geometria e esse lixo? – perguntou tia Jamesina.

– Oh, sim. Acho que sim, tia – protestou Anne.

– Aprendemos a verdade do que o professor Woodleigh nos disse na última reunião da *Philomathic* – disse Phil. – Ele falou: "O humor é o condimento mais apimentado da festa da existência. Ria de seus erros, mas aprenda com eles, brinque com seus problemas, mas junte forças com eles, faça piada de suas dificuldades, mas supere-as.". Não vale a pena aprender, tia Jimsie?

– Sim, sim, querida. Quando você aprende a rir das coisas que devem ser ridicularizadas e a não rir daquelas que não devem, você tem sabedoria e entendimento.

– O que você conseguiu com seu curso na Redmond, Anne? – murmurou Priscilla de lado.

– Penso – disse Anne lentamente – que realmente aprendi a encarar cada pequeno obstáculo como uma brincadeira e cada grande como um prenúncio de vitória. Resumindo, acho que foi o que Redmond me deu.

– Terei que recorrer a outra citação do professor Woodleigh para expressar o que o meu curso fez por mim – disse Priscilla. – Vocês se lembram do que ele disse em seu discurso: "Há muito no mundo para todos nós se tivermos olhos para vê-lo, coração para amá-lo e mão para juntá-lo – tanto em homens e mulheres, tanto em arte e literatura, em todos os lugares para se deleitar e agradecer"? Acho que Redmond me ensinou isso, de certa forma, Anne.

– A julgar pelo que todas vocês dizem – observou tia Jamesina –, a soma e o resumo são que você pode aprender, se você tiver bom senso natural, em quatro anos na faculdade, o que levaria cerca de vinte anos para a vida lhe ensinar. Bem, isso justifica o ensino superior na minha opinião. É uma questão da qual eu sempre duvidei antes.

– Mas e as pessoas que não têm bom senso, tia Jimsie?

– As pessoas que não têm bom senso natural nunca aprendem – respondeu tia Jamesina – nem na faculdade, nem na vida. Se elas vivem até os 100 anos, realmente não sabem nada mais do que quando nasceram. É o infortúnio delas, não a culpa delas, coitadas! Mas aqueles de nós que têm alguma noção devem agradecer devidamente ao Senhor por isso.

– Você pode definir o que é bom senso, tia Jimsie? – perguntou Phil.

– Não posso, jovem. Quem tem bom senso sabe o que é, e quem não tem nunca pode saber o que é. Portanto não há necessidade de defini-lo.

Os dias agitados passaram e os exames terminaram. Anne recebeu honras em inglês. Priscilla recebeu honras em clássicos, e Phil, em matemática. Stella obteve um bom desempenho geral. Então veio a colação de grau.

– Era o que eu chamaria de época na minha vida – disse Anne, tirando as violetas de Roy da caixa e olhando para elas de modo pensativo. Ela pretendia carregá-las, é claro, mas seus olhos vagaram para outra caixa na mesa. Estava cheio de lírios-do-vale, tão frescos e perfumados quanto os que floresciam no quintal de Green Gables, quando junho chegava a Avonlea. O cartão de Gilbert Blythe estava ao lado dele. Anne se perguntou por que Gilbert deveria ter enviado flores para a colação de grau. Ela o vira muito pouco durante o inverno anterior. Ele veio à Casa da Patty apenas uma noite de sexta-feira desde o feriado de Natal, e eles raramente se encontravam em outros lugares. Ela sabia que ele estava estudando muito, visando honrar o Prêmio Cooper e, por isso, participou pouco dos atos sociais de Redmond. O inverno de Anne tinha sido bastante alegre socialmente. Vira os Gardners diversas vezes – ela e Dorothy estavam muito íntimas; os círculos da faculdade esperavam o anúncio de seu noivado com Roy a qualquer dia. Anne também esperava. No entanto, pouco antes de deixar a Casa da Patty para a colação, ela jogou as violetas de Roy de lado e colocou os lírios de Gilbert no lugar delas. Ela não saberia dizer por que fez isso. De alguma forma, os velhos tempos de Avonlea, os sonhos e as amizades pareciam muito próximos dela na realização de suas ambições há muito apreciadas. Ela e Gilbert haviam imaginado alegremente o dia em que deveriam ser homenageados e vestidos de formandos em Artes. Chegara o dia maravilhoso e as violetas de Roy não tinham lugar. Apenas as flores de seu velho amigo pareciam pertencer a essa fruição de esperanças da qual ele já compartilhara.

Durante anos, esse dia a atraiu, mas uma lembrança aguçada e permanente que ficou com ela não foi a do momento em que a imponente reitora de Redmond lhe deu um capelo e um diploma e a cumprimentou por seu bacharelado. Não foi o brilho nos olhos de Gilbert quando viu os lírios dela nem o olhar desconcertado de dor que Roy deu quando passou por ela na plataforma. Não foi o das condescendentes felicitações de Aline Gardner nem dos ardentes e impulsivos votos de Dorothy. Foi de uma pontada estranha e inexplicável que estragou esse dia tão esperado por ela e deixou nele um certo sabor fraco, mas duradouro de amargura.

Os graduados em Artes fizeram um baile de formatura naquela noite. Quando Anne se vestiu, deixou de lado as pérolas que usava e tirou do baú uma caixinha que chegara a Green Gables no dia de Natal. Nela havia uma corrente de ouro em forma de fio com um minúsculo coração de esmalte rosa como pingente. No cartão que acompanhava estava escrito: "Com todos os bons votos de seu velho amigo, Gilbert". Anne escrevera uma bela nota de agradecimento, rindo pela lembrança que o coração de esmalte evocou do dia fatal em que Gilbert a chamou de "Cenoura" e tentou em vão fazer as pazes com um doce em formato de coração rosa. Mas ela nunca usara a peça. Naquela noite, prendeu-a no pescoço branco com um sorriso sonhador.

Ela e Phil caminharam juntas para Redmond. Anne andou em silêncio; Phil conversava sobre muitas coisas e disse de repente:

– Ouvi hoje que o noivado de Gilbert Blythe com Christine Stuart seria anunciado assim que a colação terminasse. Você ouviu alguma coisa?

– Não – disse Anne.

– Eu acho que é verdade – disse Phil delicadamente.

Anne não disse nada. Na escuridão, ela sentiu o rosto queimar. Ela escorregou a mão dentro da gola e pegou a corrente de ouro. Um puxão e ela se soltou. Anne enfiou a peça quebrada no bolso. As mãos dela tremiam e os olhos ardiam.

Mas ela era a mais alegre de todas as foliãs naquela noite e disse a Gilbert, sem arrependimento, que sua fila estava cheia quando ele veio pedir uma dança. Depois, quando ela se sentou com as meninas diante das brasas moribundas na Casa da Patty, removendo o frio da primavera de suas peles de cetim, nenhuma conversou mais alegremente do que ela sobre os eventos do dia.

– Moody Spurgeon MacPherson veio aqui hoje à noite depois que você foi embora – disse tia Jamesina, que se sentou para manter o fogo aceso. – Ele não sabia sobre o baile da formatura. Aquele garoto deveria dormir com um elástico na cabeça para impedir as orelhas de esticarem. Eu tive um namorado que fez isso e melhorou imensamente. Fui eu quem sugeriu, e ele aceitou meu conselho, mas ele nunca me perdoou por isso.

– Moody Spurgeon é um jovem muito sério – bocejou Priscilla. – Ele está preocupado com assuntos mais graves do que suas orelhas. Ele vai ser um ministro, você sabe.

– Bem, suponho que o Senhor não se importe com as orelhas de um homem – disse tia Jamesina gravemente, deixando de lado todas as críticas adicionais a Moody Spurgeon. Tia Jamesina tinha um respeito adequado pelos religiosos, mesmo no caso de um pastor.

CAPÍTULO 38

AMANHECER FALSO

– Imagine... daqui a uma semana eu estarei em Avonlea, um pensamento delicioso! – disse Anne, curvando-se sobre a caixa em que estava guardando as mantas da Sra. Rachel Lynde. – Mas imagine... daqui uma semana vou embora para sempre da Casa da Patty, um pensamento horrível!

– Eu me pergunto se o fantasma de todas as nossas risadas ecoará nos primeiros sonhos da Srta. Patty e da Srta. Maria – especulou Phil.

Srta. Patty e Srta. Maria estavam voltando para casa depois de terem explorado a maior parte do mundo habitável.

"Voltaremos na segunda semana de maio", escreveu a Srta. Patty. "Imagino que a casa parecerá bastante pequena depois do Salão dos Reis em Karnak, mas nunca gostei de lugares grandes para morar. E ficarei feliz em poder voltar para casa. Quando você começa a viajar no fim da vida, costuma se exceder, porque sabe que não tem muito tempo, e isso é algo que cresce em você. Receio que Maria nunca se contente novamente."

– Deixarei aqui minhas fantasias e meus sonhos para abençoar a próxima pessoa – disse Anne, olhando melancolicamente ao redor da sala azul, seu bonito quarto azul onde ela havia passado três anos felizes. Ajoelhou-se à sua janela para rezar e curvou-se para observar o pôr do sol atrás dos pinheiros. Ela ouvira as gotas de outono batendo contra ela e recebera os piscos de primavera no peitoril. Anne se perguntava se velhos sonhos poderiam assombrar quartos – se, quando alguém deixasse para sempre o quarto onde ela havia desfrutado, sofrido, rido e chorado, algo dela, intangível e invisível, e, no entanto, real, não ficava para trás como uma memória sonora.

– Penso – disse Phil – que um quarto onde se sonha, entristece, regozija e vive se torna inseparavelmente conectado com esses processos e adquire personalidade própria. Tenho certeza de que, se eu entrar neste quarto daqui a cinquenta anos, ele dirá "Anne, Anne" para mim. Que bons momentos tivemos aqui, querida! Quantos bate-papos, piadas e bons momentos com amigos! Oh, querida! Vou me casar com Jo em junho e sei que ficarei muito feliz. Mas agora eu sinto como se quisesse que essa adorável vida de Redmond continuasse para sempre.

– Sou irracional o suficiente para desejar isso também – admitiu Anne. – Não importa que alegrias mais profundas possam nos ocorrer mais tarde, nunca mais teremos a mesma existência agradável e irresponsável que tivemos aqui. Acabou para sempre, Phil.

– O que você vai fazer com Rusty? – perguntou Phil, quando o gato privilegiado entrou no quarto.

– Vou levá-lo para casa comigo, com Joseph e a gata Sarah – anunciou tia Jamesina, seguindo Rusty. – Seria uma pena separar esses gatos agora que eles aprenderam a viver juntos. É uma lição difícil para gatos e humanos aprenderem.

– Sinto muito por me separar de Rusty – disse Anne com pesar –, mas não adiantaria levá-lo a Green Gables. Marilla detesta gatos, e Davy o provocaria. Além do mais, acho que não ficarei em casa por muito tempo. Ofereceram-me o cargo de diretora da escola Summerside.

– Você vai aceitar? – perguntou Phil.

– Eu... eu ainda não decidi – respondeu Anne, com um rubor confuso.

Phil assentiu compreensiva. Naturalmente, os planos de Anne não poderiam ser estabelecidos antes que Roy falasse. Ele logo falaria, não havia dúvida disso. E não havia dúvida de que Anne diria "sim" quando ele perguntasse: "Quer se casar comigo?". A própria Anne considerava o estado das coisas com uma complacência raramente confusa. Ela estava profundamente apaixonada por Roy. É verdade que não era o que ela imaginara que fosse o amor. Mas Anne se perguntou cansada se havia algo na vida como aquilo imaginado por alguém? Era a velha desilusão de diamante da infância repetida – a mesma decepção que ela sentiu quando o viu brilhar, em vez do esplendor púrpura que ela havia antecipado. "Essa não é minha ideia de diamante", dissera ela. Mas Roy era um cara querido, e eles ficariam muito felizes juntos, mesmo que algum entusiasmo indefinível estivesse faltando na vida.

Quando Roy apareceu naquela noite e chamou Anne para passear no parque, todos na Casa da Patty sabiam o que ele tinha vindo dizer, e todos sabiam, ou pensavam que sabiam, qual seria a resposta de Anne.

– Anne é uma garota muito afortunada – disse tia Jamesina.

– Suponho que sim – disse Stella, encolhendo os ombros. – Roy é um cara legal. Mas não há realmente nada nele.

– Isso parece uma observação invejosa, Stella Maynard – disse tia Jamesina repreendendo-a.

– Sim, mas não tenho inveja – disse Stella calmamente. – Eu amo Anne e eu gosto de Roy. Todo mundo diz que ela está fazendo um casamento brilhante e até a Sra. Gardner a acha encantadora agora. Tudo parece ter sido feito no céu, mas tenho minhas dúvidas. Aproveite ao máximo isso, tia Jamesina.

Roy pediu Anne em casamento no pequeno pavilhão na costa do porto onde haviam conversado no dia chuvoso de sua primeira reunião. Anne achou muito romântico que ele tivesse escolhido aquele local. E seu pedido foi lindamente formulado como se ele o tivesse copiado, como um dos pretendentes de Ruby Gillis, de um manual de conduta de namoro e casamento. Todo o efeito foi bastante perfeito. E também foi sincero. Não havia dúvida de que Roy queria dizer o que ele disse. Não havia nenhuma nota falsa para abafar a sinfonia. Anne sentiu que deveria estar emocionada da cabeça aos pés. Mas ela não estava, sentia-se terrivelmente fria. Quando Roy parou para ouvir a resposta, ela abriu os lábios para dizer que sim. E, então, ela se viu tremendo como se estivesse se afastando de um precipício. Para ela, chegara um daqueles momentos em que percebemos como por um clarão ofuscante da iluminação, mais do que todos os nossos anos anteriores nos ensinaram. Ela tirou a mão da de Roy.

– Oh, eu não posso me casar com você, eu não posso, eu não posso – ela gritou, desesperada.

Roy empalideceu e também parecia um tanto tolo. Ele tinha um pouco de culpa por ter tanta certeza.

– Como assim? – gaguejou ele.

– Quero dizer que não posso me casar com você – repetiu Anne desesperadamente. – Eu pensei que eu poderia, mas não posso.

– Por que você não pode? – Roy perguntou com mais calma.

– Porque… eu não gosto de você o suficiente.

Uma raia carmesim surgiu no rosto de Roy.

– Então você estava se divertindo nesses últimos dois anos? – ele perguntou devagar.

– Não, não, não foi isso – respondeu a pobre Anne. Oh, como ela poderia explicar? Ela *não* podia explicar. Há algumas coisas que não podem ser explicadas. – Eu realmente pensei que sim, mas agora sei que não.

– Você arruinou minha vida – disse Roy amargamente.

– Perdoe-me – implorou Anne miseravelmente, com bochechas quentes e olhos ardentes.

Roy se virou e ficou por alguns minutos olhando para o mar. Quando ele se voltou para Anne, estava muito pálido novamente.

– Você não pode me dar esperança? – perguntou ele.

Anne balançou a cabeça sem nada dizer.

– Então, adeus – disse Roy. – Eu não consigo entender, eu não posso acreditar que você não é a mulher que eu acreditei que você fosse. Mas as reprovações são ociosas entre nós. Você é a única mulher que eu posso amar. Agradeço sua amizade, pelo menos. Adeus, Anne.

– Adeus – vacilou Anne. Quando Roy se foi, ela ficou sentada por um longo tempo no pavilhão, observando uma névoa branca rastejando sutil e sem remorso até o porto. Era sua hora de humilhação, desprezo e vergonha. Suas ondas passaram por cima dela. E, no entanto, por baixo de tudo, havia uma estranha sensação de liberdade recuperada.

Ela entrou na Casa da Patty no crepúsculo e fugiu para o quarto. Mas Phil estava lá no banco da janela.

– Espere! – disse Anne, corando para antecipar a cena. – Espere até você ouvir o que eu tenho para dizer. Phil, Roy me pediu em casamento, e eu recusei.

– Você... você recusou? – perguntou Phil, inexpressiva.

– Sim.

– Anne Shirley, você está passando bem?

– Acho que sim – disse Anne, cansada. – Oh, Phil, não me repreenda. Você não entende.

– Eu certamente não entendo. Você encorajou Roy Gardner de todas as maneiras por dois anos e agora você me diz que o recusou. Então você acabou de flertar escandalosamente com ele. Anne, eu não acredito que você fez isso.

– Eu não estava flertando com ele. Eu sinceramente pensei que me importava até o último minuto. E, então, eu só soube que *nunca* poderia me casar com ele.

– Suponho – disse Phil cruelmente – que você pretendia se casar com ele pelo dinheiro dele, e então seu melhor eu se levantou e a impediu.

– Eu não. Nunca pensei no dinheiro dele. Ah, não posso explicar isso para você assim como não consegui explicar para ele.

– Bem, certamente acho que você tratou Roy vergonhosamente – disse Phil, exasperada. – Ele é bonito, inteligente, rico e bom. O que mais você quer?

– Quero alguém que participe da minha vida. Ele não. Fui arrebatada no começo por sua boa aparência e seu talento de prestar elogios românticos e, mais tarde, pensei que *deveria* me apaixonar, porque ele era meu ideal de olhos escuros.

– Eu sou ruim o suficiente por não conhecer minha própria mente, mas você é pior – disse Phil.

– *Eu conheço* minha própria mente – protestou Anne.– O problema é que minha mente muda e então tenho que me familiarizar com tudo de novo.

– Bem, suponho que não adianta dizer nada para você.

– Não há necessidade, Phil. Estou arrasada. Isso estragou tudo. Nunca poderei pensar nos dias de Redmond sem recordar a humilhação desta noite. Roy me despreza, você me despreza e eu me desprezo.

– Coitadinha! – disse Phil, derretendo. – Apenas venha aqui e deixe-me confortá-la. Não tenho o direito de repreendê-la. Eu teria casado com Alec ou Alonzo se não tivesse conhecido Jo. Oh, Anne, as coisas estão tão confusas na vida real. Não são nítidas e aparadas como são nos romances...

– Espero que ninguém mais me peça em casamento enquanto eu viver – a pobre Anne soluçou, acreditando piamente que aquele era seu desejo.

CAPÍTULO 39

QUESTÕES MATRIMONIAIS

Anne sentiu que a vida ganhou um tom de anticlímax durante as primeiras semanas após seu retorno a Green Gables. Ela sentia falta da alegre camaradagem da Casa da Patty. Ela tivera alguns sonhos brilhantes durante o inverno passado, e agora eles estavam no pó ao seu redor. Em seu atual humor ácido, ela não podia começar a sonhar novamente de uma vez. E descobriu que, embora a solidão com os sonhos seja gloriosa, a solidão sem eles tem poucos encantos.

Ela não tinha visto Roy novamente depois da dolorosa separação no pavilhão do parque, mas Dorothy foi vê-la antes de deixar Kingsport.

– Sinto muito por você não se casar com Roy – disse ela. – Eu queria você como irmã. Mas você tem razão. Ele a aborreceria até a morte. Eu o amo, ele é um menino doce e querido, mas na verdade não é nem um pouco interessante. Até parece ser, mas não é.

– Isso não vai estragar a nossa amizade, não é, Dorothy? – Anne perguntou melancolicamente.

– Não, claro que não. Você é boa demais, não quero perdê-la. Se eu não posso ter você como irmã, pretendo mantê-la como amiga, de qualquer maneira. E não se preocupe com Roy. Ele está se sentindo péssimo agora – eu tenho que ouvir suas lamentações todos os dias –, mas ele vai superar isso. Ele sempre supera.

– Ah, *sempre*? – disse Anne com uma ligeira mudança de voz. – Então ele já superou isso antes?

– Minha nossa, sim – disse Dorothy, francamente. – Duas vezes antes. E ele desabafou comigo da mesma forma nas duas vezes. Não que as outras de fato o tenham recusado – elas simplesmente anunciaram seus noivados com outra pessoa. É claro que, quando ele conheceu você, jurou-me que nunca tinha realmente amado antes e que os assuntos anteriores tinham sido apenas fantasias de menino. Mas não acho que você precise se preocupar.

Anne decidiu não se preocupar. Seus sentimentos eram uma mistura de alívio e ressentimento. Roy certamente disse a ela que ela era a única a quem ele já tinha amado. Sem dúvida, era nisso que ele acreditava. Mas era um conforto sentir que ela não tinha, em nenhum aspecto, arruinado a vida dele. Havia outras deusas, e Roy, segundo Dorothy, devia estar adorando-as em algum santuário. No entanto, a vida foi despida de várias outras ilusões, e Anne começava a pensar tristemente que parecia bastante vazia.

Ela desceu do quarto na noite de seu retorno com um rosto triste.

– O que aconteceu com a velha rainha da neve, Marilla?

– Ah, eu sabia que você se sentiria mal por isso – disse Marilla. – Eu me senti mal. Essa árvore estava lá desde que eu era jovem. Ela caiu no grande vendaval que tivemos em março. Estava podre no centro.

– Vou sentir falta dela – lamentou Anne. – O quarto da varanda não parece o mesmo sem ela. Nunca mais vou olhar pela janela sem uma sensação de perda. E oh, nunca voltei para casa em Green Gables sem que Diana estivesse lá para me receber.

– Diana tem outra coisa em que pensar agora – disse a Senhora Lynde de modo enfático.

– Bem, conte-me todas as notícias da Avonlea – disse Anne, sentando-se nos degraus da varanda, onde o sol da tarde caía sobre seus cabelos sob uma fina chuva dourada.

– Não há muitas notícias, exceto o que contamos na carta – disse a Senhora Lynde. – Suponho que você não tenha ouvido falar que Simon Fletcher quebrou a perna na semana passada. É uma grande coisa para sua família. Eles estão fazendo centenas de coisas que sempre quiseram fazer, mas não puderam, porque o velho estava sempre por perto.

– Ele veio de uma família problemática – comentou Marilla.

– Problemática? Bem, sim! A mãe dele costumava levantar-se nas reuniões de oração e contar as falhas de todos os filhos e pedir orações por eles. É claro que isso os deixou loucos e piores do que nunca.

– Você não contou a Anne as notícias sobre Jane – sugeriu Marilla.

– Oh, Jane – fungou a Sra. Lynde. – Bem – ela admitiu de má vontade, – Jane Andrews está em casa, depois de retornar do oeste. Chegou na semana passada e vai se casar com um milionário de Winnipeg. Você pode ter certeza de que a Sra. Harmon não perdeu tempo em contar isso a todos.

– Cara Jane, estou tão feliz! – disse Anne com entusiasmo. – Ela merece as coisas boas da vida.

– Oh, eu não estou dizendo nada contra Jane. Ela é uma boa moça. Mas ela não está na classe dos milionários, e você descobrirá que não há muito para falar sobre esse homem, além de seu dinheiro, isso sim. A Sra. Harmon diz que ele é um inglês que ganhou dinheiro em minas, mas *eu* acredito que ele se tornará um ianque. Ele certamente deve ter dinheiro, pois acabou de encher Jane de joias. O anel de noivado dela é um aglomerado de diamantes tão grande que parece um gesso na pata gorda de Jane.

A Sra. Lynde não conseguiu esconder um pouco da amargura. Ali estava Jane Andrews, uma moça comum, noiva de um milionário, enquanto Anne, ao que parecia, ainda não fora anunciada por ninguém, rico ou pobre. E a Sra. Harmon Andrews se gabava insuportavelmente.

– O que Gilbert Blythe tem feito na faculdade? – perguntou Marilla. – Eu o vi quando ele chegou em casa na semana passada, e ele está tão pálido e magro que eu mal o conheci.

– Ele estudou muito no inverno passado – disse Anne. – Você sabe que ele recebeu altas honras em clássicos e no Prêmio Cooper. Há cinco anos ninguém recebia! Então eu acho que ele está um pouco abatido. Estamos todos um pouco cansados.

– De qualquer forma, você é uma bacharel, e Jane Andrews não é e nunca será – disse Sra. Lynde, com satisfação sombria.

Algumas noites depois, Anne foi ver Jane, mas ela estava fora, em Charlottetown – "tirando medidas", disse a Sra. Harmon, orgulhosa. É claro que as costureiras de Avonlea não serviriam para Jane nessas circunstâncias.

– Ouvi algo muito bom sobre Jane – disse Anne.

– Sim, Jane se saiu muito bem, mesmo que não seja bacharel em Direito – disse a Sra. Harmon, com um leve movimento de cabeça. – O Sr. Inglis vale milhões, e eles estão indo para a Europa na lua de mel. Quando voltarem, viverão em uma perfeita mansão de mármore em Winnipeg. Jane tem apenas um problema: ela sabe cozinhar muito bem, e o marido não a deixa cozinhar. Ele é tão rico que contrata sua cozinheira. Eles vão manter uma cozinheira, duas outras criadas, um cocheiro e um ajudante. Mas e você, Anne? Não ouço nada do seu casamento, agora que terminou a faculdade.

– Oh – riu Anne – eu vou ser uma solteirona. Realmente não consigo encontrar ninguém que se adapte a mim. – Era bastante perverso dela. Ela deliberadamente pretendia lembrar à Sra. Andrews que, se ela se tornasse uma solteirona, não era porque não tivera pelo menos uma chance de se casar. Mas a Sra. Harmon se vingou rapidamente.

– Bem, as meninas em particular geralmente ficam sobrando, eu noto. E o que é isso que falam sobre Gilbert Blythe ser noivo de uma tal Srta. Stuart? Charlie Sloane me disse que ela é bem bonita. É verdade?

– Não sei se é verdade que ele está noivo da Srta. Stuart – respondeu Anne, com compostura espartana –, mas certamente é verdade que ela é muito adorável.

– Certa vez, pensei que você e Gilbert formariam um bom casal – disse a Sra. Harmon. – Se você não se cuidar, Anne, todos os seus pretendentes vão escorregar pelos seus dedos.

Anne decidiu não continuar discutindo com a Sra. Harmon. Não dava para convencer um antagonista decidido a atacar pesado.

– Como Jane está fora – disse Anne, erguendo-se altivamente –, acho que não posso ficar mais esta manhã. Volto quando ela voltar para casa.

– Volte – disse a Sra. Harmon efusivamente. – Jane não está nem um pouco orgulhosa. Ela só quer se associar com seus velhos amigos como sempre. Ela ficará muito feliz em vê-la.

O milionário de Jane chegou no fim de maio e a levou com um brilho de esplendor. A Sra. Lynde ficou muito satisfeita ao descobrir que o Sr. Inglis tinha 40 anos completos, era baixo, magro e grisalho. A Sra. Lynde não o poupou na enumeração de suas falhas, você pode ter certeza.

– Vai precisar de todo o seu ouro para melhorar alguém comum como ele, isso sim – disse a Sra. Rachel solenemente.

– Ele parece gentil e de bom coração – disse Anne lealmente –, e tenho certeza de que ele pensa no bem-estar de Jane.

– Humph! – disse a Sra. Rachel.

Phil Gordon se casou na semana seguinte, e Anne foi para Bolingbroke para ser sua dama de honra. Phil parecia uma fada vestida de noiva, e o Reverendo Jo ficou tão radiante de felicidade que ninguém o consideraria feio.

– Estamos indo para um passeio de apaixonados pela terra de Evangeline – disse Phil – e depois nos estabeleceremos na rua

Patterson. Mamãe acha que é terrível, ela acha que Jo poderia ao menos tomar uma igreja em um local decente. Mas o deserto das favelas de Patterson florescerá como a rosa para mim se Jo estiver lá. Oh, Anne, estou tão feliz que meu coração chega a doer.

Anne sempre se alegrava com a felicidade de suas amigas, mas às vezes era um pouco solitário estar cercada por toda parte por uma felicidade que não era sua. E foi exatamente assim quando ela voltou para Avonlea. Desta vez, era Diana que foi banhada pela maravilhosa glória que chega a uma mulher quando seu primogênito se deita ao lado dela. Anne olhou para a jovem mãe alva com uma certa reverência que nunca havia demonstrado em seus sentimentos por Diana. Poderia essa mulher pálida com o êxtase em seus olhos ser a pequena Diana de rosto rosado, com quem ela brincara nos tempos de escola, já tão idos? Isso lhe dava uma estranha sensação de desolamento de que ela própria pertencia apenas ao passado e não tinha nada a ver com o presente.

– Ele não é maravilhoso? – disse Diana com orgulho.

O rapazinho gordo era absurdamente parecido com Fred – tão redondo quanto vermelho. Anne realmente não podia dizer com consciência que o achava bonito, mas jurou sinceramente que ele era doce, beijável e completamente delicioso.

– Antes que ele chegasse, eu queria uma garota para poder chamá-la de Anne – disse Diana. – Mas agora que o pequeno Fred está aqui, eu não o trocaria por um milhão de garotas. Ele simplesmente não poderia ser outra coisa senão exatamente quem é, tão precioso.

– Todo bebê é o mais doce e o melhor – citou a Sra. Allan alegremente. – Se a pequena Anne *tivesse* vindo, você estaria sentindo o mesmo por ela.

A Sra. Allan estava visitando Avonlea pela primeira vez desde que a deixara. Ela estava tão alegre, doce e compreensiva como sempre. Suas velhas amigas a receberam de volta com entusiasmo.

A esposa do ministro em exercício era uma dama estimada, mas não tinham muitas afinidades.

– Mal posso esperar até que ele aprenda a falar – suspirou Diana. – Eu só quero ouvi-lo dizer "mãe". E, oh, quero muito que a primeira lembrança minha seja boa para ele. A primeira lembrança que tenho da minha mãe é dela me dando um tapa por algo que eu tinha feito. Tenho certeza de que mereci, e a mãe sempre foi uma boa mãe e eu a amo muito. Mas queria que minha primeira lembrança dela fosse melhor.

– Tenho apenas uma lembrança de minha mãe e é a mais doce de todas as minhas lembranças – disse a Sra. Allan. – Eu tinha 5 anos e tive permissão para ir à escola um dia com minhas duas irmãs mais velhas. Quando a aula acabou, minhas irmãs foram para casa em grupos diferentes, supondo que eu estivesse com a outra. Em vez disso, eu fugi com uma menininha com quem eu brincava no recreio. Fomos à casa dela, que ficava perto da escola, e começamos a fazer tortas de lama. Estávamos nos divertindo muito quando minha irmã mais velha chegou, sem fôlego e com raiva. "Sua garota travessa", ela gritou, agarrando minha mão relutante e me arrastando junto com ela. "Venha para casa neste minuto. Oh, você vai ver! A mãe está irada. Ela vai te dar uma boa surra." Eu não apanhei. Medo e terror encheram meu pobre coraçãozinho. Nunca havia me sentido tão infeliz como eu estava naquela caminhada para casa. Eu não pretendia ser travessa. Phemy Cameron me pediu para ir para casa com ela, e eu não sabia que era errado ir. E agora eu apanharia por isso. Quando chegamos em casa, minha irmã me arrastou para a cozinha, onde minha mãe estava sentada perto da lareira no crepúsculo. Minhas coxas pequeninas tremiam, e eu mal podia suportar. E minha mãe apenas me pegou em seus braços, sem uma palavra de repreensão ou aspereza, beijou-me e me segurou perto de seu coração. – "Fiquei com tanto medo de você ter se perdido, querida", ela disse ternamente. Eu podia ver o amor brilhando em seus olhos quando ela olhou para mim. Ela nunca me repreendeu ou me censurou pelo que eu havia feito, apenas me disse que nunca mais deveria ir embora sem pedir permissão. Ela morreu logo depois. Essa é a única lembrança que tenho dela. Não é lindo?

Anne se sentiu mais sozinha do que nunca enquanto caminhava para casa, passando pelo Caminho das Bétulas e pelo Charco do Salgueiro. Há muito tempo ela não andava assim. Era uma noite florida de púrpura. O ar estava pesado com fragrância de flor – quase pesado demais. Os sentidos enjoados o rejeitavam como um copo já cheio. As bétulas do caminho haviam crescido de mudas e se tornado grandes árvores. Tudo havia mudado. Anne sentiu que ficaria feliz quando o verão terminasse e ela estivesse fora trabalhando novamente. Talvez a vida não parecesse tão vazia, então.

– "Eu experimentei o mundo, ele não veste mais a cor do romance de antes" – suspirou Anne, que ficou imediatamente muito consolada com a ideia de o mundo ser despojado de romance!

CAPÍTULO 40

O LIVRO DA REVELAÇÃO

Os Irvings voltaram para Echo Lodge no verão, e Anne passou três semanas felizes lá em julho. A Srta. Lavendar não havia mudado. Charlotta IV era uma jovem muito adulta agora, mas ainda adorava Anne de forma sincera.

— No fim das contas, Srta. Shirley, eu não vi ninguém em Boston igual a você — disse ela francamente.

Paul também estava quase crescido. Ele tinha 16 anos, seus cachos castanhos tinham dado lugar para mechas castanhas bem cortadas, e ele estava mais interessado em futebol do que em fadas. Mas o vínculo entre ele e sua antiga professora ainda se mantinha. Somente os espíritos afins não mudam com o passar de anos.

Era uma noite úmida, sombria e cruel de julho, quando Anne voltou para Green Gables. Uma das violentas tempestades de verão que às vezes varrem o golfo estava devastando o mar. Quando Anne entrou, as primeiras gotas de chuva caíram sobre os painéis.

— Foi Paul quem a trouxe para casa? — perguntou Marilla. — Por que você não o fez ficar a noite toda? Vai ser uma noite maluca.

— Ele chegará ao Echo Lodge antes que a chuva fique muito forte, eu acho. De qualquer forma, ele queria voltar hoje à noite. Bem, tive uma visita esplêndida, mas estou feliz em vê-los novamente, queridos. Não há lugar como o lar! Davy, você vem crescendo novamente, não?

– Eu cresci cinco centímetros desde que você partiu – disse Davy com orgulho. – Estou tão alto quanto Milty Boulter agora. Não estou feliz. Ele terá que parar de cantar sobre ser maior. Diga, Anne, você sabia que Gilbert Blythe está morrendo?

Anne ficou em silêncio e imóvel, olhando para Davy. Seu rosto ficou tão pálido que Marilla pensou que ia desmaiar.

– Davy, segure sua língua – disse a Sra. Rachel com raiva. – Anne, não fique assim... *Não fique assim*! Não quisemos contar a você de repente.

– É verdade? – perguntou Anne com uma voz que não era dela.

– Gilbert está muito doente – disse a Sra. Lynde gravemente. – Ele pegou febre tifoide logo depois que você foi para a Echo Lodge. Você não soube?

– Não – disse aquela voz desconhecida.

– Foi um caso muito ruim desde o início. O médico disse que ele estava muito fraco. Eles têm uma enfermeira treinada e tudo foi feito. Não fique assim, Anne. Enquanto houver vida, há esperança.

– O Sr. Harrison esteve aqui essa noite e disse que não tinham esperança com ele – reiterou Davy.

Marilla, parecendo velha, desgastada e cansada, levantou-se e marchou sombriamente para fora da cozinha.

– Oh, não fique assim, querida – disse a Sra. Rachel, abraçando a garota pálida com gentileza. – Eu não perdi a esperança, na verdade não perdi. Ele tem a constituição de Blythe e tem isso a seu favor.

Anne delicadamente afastou os braços da Sra. Lynde, atravessou cegamente a cozinha, o corredor e subiu as escadas para o antigo quarto. Na janela, ela se ajoelhou, olhando sem ver. Estava muito escuro. A chuva batia sobre os campos trêmulos. O Bosque

Assombrado estava cheio de gemidos de árvores poderosas torcidas na tempestade, e o ar palpitava com o estrondo de ondas na costa distante. E Gilbert estava morrendo!

Há um Livro da Revelação na vida de todos, como na Bíblia. Anne leu o dela naquela noite amarga, enquanto mantinha sua vigília agoniada pelas horas de tempestade e escuridão. Ela amava Gilbert, sempre o amara! Ela sabia disso agora. Ela sabia que não poderia mais expulsá-lo de sua vida sem agonia assim como não poderia cortar sua mão direita e livrar-se dela. E o conhecimento chegara tarde demais – tarde demais, mesmo para o consolo amargo de estar com ele no fim. Se ela não tivesse sido tão cega, tão tola, ela teria o direito de ir até ele agora. Mas ele nunca saberia que ela o amava, ele partiria desta vida pensando que ela não se importava. Oh, os anos negros de vazio estendendo-se diante dela! Ela não podia enfrentá-los, ela não podia! Ela se encolheu na janela e desejou, pela primeira vez em sua jovem vida alegre, que também pudesse morrer. Se Gilbert se afastasse dela, sem uma palavra, sinal ou mensagem, ela não poderia viver. Nada tinha valor sem ele. Ela pertencia a ele, e ele a ela. Em sua hora de suprema agonia, não teve dúvida disso. Ele não amava Christine Stuart – nunca havia amado Christine Stuart. Oh, que idiota ela fora por não perceber o vínculo que a mantinha com Gilbert – pensar que a fantasia lisonjeira que sentira por Roy Gardner tinha sido amor. E agora ela tinha que pagar por sua loucura como se fosse um crime.

A Sra. Lynde e Marilla rastejaram até a porta antes de irem para a cama, balançaram a cabeça uma para a outra duvidosamente por causa do silêncio e foram embora. A tempestade durou a noite toda, mas quando amanheceu, passou. Anne viu uma franja de luz nas saias da escuridão. Logo os morros do leste tinham uma borda de rubi disparada por fogo. As nuvens se espalharam em grandes massas macias e brancas no horizonte. O céu brilhava azul e prateado. Um silêncio caiu sobre o mundo.

Anne levantou-se de onde estava ajoelhada e desceu as escadas. A frescura do vento da chuva soprou em seu rosto branco quando ela saiu para o quintal e esfriou os olhos secos e ardentes. Um alegre apito ecoava pelo caminho. Um momento depois, Pacifique Buote apareceu.

A força física de Anne falhou repentinamente. Se não tivesse agarrado um galho baixo de salgueiro, teria caído. Pacifique era o homem contratado por George Fletcher, e George Fletcher morava ao lado dos Blythe. A Sra. Fletcher era tia de Gilbert. Pacifique saberia se... se... Pacifique saberia se houvesse algo a ser dito.

Pacifique caminhou vigorosamente pela pista vermelha, assoviando. Ele não viu Anne. Ela fez três tentativas inúteis de chamá-lo. Ele quase havia passado quando ela conseguiu fazer seus lábios trêmulos chamarem.

– Pacifique!

Pacifique virou-se com um sorriso e um bom dia alegre.

– Pacifique – disse Anne fracamente – você veio de George Fletcher hoje de manhã?

– Craro – disse Pacifique amigavelmente. – Onti di noiti me dissero que meu pai tá de cama. Não pude í onti por causa da chuva, mas tô ino agora cortano caminho pelos campo.

– Você soube como Gilbert Blythe estava hoje cedo? – O desespero de Anne a levou à pergunta. Até o pior seria mais suportável do que esse suspense terrível.

– Ele tá miorando – disse Pacifique. – Fico ruim onti a noiti. O médico disse que vai ficá bem logo, logo. Mas foi por poco! Puxa, o minino acabô de acabá a faculdade. Bem, tô cum pressa, meu pai qué me vê.

Pacifique retomou sua caminhada e seu assovio. Anne olhou para ele com olhos alegres expulsando a angústia tensa da noite. Ele era um jovem muito magro, esfarrapado e muito caseiro. Mas, aos olhos dela, ele era tão bonito quanto aqueles que traziam boas-novas nas montanhas. Nunca, enquanto vivesse, Anne veria o rosto castanho, redondo e de olhos pretos de Pacifique sem uma lembrança calorosa do momento em que ele lhe dera o óleo da alegria no lugar do luto.

Muito tempo depois que o assovio animado de Pacifique desapareceu na música fraca, e depois no silêncio sob os bordos da Travessa dos Amantes, Anne ficou de pé sob os salgueiros, saboreando a doçura pungente da vida quando um grande pavor lhe foi removido. A manhã foi uma xícara cheia de névoa e encanto. No canto perto dela, havia uma rica surpresa de rosas recém-sopradas cobertas por gotas de orvalho. Os sons e os cantos dos pássaros na grande árvore acima dela pareciam perfeitamente de acordo com seu humor. Uma frase de um livro muito antigo, muito verdadeiro, muito maravilhoso veio aos seus lábios:

– "O choro pode durar uma noite, mas a alegria vem pela manhã."[3]

---

3. Salmos 30:5.

CAPÍTULO 41

O AMOR OCUPA O VIDRO DO TEMPO

– Vim convidá-la para que você faça uma das nossas caminhadas antigas pelos bosques de setembro e "nas colinas onde as especiarias são cultivadas" hoje à tarde – disse Gilbert, subitamente entrando na varanda. – O que acha de visitarmos o jardim de Hester Gray?

Anne, sentada no degrau de pedra, com o colo cheio de um material pálido, macio e verde, ergueu os olhos.

– Oh, eu queria – disse ela lentamente –, mas realmente não posso, Gilbert. Eu vou ao casamento de Alice Penhallow hoje à noite, você sabe. Eu tenho que fazer algo com este vestido e, quando terminar, terei que me arrumar. Sinto muito. Adoraria ir.

– Bem, você pode ir amanhã à tarde, então? – perguntou Gilbert, aparentemente não muito decepcionado.

– Sim, acho que sim.

– Nesse caso, eu vou para casa imediatamente para adiantar algo que eu deveria fazer amanhã. Então Alice Penhallow vai se casar hoje à noite? Três casamentos para você em um verão, Anne: Phil, Alice e Jane. Nunca perdoarei Jane por não me convidar para o casamento dela.

– Você não pode culpá-la se pensar no grupo enorme de Andrews que teve que ser convidado. A casa dificilmente poderia conter todos eles. Só fui convidada pela graça de ser a velha amiga de Jane, pelo menos por parte de Jane. Acho que o motivo da Sra. Harmon para me convidar foi para que eu visse a beleza de Jane.

– É verdade que ela usava tantos diamantes que não dava para saber onde os diamantes terminavam e Jane começava?

Anne riu.

– Ela certamente usava muitos. Com todos os diamantes, cetim branco, tule, rendas, rosas e flores de laranjeira, quase não se via a pequena Jane. Mas ela estava muito feliz, e também o Sr. Inglis e a Sra. Harmon.

– Esse é o vestido que você vai usar hoje à noite? – perguntou Gilbert, olhando os babados e rendas.

– Sim. Não é bonito? E usarei flores borragem, pois se parecem com estrelas, no meu cabelo. A Floresta Assombrada está cheia delas neste verão.

Gilbert teve uma visão repentina de Anne, usando um vestido verde com babados, com as curvas virginais de braços e garganta à mostra, e estrelas brancas brilhando contra as mechas de seus cabelos ruivos. A visão foi de perder o fôlego. Mas ele se virou levemente.

– Bem, eu volto amanhã. Espero que você se divirta hoje à noite.

Anne olhou para ele quando ele se afastou e suspirou. Gilbert era amigável, muito amigável, amigável demais. Ele vinha com frequência a Green Gables após sua recuperação, e algo da antiga amizade havia retornado. Mas Anne não achava que aquilo era satisfatório. A rosa do amor tornava a flor da amizade pálida e sem perfume, em comparação. E Anne novamente começou a duvidar se Gilbert agora sentia algo por ela além de amizade. À luz do dia comum, sua certeza radiante daquela manhã extasiada havia desaparecido. Ela foi assombrada por um medo terrível de que seu erro nunca pudesse ser corrigido. Era bem provável que fosse Christine quem Gilbert amava, afinal. Talvez ele estivesse noivo dela. Anne tentou colocar todas as esperanças inquietantes em seu coração e se reconciliar com um futuro em que o trabalho e a ambição deveriam substituir o amor. Ela poderia fazer o bem, se não nobre, trabalhar como professora; e o sucesso que seus pequenos esboços estavam começando a encontrar em certos meios editoriais favorecia bem seus sonhos literários. Mas... mas... Anne pegou seu vestido verde e suspirou novamente.

Quando Gilbert chegou na tarde seguinte, encontrou Anne esperando por ele, fresca como o amanhecer e bela como uma estrela, depois de toda a alegria da noite anterior. Ela usava um vestido verde, não o que ela usara no casamento, mas um vestido antigo que Gilbert havia lhe dito que gostava bastante, na recepção de Redmond. Era apenas o tom de verde que realçava as ricas tonalidades de seus cabelos, o cinza estrelado de seus olhos e a delicadeza de íris de sua pele. Gilbert, olhando-a de lado enquanto caminhavam por um caminho sombrio, achou que ela nunca tinha estado tão adorável. Anne, olhando de soslaio para Gilbert, de vez em quando, pensava que ele parecia mais velho desde a doença. Era como se ele tivesse deixado a infância para trás para sempre.

O dia estava lindo, e o caminho era belo. Anne quase sentiu pena quando chegaram ao jardim de Hester Gray e sentaram-se no velho banco. Mas também era bonito lá – tão bonito quanto no dia longínquo do Piquenique Dourado, quando Diana, Jane, Priscilla e ela o encontraram. Aquele dia tinha sido adorável com narcisos e violetas. Agora, hastes douradas pareciam acender suas tochas de fada nos cantos, e os ásteres deixavam tudo azulado. O som do riacho veio através do bosque do vale das bétulas com toda a sua antiga atração. O ar suave estava cheio do ronronar do mar; além disso, havia campos limitados por cercas branqueadas cinza-prateadas nos sóis de muitos verões, e longas colinas estavam cobertas com as sombras das nuvens outonais. Com o sopro do vento oeste, velhos sonhos retornaram.

– Eu acho – disse Anne suavemente – que "a terra onde os sonhos se realizam" está na névoa azul além, naquele pequeno vale.

– Você tem algum sonho não realizado, Anne? – perguntou Gilbert.

Algo em seu tom – algo que ela não ouvia desde aquela noite miserável no pomar na Casa da Patty – fez o coração de Anne bater acelerado. Mas ela respondeu levianamente.

– É claro. Todo mundo tem. Não seria bom termos todos os nossos sonhos realizados? Seria como se estivéssemos mortos se não tivéssemos mais nada com que sonhar. Que aroma delicioso que o sol descendente está extraindo dos ásteres e samambaias. Gostaria que pudéssemos ver perfumes e cheirá-los. Tenho certeza de que seriam muito bonitos.

Gilbert não permitiria que ela mudasse de assunto.

– Eu tenho um sonho – ele disse lentamente. – Eu persisto em sonhar, embora muitas vezes tenha me parecido que esse sonho nunca poderia se tornar realidade. Eu sonho com uma casa com uma lareira, um gato e um cachorro, a chegada de amigos e... você!

Anne queria falar, mas não conseguiu encontrar palavras. A felicidade a invadia como uma onda. Isso quase a assustou.

– Eu fiz uma pergunta há mais de dois anos, Anne. Se eu perguntar novamente hoje, você me dará uma resposta diferente?

Anne ainda não conseguia falar. Mas ela ergueu os olhos, brilhando com todo o êxtase de amor de inúmeras gerações, e olhou nos dele por um momento. Ele não queria outra resposta.

Eles permaneceram no antigo jardim até o crepúsculo tomá--lo, doce como o crepúsculo no Éden deve ter sido. Havia muito o que conversar e recordar – coisas ditas e feitas, ouvidas, pensadas, sentidas e incompreendidas.

– Eu pensei que você amava Christine Stuart – Anne disse a ele, tão reprovadora como se ela não tivesse lhe dado todos os motivos para supor que ela amava Roy Gardner.

Gilbert riu de modo infantil.

— Christine estava noiva de alguém em sua cidade natal. Eu sabia, e ela sabia que eu sabia. Quando o irmão dela se formou, ele me disse que sua irmã viria a Kingsport no inverno seguinte para estudar música e me perguntou se eu cuidaria dela por um tempo, já que ela não conhecia ninguém e ficaria muito sozinha. Então eu fiz isso. E então eu gostei de Christine por ela mesma. Ela é uma das garotas mais legais que eu já conheci. Eu sabia que as fofocas da faculdade davam conta de que estávamos apaixonados um pelo outro. Eu não me importei. Nada importou muito para mim por um tempo lá, depois que você me disse que nunca poderia me amar, Anne. Não houve mais ninguém, nunca poderia haver mais ninguém para mim além de você. Eu te amo desde aquele dia em que você bateu a lousa na minha cabeça na escola.

— Não sei como você pôde continuar me amando mesmo quando fui tão idiota — disse Anne.

— Bem, eu tentei parar — disse Gilbert francamente —, não porque eu pensava em você como você diz ter sido, mas porque eu tinha certeza de que não havia chance para mim depois que Gardner entrou em cena. Mas eu não consegui. E eu também não posso lhe dizer o que significou para mim nesses dois anos acreditar que você ia se casar com ele, e toda semana alguém me dizer que seu compromisso estava prestes a ser anunciado. Acreditei nisso até um abençoado dia em que estava me recuperando depois da febre. Eu recebi uma carta de Phil Gordon — Phil Blake, antes — em que ela me disse que não havia realmente nada entre você e Roy, e me aconselhou a tentar novamente. Bem, o médico ficou surpreso com a minha rápida recuperação depois disso. — Anne riu, depois estremeceu.

— Eu nunca consigo esquecer a noite em que pensei que você estava morrendo, Gilbert. Oh, eu sabia, eu *sabia* na época, e pensei que era tarde demais.

– Mas não foi, querida. Oh, Anne, isso compensa tudo, não é? Vamos resolver manter esse dia sagrado para aperfeiçoar a beleza por toda a vida pelo presente que ela nos deu.

– É o aniversário da nossa felicidade – disse Anne suavemente. – Eu sempre amei este antigo jardim de Hester Gray e agora ele será mais amado do que nunca.

– Mas vou ter que pedir para você esperar muito tempo, Anne – disse Gilbert tristemente. – Ainda faltam três anos para que eu termine meu curso de medicina. E mesmo depois disso, não haverá raios de sol de diamante nem salões de mármore.

Anne riu.

– Eu não quero raios de sol e salões de mármore. Eu só quero *você*. Veja, sou tão despudorada quanto Phil nesse aspecto. Explosões de sol e salões de mármore são interessantes, mas há mais "espaço para a imaginação" sem eles. E quanto à espera, isso não importa. Seremos felizes, esperando e nos dedicando um ao outro, e sonhando. Oh, os sonhos serão muito doces agora.

Gilbert a puxou para perto dele e a beijou. Então eles voltaram para casa juntos no anoitecer, coroados rei e rainha no reino nupcial do amor, ao longo de caminhos sinuosos margeados pelas flores mais doces que já floresceram e por prados assombrados, onde sopravam ventos de esperança e lembrança.

CONTINUE SUA LEITURA EM:

A N
D
WINDY

grupo novo século

Compartilhando propósitos e conectando pessoas
Visite nosso site e fique por dentro dos nossos lançamentos:
www.novoseculo.com.br

ns

- facebook/novoseculoeditora
- @novoseculoeditora
- @NovoSeculo
- novo século editora

gruponovoseculo.com.br

Edição: 1
Fonte: Southern e Base 900